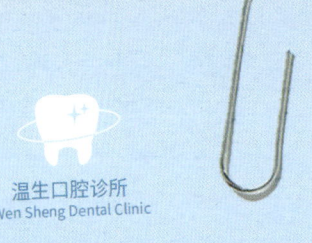
温生口腔诊所
Wen Sheng Dental Clinic

口腔终身诊疗档案

多宠着我点

竹已／著

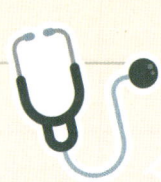

国际文化出版公司
·北京·

个人资料

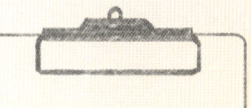

Profile

Name
姓名▾ 安糯

Date
生日▾ 10.08

Add
地址▾ 泊城西区水岸花城

○ 男 女

就诊时间▾
01.09 13:14

主诊医生▾
陈白繁

有无过敏史
○ 有 无

病案号2017

CHAPTER. 1
我想当你唯一的公主
PAGE.001

CHAPTER. 2
他也觉得会有下一次
PAGE.029

CHAPTER. 3
这人是阴魂不散吗
PAGE.057

CHAPTER. 4
今天轮休
PAGE.087

CHAPTER. 5
热恋期的繁繁
PAGE.115

CHAPTER. 6
只顾着看我了吗
PAGE.143

CHAPTER. 7
情侣头
PAGE.171

CHAPTER. 8
你把我画成了个女人
PAGE.203

CHAPTER. 9
男版小公主
PAGE.235

CHAPTER. 10
让你当
PAGE.261

番外 EXTRA

- 番外一
- **何信嘉 × 江尔**
- PAGE.285

- 番外二
- **婚后小日常**
- PAGE.297

- 番外三
- **团团不胖**
- PAGE.305

诊疗计划

目录 CATALOGUE

13:14
March

温生口腔诊所

DATE
日 一

5 6 7 8 9 10 11
12 13 14 15
19 20 21 22
26 27 28 29

陈白繁活到这个岁数，第一次在内心深处找到自己那颗还在扑通跳的少年心。

ACCEPT

你有1条新消息

温生口腔诊所

Time-01.09 13:14

主诊医生 ／　　　　　　　陈白繁
病案号　 ／　　　　　　　NO.686

项目名称

1. ·················· 牙面抛光
2. ·················· 牙周局部冲洗上药
3. ·················· 龈上洁治

@耳东安安：
温柔先生，我想当你唯一的公主。
从见到你的那一眼起，我从来停止过我的念头。
—— 《温柔先生》

CHAPTER. 1
我想当你唯一的公主

一月初,正是一年中最冷的时候。

路旁的梧桐树已经掉光了叶子,枝干上落满了片片白雪,随着时间堆积,渐渐将树枝压弯了。

放眼望去,沥青路被白雪铺满,随后又被车辆压出一道道的痕迹。

冷风像刀片一样刮在脸上,不知因为生病还是因为在室内待了一小段时间,安糯觉得外边的温度实在寒冷难耐。她从药店里走了出来,把宽松的围脖拉高了些,转身过了马路,走进一旁的水岸花城小区里。

安糯现在住的这套房子,是四年前她被泊城大学录取时父亲送给她的成年礼物,算是让她在这个城市有个着落。

但大学有宿舍,没有什么事情根本没必要在外边住,所以她很少会用到这套房子。

毕业后,安糯没有选择回老家,而是继续留在泊城。也因此,她终于想起了这套被她冷落了四年的房子。

她的容身之所。

走进家门,安糯把手里的东西扔到茶几上,从袋子里翻出刚刚买的药。她吸了吸鼻子,就着温水把药咽了下去,而后便回房间睡了一下午。

醒来的时候天已经黑了,房间的窗帘大开着,万家灯火成了房间的光源,灯光透过窗户照射进来,落满一地的暗光,视野里影影绰绰。

安糯翻了个身,四肢的无力让她完全不想动弹。她咳嗽了几声,觉得嗓子又干又燥,一咽口水就疼。

赖了好一阵子的床,嗓子实在难受得不行时,安糯才爬起来,头昏脑涨地走到客厅喝了几口水。

下午进家门时,手机被她随手扔到了沙发上。

安糯把水杯放在桌上，捂着发烫的脸，顺手拿起手机看了一眼。

房子里黑漆漆的，手机突然亮起，有点刺眼。

微信上，朋友应书荷发来一条消息：糯糯，我长蛀牙了，呜呜呜呜呜好疼啊，好像还发炎了……

安糯的脑袋有些昏沉，这话在她的脑海里过了一遍后，她才反应过来发生了什么，回道：蛀牙？

安糯：你看看家里有没有止痛药，痛得受不了就先吃药吧。

安糯：然后早点睡，明天我陪你去看牙。

应书荷：吃了，我家有药。

应书荷：我已经打电话预约过时间了，就在你家附近的诊所。

安糯这才放下心来，迷迷糊糊地回复了个"嗯"，坐在沙发上发呆，随后又拆了几颗药咽下，抱着毛毯，整个人缩在沙发上睡了过去。

唉，怎么……

有一点想家？

隔天，因为吃了药，安糯的烧退了大半。但她的脸色依旧苍白，四肢还有些疲软，她拍了拍脸，打起精神，随意化个妆便出了门。

应书荷已经到她家楼下了，此刻正在小区门口等她。注意到安糯眼里的疲惫，应书荷愣了下，关切地道："你不舒服？"

安糯的嗓子沙哑，随口回："嗯，昨天有一点发烧。"

应书荷"啊"了一声，抬手摸了摸她的额头："怎么发烧了……现在呢？"

"睡一觉好多了。"安糯把她的手拿开，盯着她有点红肿的脸，"快走啦，你不是牙疼吗？"

应书荷又看了她几眼，也没再说什么。

两人过了马路。

预约的口腔诊所就在小区对面。诊所的招牌是白底加棕色楷体字，字体潇洒飞扬，写着"温生口腔诊所"六个字。

一走过去，玻璃自动门打开，安糯视线直对着前台的位置，迎面扑来一股双氧水的味道。旁边还有几张灰色的沙发，上面三三两两地坐着几个人。

003

　　两人走到前台的位置，其中一位护士小姐抬了抬眼，弯唇温和地问："您好，请问有预约吗？"

　　应书荷："预约了何医生。"

　　护士小姐问了她的名字后，指尖在键盘上敲打了下，而后指了指沙发的位置。

　　"好的，请在那边稍等一下。"

　　应书荷说了声"谢谢"，两人同时往沙发那边走，找了个位子坐下。

　　安糯坐在角落的位子上，单手撑着太阳穴，皱了下眉，合眼养神。

　　应书荷坐在旁边看她，想起她刚刚沙哑的声音和此刻略显苍白的脸色，还是忍不住道："一会儿去医院吧。"

　　"昨天发烧而已，现在没事了。"

　　"那也不行啊，我感觉你还是很不舒服的样子。"

　　"都说没事，都……"安糯不想去医院，立刻睁开眼，恰好撞上应书荷一脸不悦的神情，瞬间改了口，"哦，去就去吧。"

　　很快，一位护士走了过来，把她们带到了一间诊疗室里。

　　应书荷的牙医何医生是一位微胖的中年男人，戴着口罩看不到全脸，但看起来很面善。

　　应书荷很自觉地过去躺在牙科椅上，看着医生的举动。他把手术灯打开，仔细地替她检查着牙齿，给牙齿拍了片。

　　应书荷的蛀牙坏得较深，触及牙神经，引起牙髓发炎，也因此伴有剧烈的疼痛。

　　何医生用器材将她的牙齿投射到眼前的屏幕上，慢条斯理地给她解释着牙齿的情况："你这颗蛀牙已经坏得比较厉害了，这种情况一般是用根管治疗……"

　　给她说完情况和治疗方案后，何医生便准备开始治疗。

　　应书荷看了一眼旁边的安糯，轻声道："你出去等我吧，别站着了。"

　　安糯点点头，没说什么，还是站在旁边。

　　给应书荷打了麻药后，过了五六分钟，何医生问："嘴唇麻了吗？"

　　应书荷顿了顿，很快就"嗯"了一声。

　　见她上了麻药，安糯便抬脚往前台那边的沙发走，正好路过了另外一间诊疗室。

门开着,一眼就能看到里面的场景。安糯的脚步一顿,莫名其妙地侧过头,往更里头望去。

牙科椅旁站着一个很高的男人,明亮的照明灯打在他的脸上,皮肤白皙,像是在发亮。他戴着浅蓝色的医用口罩,露出了半截挺拔的鼻梁,视线向下垂。

从这个角度望去,他的眼睛狭长稍扬,睫毛长且翘,瞳孔像含着细碎的光。身上的白大褂格外修身,衬得他越发清冷淡然。

男人弯下了腰,衣服随之晃动了两下,深蓝色的毛衣微微地露了出来。随后,他将仪器探入病人的口中,垂着头,认真仔细地检查着。

安糯的呼吸一滞,心跳莫名加快,对自己这突如其来的反应完全无法理解。

她挪开视线,耸了耸肩,正想继续往前台那边走的时候,男人开了口。他的声音有点慵懒,沙沙哑哑的,带了满满的安抚意味。

"不用怕。"

语气温柔得像要冒出水,仅仅一个瞬间,就将安糯笼罩在内。

跟她莫名停下脚步的那一刻一样——

完全没有抵抗和挣脱的能力。

注意到他有往这边看的趋势,安糯瞬间觉得自己像是做了亏心事,立刻退了两步,往回走,胸膛处仿佛有口气提着,直冲脑门,原本还有点烧的脑袋似乎更混沌了。

她手忙脚乱,快步回到应书荷待的那间诊疗室。

……什么鬼啊。

她跑什么啊?她有必要跑吗?

而且怎么又跑回这里来了。

安糯烦躁地挠了挠头,也没再出去,站在一旁发呆。

半晌,耳边萦绕的吱吱声停了下来。

何医生替应书荷上了药,用氧化锌封口:"可以了,三个小时内不要吃东西,差不多就是麻药散掉的时候。还有,这几天要注意不能用这个位

置咬东西,吃清淡点。记得十三号过来,下次我们处理牙神经。"

应书荷点点头,接过何医生开的单子,道了声谢。

应书荷走到安糯的面前,见她似乎在发呆,便用左手在她面前晃了晃,含混不清地说:"走了呀。"

等安糯回过神的时候,应书荷已经走到了门外,她连忙跟了上去。

刚走到门口的位置,视野里出现了一双白色的鞋子。鞋子的主人停下了步伐,往外侧挪了一步,似乎是给她腾位置出去。

安糯呼吸滞了滞,抿着唇又挠了挠头。

从这个角度能看到面前的人垂至膝盖的医生袍,因为之前的动作还微微晃荡着。

纯白色,格外晃眼。

前面的应书荷见安糯没跟上,转过头看了一眼,催促道:"糯糯,快呀。"

安糯恍若未闻,她舔了舔嘴角,抬起了头。

如她所料,撞上了那双眼。

一双很好看的眼睛,深黑的底,却闪着亮晶晶的光,宛若一片波澜不惊的湖面,星辉落满其上。

空气似乎停滞了一瞬。

安糯按捺着心中的紧张,盯着他的脸,面上不动声色,看不出什么情绪,唯有那秀气的眉毛微微蹙了起来,眼尾上挑,带了点不耐烦:"谁让你让开了,我出得去好吗?"

眼前的人大半张脸被口罩遮挡住,但安糯依然能从他的眼神中看出,他愣了一下。

安糯定了定神,没等他说话就抬脚往应书荷的方向走,可没走几步就开始往回走,站定在男人的面前,面不改色、泰然自若地说:"对不起,我刚刚态度不太好。"

"……"

说完之后,安糯稍稍向后退了一步,顿了下,然后重新向前走了一步,诚恳地鞠了个躬,转身走向应书荷的位置。

应书荷站在原地,被她一把扯过往前台走,步伐仓促凌乱。

"你……"应书荷回头看了一眼。

那个牙医还站在原处,淡然地往这边扫了一眼,视线没有一丝停顿。几秒后,他的下颌向下一敛,像是在笑,很快便走进了诊疗室里。

付了钱后,两人一前一后走出了诊所。

安糯走在前面,问:"怎么样?现在还疼不?"

应书荷盯着她,见她有些不自在地移开了眼,才慢腾腾地开了口:"还好吧,不疼,而且麻药药效还没过。"

安糯"哦"了一声,下巴往围脖里一缩,只露出小巧的鼻子和清澈的眼,盯着来往的车。

应书荷适时地开了口,话里还有着很明显的好奇。

"你刚刚怎么就顶那牙医小帅哥了?"

闻言,安糯眼神一滞,很快又恢复正常。

"你听错了,我提醒他鞋带开了。"

应书荷也没拆穿她,闷笑了声。

空中再度纷纷扬扬飘下了雪花。远处的屋顶上还有之前留下的残雪,像是点缀其上的小白点。

两个男生在旁边的人行道上打闹着,其中一个弯下腰,嬉皮笑脸地团起一个雪球,塞进另一个男生的衣服里。

哀号声和玩闹声传来,十分热闹。

安糯被这声音惹得有些心烦,很刻意地重复了一遍。

"我就是提醒他鞋带开了而已,没想干什么。"

应书荷抿着唇笑了笑,没再说什么。

是啊,弯腰就是为了仔细看看他的鞋带有没有开。她暗暗调侃着。

半响,不远处开来一辆出租车。

安糯伸手拦住,打开后门让应书荷先上去,随即迅速把门关上,意料之中,看到应书荷瞬间瞪大的眼。

安糯掩着唇咳嗽了两声,只觉得睡了一觉,精神比昨晚好了不少,根本没必要去医院。

"我回去睡会儿就好了,没什么大事。"

外头还下着雪,雪花零零散散地坠落在安糯的发丝和衣服上。她站直

了身子，跟应书荷摆了摆手。

见应书荷还有下车的想法，她皱眉，故意谴责道："你就那么想我在外面吹风吗？"

闻言，应书荷收回开车门的手，无奈妥协道："那你自己注意点，不舒服给我打电话。"

"知道了。"安糯摆手。

车子发动，在道路上行驶着。

安糯抬起了脚，靴子在雪地上发出嘎吱的声响。她转头，瞥了眼不远处。

玻璃门紧闭着，门外空无一人，却有着无数进进出出而留下的脚印。牌子上的积雪掉落下来，"啪嗒"一声响起。

安糯收回了视线，转身过了马路。右转直走，走进了离小区门口最近的12栋，上了5楼。

出了电梯门，安糯边往外走边在包里翻找着钥匙，直到走到5A门前站定。身后突然响起了轻弱的关门声，"嘭"的一声。

惹得安糯下意识地回了头，向声源处望去。

对面邻居空荡荡的门前多了个纯黑色的垃圾袋，鼓鼓囊囊的。

安糯有些纳闷地收回了眼，拿出钥匙开门。

她搬来这里半年了，之前一直以为对面没有住人。因为从来没见有人出来过。

不过也有可能是她出门少的原因。

但最近两个月，有一次，安糯出门的时候，对面的门也恰好打开。

当时她是有点好奇的。也因此，刻意地放慢了脚步。

然后，她看到——

从门缝里伸出一只白皙修长的手，提着袋垃圾，飞快地将其放在门口。像是躲避瘟疫一样，全程没有超过三秒，立刻关上了门。

之后再见到，也都是对面的人只露出一只手，把垃圾放在门外。

古怪又诡异。

进家门后，安糯换了双羊毛拖鞋，随手把身上的包扔到沙发上，见它因沙发的弹性掉到地上也没什么反应。

她摸了摸因为吹了风,似乎又开始发热了的脑门,没有半点胃口吃午饭。

安糯倒了杯温水,拆了几颗药塞入口中。她突然想起今天遇见的那个牙医,眼神有点空洞。

……可能不会再见到了吧。

安糯拿起手机,上网预订了下周回川府的机票。

果然,每个人都一定会有脆弱的时候。之前她的想法是,一个人在外边生活,学会独立,不要什么都靠父母来帮她。

但一到生病的时候,安糯最强烈的想法,还是回家。

醒来的时候,刚过下午六点。但窗外的夜幕已然降临,天空上繁星点点。

安糯觉得全身软绵绵的,一点力气都没有,难受得眼泪直冒,整个世界似乎都在摇晃。她从医药箱里拿出温度计,测了体温。

三十九点五摄氏度。

安糯不敢再拖下去了,裹了件大外套,戴上条遮住半张脸的围巾便出了门。她觉得全身都在发烫,却又感觉异常的冷,伸手将大衣裹紧了些。

走路的时候像在踩棉花一样,没有任何实感。

出了小区,安糯难受地咽了咽口水,打算就站在附近拦车。她垂着脑袋,没有看路。因为头昏脑涨,走着走着就变了路线,忽地撞上了不远处的一个男人。

安糯完全没了力气,整个人一下子倒在地上。所幸穿得厚,地上还铺着一层雪,也不觉得疼。

男人立刻蹲了下来,轻声问:"您没事吧?"

安糯"嗯"了一声,手撑着地,艰难地坐了起来。

"你能扶我起来吗?"她虚弱地抬起头,看着面前的人,忽地愣住了,但想说的话还是说了出去,"我不是碰瓷的……"

009

好像是那个牙医……

他的脸上戴着御寒用的口罩，裸露在外的那双眼和早上看到的那双重叠在了一起。

看到她的脸，男人的目光一顿，伸手握住她的手肘，缓缓地使了劲。

"起得来吗？"

安糯自己也使了力，憋着气站了起来。

她轻声道了谢，恰好看到一辆出租车往这边开来，连忙抬手将车拦住。

安糯走了过去，把车门打开。

正想让司机开车的时候，刚刚的那个男人从另一侧的门上来了，对司机道："去附近的医院。"

安糯懒洋洋地抬了抬眼，完全没有精力去思考他为什么上了自己拦的车，只想着目的地，好像也没什么好计较的。

她的脑袋靠着车窗，昏昏沉沉地睡了一路。

到医院的时候，是坐在旁边的男人把她叫醒的。安糯睁开眼，木讷地点点头，慢吞吞地下了车。

幸好，出租车就停在医院门外不远处，安糯走几步路就到了。

这个时间只能挂急诊，安糯走到挂号处缴费挂号，而后走到内科门诊，到诊室里去看病。

医生开了单子，让她到二楼去挂水。

安糯点点头，走出诊室，扶着扶手慢慢向上走。她的脑子晕乎乎的，觉得呼出的气烫得可怕。

楼梯间转弯的时候，安糯看到自己后面跟着一个男人。

她没太看清，但隐隐感觉，似乎是跟她一起上出租车的那个男人。

安糯收回眼，没心思去搭理。她坐在输液室里，等着护士过来给她挂水。她把半张脸都埋进围巾里，还是觉得难受得紧。

旁边似乎坐下了一个人。

安糯以为是护士，费劲地抬了抬眼帘。

她看到刚刚那个男人把身上的外套脱了下来，盖在她的身上。而后，她轻微挣扎了下，又无法自控地睡了过去。

迷迷糊糊之际，安糯好像听到了男人喊她的名字。

可能是看到了她的病历本?

"安糯,你吃东西了吗?"

然后,她听到自己似乎很小声很小声地回答了——

"没有。"

安糯是被护士拔针的动作弄醒的。

旁边坐着的人变成了应书荷,看着她的眼神里带着担忧。

"好点没有?"

安糯出了一身汗,嘴唇没什么血色,但感觉好了不少。她抬手抹了抹额头,声音沙哑,问道:"你怎么来了?"

提到这个应书荷就来气:"我给你打电话了啊,你发烧烧到快四十摄氏度了都不跟我说?"

安糯也没想到会严重起来,有点心虚:"醒来就想着去医院了……"

应书荷给她翻了个白眼:"是一个陌生男人接的,说他在路上不小心撞到你,然后送你来医院了。"

闻言,安糯的眼神滞了滞:"那人呢?"

"走了啊。"

随后,应书荷指了指放在旁边的一个塑料袋,里面装着一碗粥。

"这个是那个男的买的,说是赔礼。"

安糯垂下眼,盯着那碗粥,忽然问:"那个男人长什么样?"

应书荷回忆了下:"高高瘦瘦,挺帅的。"

安糯应了一声,没再说话。

应书荷把安糯送回了家。

怕安糯今晚还会不舒服,干脆留在她家里住。应书荷看着带回来的粥,也不知道该不该喝:"糯糯,这粥要不扔了吧?我再给你熬一份。"

安糯望了过去,沉默了几秒:"不用,热一下就行了。"

很快,她垂下眼,不知道在想些什么。

"我饿了,就吃这个吧。"

隔天醒来,安糯的烧彻底退了。

应书荷盯着她把饭和药都吃了才出了门。

将杯中的水喝完之后,安糯再度盛满,拿着水杯走进房间里。

安糯坐在飘窗铺着的垫子上,拉开窗帘,往外看。她的脸色还有点苍白,脸在光的照射下光润明丽,眼睛清澈明亮,亮晶晶的。

视线缓缓从上向下,扫过蓝天白云,远处的高楼大厦,枯树上的白雪。

最后停在了小区外的那间诊所牌子上的六个字——

温生口腔诊所。

安糯盯着看了半晌,用手抓了抓垂在鬓角的头发,莫名有些烦躁。她收回了眼,嘴角抿得紧紧的,随后将杯子放在一旁,点亮手机。想打开游戏玩,却不小心戳到了旁边的QQ图标。

"99+"的未读消息一下子就跳了出来。

安糯正想关掉,目光匆匆瞥过,又看到了熟悉的名字。

大概是来索命的吧:啊啊你快回复我行吗求求你了!!

安糯的眉角一抽,直接把QQ关掉。

三十秒后,她叹了口气,满脸烦躁地将QQ重新点开。指尖迅速地向上滑,看着对方之前说的话。

大概是来索命的吧:糯纸糯纸,信树那边说还要再改一下……

大概是来索命的吧:真的,最后一次了。

大概是来索命的吧:会给你加价的呜呜呜。

糯纸:……

大概是来索命的吧:啊啊啊啊啊你终于回我了!!!

看到这句话,安糯突然十分后悔因一时的冲动而回复她。

安糯是一个全职插画师,从大一开始就陆陆续续地给杂志社和出版社投稿。

从一开始没有人要她的画,到后来会有人主动找上门恳求她动笔,这期间的辛酸甘甜她从来忘不了。

所以她从不忘初心。

在工作方面，客户有什么样的要求，安糯都尽可能地一一满足。

——但她从来没见过比信树还难搞的人。

信树是一个很出名的言情作家，性别不明。

五年前他在网上发布了第一本小说，是一部悬疑言情文。如果他没有别的"马甲"，便算是一炮而红。

当时反响很好，很快就有出版社和影视公司找上了门。

接下来的几年，因为有第一本的铺垫，也因为接下来的作品质量都很不错，他在网文圈混得风生水起，名气也越来越大。

而安糯这次的工作，就是给信树画新书的出版封面和里面的插画。

信树这本书是一部有关青梅竹马的悬疑文，安糯先听取了他的要求，事后还将全文看了一遍，只为能画出信树心中的场面。

但安糯交稿之后，被驳回了几十次。

几十次。

并且信树次次都有吐槽的理由，让她无以言对的理由。

这个人最有毛病的一点就是——不管怎么驳回她的画，每次驳回后，都一定会再强调，之后还要让糯纸来画。

如此反复折磨。

上一次被驳回后，安糯实在忍受不了。拿出画板修改了最后一次，压着火气，把文件发了过去。而后愤怒地对着编辑吐槽了无数句信树如何"事多"，迅速关了QQ。

之后没再登录过。

想到过去的煎熬，安糯深吸了口气，还是屈服地发了句话过去。

糯纸：这次又是什么原因？

大概是来索命的吧：信树说男主角嘴角的笑太僵硬了……

大概是来索命的吧：画手一看就没谈过恋爱。

大概是来索命的吧：……

安糯瞬间气笑：你能让他一次性说完不？分了十几次说？不累？

大概是来索命的吧：你别生气呀……

安糯咬了咬牙，决定还是憋下这口气。

糯纸：我改最后一次。

糯纸：他还有问题的话就找别人吧，算是看明白了，我跟他就没有什么合作缘。

糯纸：不对，他跟谁都没有合作缘！！

糯纸：他就适合自己画！！！

安糯把最后一句话发过去后，发泄般地将手机扔到了面前的软垫上。她不自觉侧了眸，重新看着楼下的那家诊所。

很巧的是，之前见到的那个牙医刚好从别处往那儿走。

尽管这个距离有些远，而且从这个角度只能看到他的背影，但安糯很确定，就是他。

他身上的白大褂已经脱了下来，换成了一件黑色的大衣，背影挺拔高瘦，走进了诊所里。

安糯的手抚上了窗户，恍了神。她就这样看着诊所的门口，发了几十分钟的呆。

等安糯再回过神的时候，已经拨通了应书荷的电话，耳边传来几声嘟嘟声。没过多久，那头就接起了电话。

"怎么了？又不舒服了吗？"

安糯有些紧张地舔了舔唇，自顾自地扯到另一件事情上："你下次什么时候去看牙齿？"

应书荷有点莫名其妙："噢我想想……对了，刚刚何医生说十三号再去一次。"

十三号……

安糯在心里算了算时间，还有一周。

还没来得及开口，应书荷就像是明白了她的来意，笑嘻嘻道："啊，如果你想见那个牙医，可以去洗牙啊。"

闻言，安糯不自在地轻嗤了声："那破诊所我才不会去第二次。"

说完她便挂了电话。

过了几分钟，安糯拿起抱枕捂住自己微微发红的脸，埋在枕头里，表情像是在挣扎。很快，她移开了眼，望向外头的那间诊所，下定了决心。

安糯拿起手机，上网搜了温生的电话，拨通。

果断地、没志气地用了应书荷的主意。

"您好，我叫安糯，安心的安，糯米的糯。想预约一下时间，在你们的诊所洗牙。"

听到对方问需不需要指定牙医的时候，安糯沉默了几秒，在脑海里飞速地回忆着，昨天他从自己旁边路过的时候，胸牌上写着——

"陈白……"安糯慢腾腾地吐出了两个字。

第三个字确实没看清……

那头立刻接过她的话："好的，帮您预约了陈医生。那安小姐是想什么时候洗牙呢？这边看看能不能帮您安排到。"

"啊——"安糯顿了顿，几乎没有半点思考，很快就道，"尽快吧。"

安糯拿着手机，走出房门。她推开旁边书房的门，坐到书桌前，打开电脑。翻出之前画的那张封面图，拿起压感笔，开始在画板上修改那幅图。

画面上是一男一女，正值年少时。

阳光穿透树叶间的缝隙，在地上，以及两人身上留下斑驳的光。

女孩蹲在地上，逗弄着趴在台阶上的猫。

站在她身后的少年脸上淡然，深邃的眼眸闪着光，双手插兜，眼睛定定地望着她，嘴角带着柔和的笑。

半响后，安糯伸了个懒腰。再三确认没什么瑕疵之后，才登上QQ，把文件发给编辑。她坐在位子上发了会儿呆，很快就又回到房间里，再次坐到飘窗的位子上。

茶色的短发被她全部扎了起来，随意地团成一个小小的丸子形，在光的照射下荧荧发亮。

她单手扶在窗户上向外看。

安糯盯着看了一个小时，也只见他出来过一次。

男人把口罩摘了下来，由于距离的缘故，安糯看不太清他的五官。

他叫住了刚从诊所里走出来的一个人，看上去像是在嘱咐着什么。还没超过一分钟，他便跟那人道了别，回到诊所里。

安糯突然想起昨天订的机票，立刻上网取消，看着被扣掉的手续费也没什么心痛的感觉。

再过半小时，诊所的门再次打开。

安糯见他又换上了那件黑色的大衣，转头跟诊所里的同事道别，随后走到斑马线前等着绿灯。

过了马路之后，由于被建筑物遮挡的原因，安糯看不到他的身影了。

她收回了视线，双手抱膝，眼神呆滞。

过了一会儿。

安糯站了起来，从飘窗旁边的柜子里拿出一台很久没有用过的笔记本电脑，旁边还有她配套买的鼠标和画板。

她把电脑放在飘窗前的软垫上，看着窗外。

平时基本注意不到的"温生口腔诊所"六个字，此刻在她的视线范围里，却像是在无声地发亮。

异常地惹眼。

安糯垂下脑袋，慢腾腾地在画板上写了四个字——

温柔先生。

去诊所的那天，安糯起了个大早。

洗漱完，她先是到厨房里热了杯牛奶，煎了两片吐司。吃完之后，又回到卫生间里刷了五分钟的牙。反复检查，确定嘴里没有残渣后才放下心来。

安糯走进衣帽间里，来来回回地翻着挂衣杆上的衣服。她烦躁地皱着眉，从其中一个柜子里拿出一件暗色薄线衫。

没过多久便放了回去，换成一件亮色的。

安糯拿出一条半身裙，有点纠结。

感觉光腿穿裙子比较好看，但如果被他看到了会不会觉得自己要风度不要温度……

印象会不太好吧。

安糯咬了咬下唇，不爽地说了句："管他呢。"

下一秒，她就把裙子放了回去。

"……"

好像很多人都说她穿红色的衣服好看……

安糯踮起脚，打开上面的柜子，抱出一堆红色的衣服。她将全部衣服都摊开来,几乎没看几眼就又被她塞回柜子里。

——还没她前几天穿的那件红色的毛衣好看。

安糯坐到地上,脑袋搁在膝盖上,不知道在想些什么。几分钟后,她打通了应书荷的电话。

可能是因为还在睡觉,安糯等了好一会儿才听到应书荷的声音。

口齿不清,还带着点起床气的不耐烦。

"喂?哪位啊?"

安糯眉宇间满满的忧愁,像是陷入了一个巨大的难题。她心神不定,也没察觉出应书荷话里的怒气。

"我没衣服穿,怎么办啊……"

应书荷的神志稍微清醒了一些,想起了安糯家里那个巨大的衣帽间。随后,她将手机放到眼前,看了眼时间。

早上七点。

几乎没有多余的考虑时间,应书荷直接挂了电话。

安糯:"……"

最后安糯还是决定一切从简。

去洗个牙这种小事还刻意打扮得花枝招展,这不就等同于直接在脸上写明了"我要泡你"四个字?

安糯磨蹭地穿了条深蓝色的九分牛仔裤,套了件纯黑色的中领毛衣。她想了几秒,拿了件黑色短大衣穿上。

安糯走到全身镜前看了一眼,有点嫌弃那件黑色的大衣。但她的嘴角还是慢慢地翘了起来。

把外套脱了下来,安糯回到房间里化了个淡妆。

几分钟后,她回到衣帽间,重新穿上那件黑色大衣,再裹上一条米色和暗红色的格子围巾。

随后她从柜子里拿出一顶黑色的粗线毛线帽,站在镜子前面,她盯着自己看了好一阵子,把帽子放了回去。

……时间还早,做个头发吧。

等安糯到诊所门口,已经是九点以后的事情了。

诊所刚开门没多久,里面一个顾客都没见到。只有一个护士站在前台的位置,低着头,不知道在做些什么。

安糯突然有些紧张,咽了咽口水,往前走了几步。

护士很快就发现了她,正想开口的时候,安糯抢先出了声。

"我是安糯,前几天预约了今天上午洗牙。"

很快,护士给她指了指离门口最近的那间诊疗室。

"您去那间就可以了,陈医生已经在里面了。"

安糯点了点头,抬脚往那头走。

诊疗室的门大开着。

一走到门口,安糯直接就能看到站在牙科椅旁边整理东西的男人。他的目光向下望,脑袋低垂着,一如初见。

唯一的区别就是,男人的整张脸都裸露着,没有戴口罩。但他额前的发梢少许地遮住了眼,从这个角度能看到他微抿着的唇和柔和紧绷的下巴。

没过多久,似乎是察觉到了她的目光,男人抬起了头。

安糯还没来得及看清他的全脸,就见他再度低下了头,拿起一旁的医用口罩,迅速地戴上。

……动作真够快的,安糯心想。

安糯走过去站在他的面前,瞳仁清澈分明,宛如一汪映着星碎的湖水。她抬起头,裹在围巾里的皮肤露出一小块,光滑白净。

"预约了洗牙。"她主动开口。

趁这个时刻,安糯匆忙地扫了眼他的胸牌,看清了最后一个字。

——陈白繁。

陈白繁点了点头,照例询问了她的个人情况后,指着牙科椅的位置,轻声说:"坐在上面吧,把嘴张开,我先检查一下你的牙齿。"

安糯没说话,把围巾和外套脱了下来。一开始还没有那样的感觉,直到她坐在椅子上张嘴的那一刻,羞耻感莫名就出来了。

但安糯想到昨天在网上看到的那句话。

——牙齿好看是和牙医交往的必要条件。

她的牙齿，应该挺好看的吧……

陈白繁打开椅子上的灯，手中拿着口镜，探入她的口中。

安糯盯着他的脸——眉眼有神，表情全神贯注，格外认真。

安糯突然后悔来洗牙了。

她现在一定很丑，大张着嘴，脸都扭曲了。

而且等会儿洗牙的时候，嘴巴要一直张着，并且会不受控制地分泌唾液，还会有洗下来的牙结石。

"……"她为什么这么想不开。

似乎注意到她的情绪，陈白繁的动作一顿。他将仪器收了回来，温和地问："第一次洗牙吗？"

安糯摇了摇头，淡淡道："以前洗过。"

陈白繁点点头："那开始了啊。"

安糯抿着唇"嗯"了一声。

没过多久，外头又走进来一个护士，手上拿着手术盘。

安糯："……"

这里怎么洗个牙都要两个人洗？

所以现在这个情况是，梦想里有可能成为她以后伴侣的男人，要和一个陌生女人一起看她的丑态了吗？

安糯现在真的悔得肠子都青了。

陈白繁先让她用消毒液含漱一分钟，口内消毒。

之后安糯就一直张着嘴，感受着陈白繁用超声波洗牙器逐个清洁牙齿，旁边的护士拿着吸水管子把洗牙器喷在嘴里的水吸走。

陈白繁边帮她洗着牙边跟她说着关于牙齿的话题，语气格外柔和。

这样的话，好像还是没有白来。

不仅能听他说话，还能明目张胆地盯着他看。

最后一个步骤是抛光，在每颗牙上涂上抛光膏，味道和薄荷膏有点像，然后用机器把牙打磨光滑。

陈白繁的语气有些漫不经心，但神态十分认真，说着牙科小知识："抛光可以减缓菌斑、色素，以及牙结石的生成，还能减轻牙齿的敏感度。"

随即,陈白繁拿起一旁的镜子,放在她面前。

"好了,完成了。你可以看看还有什么问题。"

安糯接过那个大镜子,整个遮住自己的脸。下一秒,她露出一副龇牙咧嘴的模样,看了看自己的牙齿。

而后迅速地张大嘴巴,可很快就又合上,神情颓靡。

真的好丑好丑……

她还在他面前保持着张大嘴巴的动作几十分钟。

安糯沉默着把镜子放了回去,眼睫向下垂,看上去有点失落。

见她这副模样,陈白繁神情一愣,和缓道:"是不满意吗?"

安糯摇了摇头,轻轻道了谢,准备到前台付钱。

陈白繁看着她的背影,挑了挑眉,轻笑了声。

一旁的护士见状,随口调侃:"陈医生,你不会是洗坏了她一颗牙吧?"

他还没来得及答话,就见安糯去而又返,鞋跟发出很轻的声音。仅仅几步,就站定在他面前。

之前脸上的颓丧一扫而光,取而代之的是骄纵和蛮不讲理。

"我、我……"一开口,安糯就磕巴了起来,气势骤减,问出来的话莫名其妙又有点好笑。

"我的牙齿是不是很好看?"

她这话刚落下,嘴唇也顺势合上,将那如贝壳般净白的牙齿掩含其内。

安糯的个子很小,大衣的包裹使她显得格外瘦弱。她手上还抱着围巾,看上去像个洋娃娃。

陈白繁的目光一顿,像是没反应过来,看上去有些疑惑。

"你要是敢说一句不好看……"见他这副模样,安糯有些后悔自己的一时冲动,但话已出了口,她只能硬着头皮说完,"那、那就是你没给我洗干净!"

闻言,陈白繁反应了过来,忍不住笑出了声。

他的笑声略带着很轻的气音,带着不自知的撩人。声线低醇温哑,像丝绸般细腻,又有着在纸上摩挲般的质感。

沉沉缓缓,情绪听起来也不算差。

"好看的。"

因这意料之外的答复,安糯一滞,咬了咬唇,忍住嘴角向上翘的弧度。指尖掐住手中的围巾,一点点收紧。

"哦,那我下次还找你洗牙。"她胡乱道。

耳边突然安静下来,什么都听不见了。只能听到不知从哪个位置传来的声音。

"扑通"一声。

扑通,扑通。

像是喜欢不断坠落在心上的声音。

看着她离去的背影,陈白繁掩藏在口罩下的嘴角弯了弯。

身后的护士摇了摇头,同情地看了他一眼:"这姑娘怕是来找碴儿的吧,说话莫名其妙的。"

陈白繁摘下手套,用掌心搓了搓后颈。

一只手将脸上的口罩摘了下来,眼睑稍垂,陷入了沉思当中。很快,他的五官舒展开来,眼尾小幅度地向上翘。

"是吧。"他轻声道。

出了诊所,安糯到附近的书店里逛了一圈,买了几本关于口腔的书籍。

拿好店员给她包装好的书,安糯走出了书店。她将书从塑料袋中扯出,垂头看到书本上那几个"牙科""口腔"的词时,瞬间像是做贼心虚般地望了望四周,而后又迅速地放了回去。

……她是买来当素材的,没想别的东西。

真的!就是买来当素材的!

为了证实自己说的话,安糯打开手机,登上微博,手指在屏幕上噼里啪啦地敲着,立刻点击"发送",从头到尾一口气不停歇。

@糯纸:最近突然有想画漫画的冲动,一个牙医的故事,在微博连载。

发送成功后,安糯心里的重石放下了,心情顺畅地拿出一本书翻来看。她正想找家甜品店坐着看书的时候,应书荷给她打来了电话。

看着手机屏幕上闪烁的名字,安糯的嘴角一下子就僵了起来,毫不犹

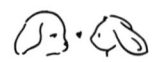

豫地将电话挂断。

几乎没有超过一分钟,安糯就打了回去。

那头的应书荷很快就接了起来:"糯糯。"

听着她的声音,安糯推开一家甜品店的门。

顶上的风铃撞击,发出叮当的响声。

见她没有回应,应书荷吐出了两个字,语气带了几分调侃。

"牙、医?"

安糯找了个角落的位子坐下,故作镇定:"嗯,就你四天后要去看的那个。"

应书荷笑了声,不再逗她:"那你陪我去不?"

安糯脸上忍不住透露出一丝期待,嘴上却依然说着装模作样的话:"不是很想出门。"

"你还有一次机会重说。"

安糯"哼唧"一声,死鸭子嘴硬:"不需要机会。"

应书荷也不介意,随口道:"哦,那行吧,我挂了啊。"

"等等。"安糯连忙喊住她。

应书荷打了个哈欠,懒散地问:"干吗?"

安糯真诚地说:"再给一次机会吧。"

"……"

安糯挂了电话,把手机放在一旁。

随后她从袋子里拿出一本书,摊开放在桌子上,认真地阅读着。视线在书本的文字和图片上一一扫过,没过多久就走了神。

……看不懂。

好多都看不懂,像是天书。

安糯单手撑着太阳穴,半张脸鼓着气,看起来圆鼓鼓的。她的眼睛只盯着一处,放了空。

安糯突然回过神来,像是想到了什么。下一刻,她再度拨打了温生口腔诊所的电话,语气懒洋洋的,像是毫无夹杂私心。

"今早我在你们诊所洗牙了,现在想问问能不能把陈医生的工作号给我？有关牙齿的问题想问问他。

"嗯，好的，公众号里有是吧……谢谢了。"

安糯挂了电话，翻出微信，搜索了诊所的公众号，关注。

下面有三个分类，分别显示的是——"我要咨询""我要预约""我的病历"。

安糯戳了下"我要咨询"的按钮，点击下拉条里的"医生电话"。

自动跳出一连串的电话号码，号码前面标注了名字。

安糯扫了一眼，指尖毫不停顿，飞快地将"陈白繁"后面的那串号码复制粘贴，点击"搜索"。一眼就看到他的昵称和头像，还有个性签名。

安糯的目光一滞，但还是毫不犹豫地点击"添加到通讯录"。

可能由于这是工作号的缘故，对方并没有设置要通过验证，自动弹出一句话：你已添加了温生陈医生，现在可以开始聊天了。

陈白繁的头像很官方，是温生口腔医院的标志，昵称也很简单，五个字：温生陈医生。

安糯抿着唇，点进他的头像再次看了一眼个性签名。

——非工作相关问题不回复。

好像确实……

长得那么好看，估计很多人都是奔着他去的，肯定不止她一个。

不对，她也不是因为他好看，只是为了她的第一部漫画……

安糯不肯承认自己的真正心思。她托着腮，退出他的资料页面，慢腾腾地敲打：您好，我是今天来洗牙的安糯。由于工作缘故，想了解一下牙医这个职业，不知道关于这方面的事情能否咨询您？

想了想，安糯补充了句：报酬方面，可以任您开价。

但想起陈白繁的个性签名，她的眼神一凝，泄气般地垂下了头，而后飞快地把刚刚敲打的话——删掉。

安糯登上微博，瞧见自己"999+"的消息，恍了神。

是一堆不断增长的"@我的"，以及评论和赞。

安糯点开评论，拇指向下滑动，看了两眼。

——大大大大大大糯纸！什么时候开始更新呀！！

——之前发的插画画风巨好看的呀!炒鸡[1]治愈,呜呜。

——牙医!!我喜欢!!!

——信树大大的出版封面是不是糯纸来画啊?超棒啊!

安糯迅速地把微博删掉,重新发了一条。

@糯纸:抱歉,那个只是想想而已……附上最近画的一幅作品。

随后,安糯切换了自己平时用来看八卦的微博小号。她思索了片刻,把微博名字改成:耳东安安。

陈安。

陈白繁、安糯。

其实她也没有这样想。

就是,不由自主地打出这四个字了而已。

回到家后,安糯迅速走进房间,把围巾摘下,扔到一旁。她盘腿坐在飘窗的软垫上,打开了笔记本电脑,映入眼中的桌面壁纸便是她改了三天的人设图。

高大挺拔的男人迎着光,身上的白大褂毫无皱痕。黑色的发丝柔顺地向下耷拉着,每个弧度都十分美好。口罩半挂,露出整张脸,嘴角平直,表情看上去很严肃。

唯有那双眼睛,明明像是将天地万物都包含在内。

却不浑不浊,只余下清澈与纤尘不染。

他的脖子上戴着条红线,上面绑着一个皇冠状的饰品,微微发着亮。

安糯用电脑登了微博小号,将这张图发了出去。

@耳东安安:

温柔先生,我想当你唯一的公主。

从见到你的那一眼起,我从未停止过我的念头。

——《温柔先生》

陈白繁走出诊所,拿出手机瞟了眼工作用的微信,选了几条消息回

---

[1] 网络用语,"超级"的意思。——编者注

复，之后便下了线。

马路那头的红灯一闪一闪地，即将要变色。他将手机放在外套的口袋里，直到灯彻底变成绿色才抬脚过了马路。

陈白繁走进水岸花城的 12 栋，上了 5 楼。扫了眼放在一旁的垃圾袋，直接拿出钥匙打开了 5B 的门。

客厅黑漆漆一片，窗帘紧闭，将万家灯火遮挡得严严实实。

陈白繁抬起手，熟练地按下灯的开关，打开了灯。

他走进厨房看了一眼，热水壶的盖子还翻着，旁边的大理石桌上还有撕掉方便面袋子后的塑料残渣。

电磁炉旁边放着半个已经变了质的苹果，周围环绕着一只声响极大的苍蝇。

空气中弥漫着一股怪异的味道。

陈白繁："……"

他一定要搬出去。

陈白繁走到最近的一间房间门口。门没有关，只露出一条小缝，但他还是下意识地敲了敲门。

或许是因为长时间没有开口说过话，待在里头的人的声音有些嘶哑。

"哥，记得倒垃圾。"

陈白繁："……"

他立刻把门推开，单手撑着电脑桌，淡声道："过两个星期我就搬出去了。"

"嗯，记得倒垃圾。"

陈白繁忍无可忍："赶紧把厨房收拾好。"

何信嘉敲键盘的手没有一刻停顿，一脸正经刻板。

"再写个三千字，我今天就能写到五万字了。"

"四万七也很多了，别写了。"

"五开头看着爽一点。"何信嘉终于停下了动作，有理有据道，"四开头，就算是写到四万九千九百九十九，我都觉得我才写了四万。"

陈白繁懒得再理他，走出客厅，飞快地把厨房和客厅整理了下。他连外套都不记得穿，拿着钥匙和几袋垃圾便走到电梯间。

很快,电梯停在了5楼,门缓缓向左右挪动。

陈白繁走了进去。

与此同时,随着"咔嗒"一声响,对面5A的房门打开了。

电梯间宽敞明亮,米色的瓷砖地板在水晶吸顶灯的照射下微微反光。

安糯走出家门,从这个角度刚好能看到电梯门即将要关上。她连忙加快速度,但走到电梯按钮前面的时候,门已经彻底合上了。

不过安糯不赶时间,也不在意,只是漫不经心地戳了下向下的按钮。

安糯把连帽卫衣上的宽大帽子扣在脑袋上,垂头玩着手机。卫衣的袖子很长,将她两只手的手心都盖住了,只留下那白皙纤细的手指,在屏幕上滑动着。

没过多久,电梯停在了5楼,伴随着"叮"的一声。

安糯低着头走了进去,站在按键旁边的位置,腾出手按了个"1"键。她半眯着眼,瞅了眼安母发来的话:你车买了没有?

安糯懒洋洋地回复:还没,过几天吧。

安母:要不要我找个人陪你去?

安糯:不用,泊城你哪有什么认识的人。

安母:有啊,就你小时候邻居家的那个哥哥。

安母:他最近好像由于工作的缘故,也搬到你那个小区了。

看到这段话,安糯顿了顿:不用了,都多少年了……

安糯:都跟陌生人一样了,我自己看着办就可以了。

安糯:最近稿费到啦,一会儿转给你。

安糯将手机熄屏,放入兜里。

从电梯间走到门口还有一小段距离。

安糯在这个位置刚好可以看到门口那边走来一个男人,只穿着一件薄薄的圆领蓝白色条纹卫衣,修身长裤下露着一双拖鞋。

两人撞上视线。

安糯一眼认出,是那个牙医,陈白繁。

其实从第一次见到他到现在,安糯都没有完完全全地看到过他整个五官。但不知道为什么,每次她都很确定,见到的那个人就是他。

这次的他没有戴口罩，很清晰地露出了整个五官。眼窝深邃，鼻梁很挺，嘴唇颜色偏淡，五官立体分明。

长得比她画的还好看……

下一秒，安糯就收回了眼，藏在衣兜里的手渐渐捏紧。

那天在小区门外撞到他，所以他也住这里吗？

怎么这么巧。

不过好像也挺正常的，他的工作地点就在附近。

几楼啊……她怎么从来没见过。

她是不是应该主动跟他打个招呼什么的？

也不对啊，上次她见到他的时候，大部分时间都呈现出一副龇牙咧嘴的模样，如果她主动过去喊他"陈医生"，他认不出来的话，她岂不是很尴尬……

烦死了，那就当没看到吧。

而且她凭什么要跟他打招呼。

不打，就不打！

各走各的阳关道，各自安好！

安糯咬了咬唇，正打算继续装模作样、目不斜视地往外走的时候，已经走到距离她两米处的陈白繁却主动开了口。

"安糯？"

安糯的脚步一顿，单手揪住帽子的外檐。

心脏"怦怦怦"地跳，像是刚坐了过山车，却比那样的感觉还要令人无法安顿。

她一时间也不知道怎么反应。

这种氛围感觉可以乘胜追击一下，那要不要表现出自己对他有一点点的意思啊……

可这样又感觉看起来不太矜持的样子。

犹豫期间，安糯嘴巴却不过脑地先有了动作。本想顺势喊他一声"陈医生"，开口却成了——

"你是？"

"……"话刚出口的时候，安糯唯一的想法就是直接去撞墙。

再怎么样,不矜持也比装相好啊!

陈白繁愣了下,但很快就收回了自己的情绪。

他也不甚在意她没认出他的情况,嘴唇弯了弯,平静解释道:"我是温生的牙医,可能我之前都戴着口罩,你认不出我吧。"

安糯"哦"了一声,盯着他的眼,语气很平静。

"不好意思,没什么印象了。你有事吗?"

内心却一阵波涛汹涌。

唉。

不管了,都这样了,也无法挽回。

干脆装到底吧。

陈白繁低着头笑了下,指了指外面。

"也没什么事,外面有点冷,穿多点再出去吧。"

安糯抿了抿唇,也不知道该说些什么,只好又"哦"了一声。

沉默了几秒后,她补充了句:"谢谢。"

陈白繁也没多言,只指了指电梯的方向:"那我就先回去了。"

听到这话,安糯张了张嘴,却又什么都没说。她点了点头,绕过他往外走。

可没走几步,安糯又猛地转头,喊了他一句:"陈医生。"

陈白繁回头看向她,头稍稍一偏。

"嗯?"

安糯盯着他,嘴唇紧抿着,表情有点壮烈。她深吸了口气,豁了出去。

"每个医生都能像你一样记住自己所有患者的名字?"

似乎没听出她的话外音,陈白繁看上去像是真的在思考。很快,他就给出了回复。

"啊,也不是。"

CHAPTER. 2

他也觉得会有下一次

说完之后，陈白繁礼貌性地对她颔首，便转身往电梯那边走。

安糯在原地戳了一会儿，见他进了电梯才猛地小跑过去，双眸盯着电梯楼层显示器上面的数字。

1、2、3、4、5——

数字停止了变动，电梯停在 5 楼。

5 楼只有两户人家，除了她就是对面那个永远只有一只手出现的邻居。

因为震惊，安糯的眼睛猛地瞪大，呆在原地，半天都没有反应。

难道对面住的那个古怪的人是他吗？

不对啊，那天她看到邻居丢垃圾的时候，陈白繁还在诊所。

所以他是跟人合住的吗……

安糯的脚步慢慢地向后退了一步，转身往外走。她拿出手机，翻了翻微信好友，面无表情地开始思考。

安糯突然想到一个很严重的问题——

她好像还不知道陈白繁有没有女朋友。

陈白繁回到家里，洗了个澡。

出来的时候，何信嘉也从房间里出来了，此时正拿着 iPad，不知道在做些什么。

陈白繁用吸水毛巾擦着头发，用余光扫了他一眼。

余光见到陈白繁出来，何信嘉立刻抬头，看他。

"哥，你过来帮我看看这图吧。"

何信嘉这本书签的出版社跟上本签的是同一家，跟的也是同一个编辑。但这个编辑给上一本书找的画手画的底图实在不好看，而且也不符合他的文风。

也因此，收到了一些不太好的评价。

因为上一本书，何信嘉对这个编辑的审美彻底失去了信心。

但何信嘉也没法自己确定底图的效果如何，因为他有先天性色盲，没有对部分颜色的认知，也没法正确地判断这幅图的美丑。

他本想算了，就这么自生自灭吧。但刚好，两个月前陈白繁由于房子装修，以及工作原因搬过来跟他一起住。

何信嘉虽然也不太相信他的审美，但非常非常相信他"事多"。所以每次编辑给图让他确认的时候，他都十分安心地丢给陈白繁来回复。

然而何信嘉真的没想过他会驳回几十次……

"事多"到这种程度。

听到这话，陈白繁自然地往房间里走，高大的身躯还冒着水汽。头发被毛巾揉得乱糟糟的，看起来比平时多了些少年气。

"这次怎么这么久才改好？"

何信嘉跟着他进去，把 iPad 放在他的面前。

陈白繁张腿坐在床上，单手接过，视线放在屏幕上。

何信嘉站着，挠了挠头，回答他刚刚的问题。

"那个画手好像跟编辑骂我了，说最后一次改了。"

闻言，陈白繁抬起头，皱着眉评价："这画手脾气不行。"

"……应该不是吧。"何信嘉思考了下，还是决定从客观上来回答，"我感觉确实是你太挑剔。"

陈白繁瞥了他一眼，又垂头看了几眼图，给编辑发了一句话：可以了，挺好的。

发完之后他就把 iPad 递回给何信嘉。

何信嘉接了过来，盯着图，突然想起了些什么："听说那个画手被刺激到决定改行去画漫画了。"

陈白繁往后一倒，躺在床上，脑袋枕在手臂上，认真地批评道："这心理素质不行。"

何信嘉垂头翻了翻聊天记录："啊，题材是牙医。"

陈白繁眉眼一挑，散漫道："品位倒是不错。"

"……"

等何信嘉出去之后，陈白繁躺了一会儿，坐了起来，手搭在大腿上。他的手指修长笔直，掌骨向外凸起，一条一条地向外延伸。

指甲板略长，淡粉的色，富有光泽。

食指在大腿上慢腾腾地敲打着，一下又一下。他回忆着刚刚在楼下遇到安糯时发生的事情。

她整个人被宽大的卫衣包裹着，巴掌大的脸被帽子衬得白皙小巧。站在他面前也只到他的肩膀位置，像是个小孩子。

——"你是？"

——"不好意思，没什么印象了。你有事吗？"

——"陈医生。"

陈白繁摇了摇头，笑出了声。

安糯拿着打包的晚饭进了电梯。

到5楼后，安糯走了出去，下意识地往5B看了一眼。她也没停留太久，拿着钥匙便打开了家门。

吃完饭，整理了碗筷后，安糯泡了个澡才回到房间。她趴在床上，双手撑着下巴，细嫩的小腿裸露在空气中，晃荡着。

安糯有些苦恼地看着放在面前的手机，满脸的犹豫。

总得先问问他有没有女朋友吧……不然她现在做的这些事情不是有损人格又浪费时间吗？她可不想莫名成为道德沦丧到把心思放在一个有女朋友的男人身上的人。

但非工作相关问题不回复……

唉，好烦。

安糯思考了下，傻乎乎地用两只手的食指在屏幕上敲打着。

——陈医生，您好。我有个表妹想读口腔医学，但她有点担心牙医这个职业会太忙，因此找不到男朋友。不知道您有时间找女朋友吗？

输入完之后，安糯认真地再看了一遍。

"……"她怕是精神出了问题才说得出这种话。

安糯把刚刚敲的内容全部删掉，把手机扔到旁边，用被子蒙住脸。

过了一会儿，因为被里头的空气渐渐稀薄，她又将头冒了出来。模样有点烦躁，拿着手机自暴自弃地打了句话便发了过去。

——听说牙医找对象的第一眼是看对方的牙齿？

二十分钟后，安糯的理智慢慢地回来了。她猛地跳了起来，捧着手机，想把刚刚的话撤回。

啊啊啊啊撤回不了了！

要不她直接把他删了吧……

要不就这样吧……

安糯绝望地抱着枕头在床上打滚。她冷静了下，让自己沉着下来，认真思考着。

其实她也不用想那么多吧。

说不定他根本就不会看，每天给他发消息的人又不是只有她一个。

安糯越想越有道理，紧张的心情渐渐平复。她捂了捂有些发烫的脸，按了下电源键熄屏。正想把手机放在床头柜上的时候，恰好，手中的手机振动了下。

伴随而来的是微信的提示音和屏幕的亮起。

安糯打了个哈欠，垂眸看了一眼。然后，就见屏幕上显示着——

你收到一条来自温生陈医生的消息。

"……"

啊？

安糯立刻像拿到烫手山芋般把手机扔开。手机顺势掉到毛毯上，发出很闷沉的一声，归于寂静。

随后，地上的手机再度振动了下。

安糯长叹了口气，伸出一只手把手机拿了回来，点亮屏幕查看消息。

——这个我也不太清楚。

——可能有一点吧。

安糯愣了下，表情有点费解，手指在屏幕上慢慢地敲打：你不是不回复工作以外的问题吗？

想了想，她还是迅速地把这句话删掉，没有发出去。

似乎看她一直没有回复，那头又发了一句话过来。

——不怎么看微信，可能回复得有点慢，见谅。

安糯确实也不知道该说什么了，思考了半天也只是讷讷地回了个"嗯"。她满脸烦恼，下巴撑在手机上，嘴唇轻抿着。

半晌，安糯有些犹豫地输入：你不是牙医吗？

这样回复会不会有点奇怪……

好像是有点奇怪。

算了，发都发了。

安糯又扑回床上，疯狂地滚了一圈之后，才补充了句：我就随便问问，打扰了。

发完之后，她登上了自己的小号，看着下午刚发的那条微博。这个号的粉丝很少，基本都是僵尸粉，所以到现在一个赞和评论都没有。

安糯正盯着那张图发呆，屏幕顶端突然跳出一个通知栏。

——联系人发来一条消息。

安糯下意识地戳进去看了眼。

陈白繁给她发了条语音，不算长，时长还不到五秒。

安糯愣了下，直接戳了那个语音条。

他先是笑了一声，低润温雅的声音随之传来。

"所以你是在问我？"

是在问他找对象第一眼看的是什么吗？

语音播完之后，安糯还没缓过神来。

他这句话是不是太自作多情了？就算她真是这个意思他也不能直接说出来吧……

难道他是在撩她？

好像也不太像。

安糯没胆子再回复了，但又觉得不回好像不太好。纠结半天，只好说了句：不是，我就好奇问问。

安糯等了一会儿，没等到那头的人再回复。

是真的像他说的那样，回复得慢，还是说她这句话根本没什么好回的。

要不她再问一句？

问什么好……要不就……

唉，还是算了。

等会儿她又抽风发一些不正常的话怎么办。

陈白繁拿着热好的牛奶回了房间。

他瞥了眼手机，慢条斯理地发了句话过去。

——时间不早了，早点睡吧。

陈白繁戳了戳对方的头像，瞥了眼她的资料卡，微信号是：annuo1008。

安糯的名字和生日。

翌日早上十点。

安糯还在构思着漫画从哪里开始动笔的时候，应书荷给她打了个电话。

她飞快地接起电话，一只手揉着眉心，向窗外看。白雪皑皑，街道上只有零星的几个人，有些冷清。

应书荷的声音顺着电流传来，感觉神采奕奕的。

"我在你家门口，你过来给我开个门。"

安糯的脚趾蜷曲了下，光脚踩在地上，走出房门。她看着房间离玄关的距离，郁闷地嘟囔了句。

"你去配把我家的钥匙成吗？"

"可以啊。"应书荷垂着脑袋看着自己的脚，好奇地问，"你把钥匙弄丢了？"

"没有，我懒得走过来开门。"

"……"

应书荷还想说些什么，就听身后"咔嗒"一声。

是开门的声音。

她转头望去。

对面 5B 的门虚掩着，门的一侧，干净明亮的地砖上多了一袋垃圾。袋口上是一只白得刺眼的手，像是从未见过天日那般。

不过袋子的封口似乎没弄好，手一松，袋子就向一侧倒去。里头的垃圾半数倾洒出来，有纸屑，也有食物的残渣。

应书荷看着那只手顿了下，而后立刻缩了回去，无情地关上了门。

"……"这人。

恰好此时,安糯把门打开。她顺着应书荷的视线向那边望去,没什么反应:"进来吧。"

应书荷手中提着午饭,跟在她的后面。

"糯糯,你对面住的什么人啊?"

安糯的脚步停了下来,转头望向她,视线停滞着,直到应书荷被她盯得感觉莫名了才开了口:

"温生那个牙医。"

应书荷惊讶地"啊"了声。她突然想起刚刚的事情,皱了皱眉:"那刚刚……"

安糯连忙摇头,解释道:"他现在去上班了,对面不知道是谁。"

应书荷反倒被她这反应吸引了注意:"你怎么知道那牙医去上班了?"

"正常这个时间不都要上班吗?"安糯一本正经。

"也可能轮休啊,你怎么那么肯定。"

安糯说不过她,干脆闭嘴不讲话。

应书荷凑到她的旁边,弯着唇,嘴角旁的梨涡若隐若现。她脸上带着满满的肯定:"你看上那个牙医了。"

安糯自知瞒不过去,恼羞成怒地把她推远了些。

"是又怎样!"

"哈哈哈没怎样呀。"应书荷托着腮,揉了揉她的脑袋顺毛。

安糯看了她一眼,怒气瞬间被带走。她把下巴搁在餐桌上,懊恼地说:"可我不知道他有没有女朋友。"

应书荷想了想:"对面那个是男的还是女的啊?"

"我不知道,没见过。"

应书荷还没来得及说话,就见安糯猛地把头抬了起来。

安糯从睡衣的口袋里拿出手机,抿了抿唇:"我们点外卖吧。"

闻言,应书荷扫了眼她刚刚买的两人份的午饭:"这不有吗?你不想吃这些吗?"

安糯也垂头看了眼,面不改色地撒谎:"我不够吃。"

"……"

但她的举动也没避着应书荷。

应书荷从这个位置，能很清楚地看着她的操作。

点进网上外卖的软件后，安糯的第一反应不是去看外卖，而是点开了自己的个人信息，修改了地址。

安糯按了下"删除"键，把最后的 A 改成了 B。

地址变成了：水岸花城小区 12 栋 5B。

随后她迅速地叫了个外卖，备注：来之前打个电话。

应书荷："……"好手段。

半小时后。

安糯的手机铃声响起，她接起，应付了对方几句。随后，她走到玄关处，顺着猫眼向外看。

不知什么时候，应该是在她们怀着不轨心思点外卖的时段，5B 的那个住户已经把丢得乱糟糟的垃圾清理掉了，此时门外干干净净的。

安糯收回眼，看到应书荷坐在原地，手臂搭在椅背上，直直地盯着她。

安糯沉默，突然觉得自己的行为……好像有点不堪。

但她真的没别的想法，就……就看看对面的人是男的还是女的。陈白繁现在肯定还在诊所，对面就只剩下跟他同住的那个人了。

很快，外卖员从电梯走了出来，往 5B 的方向走。

安糯屏着气息往外看，看着外卖员敲门。

一分钟后，外卖员开始给安糯打电话。

安糯拿着不断振动的手机，硬着头皮没有立刻接起来。

再等三十秒，三十秒后对方不出来她就出去。

正当她想开门出去拿外卖的时候，对面的门开了。安糯良心开始不安，转头看向应书荷："你过来。"

应书荷木讷地走过去，奇怪地问："怎么了？"

安糯直截了当地说了自己的想法："猫眼看不清，你帮我出去看看吧。"

"……"

应书荷盯着她看了半分钟。

安糯被她这副神态看得有点心虚，连忙解释道："不是，我是有道理的，住在这里很尴尬的。"

应书荷不想理她，走过去打开一道小小的门缝，小心翼翼地伸了个脑袋出去。

走出来的男人身姿挺拔清瘦，长手长脚的，看起来有些瘦弱。可能是因为室内有暖气，他只穿着短袖和短裤，裸露在外的皮肤白得刺眼。

别的都很正常，但最引人注目的是，这个人戴了个蜘蛛侠面具，眼睛的部分还有特效，发着蓝光。

面具遮住了整张脸。

"……"这人有毛病吧。

应书荷下意识地瞥了眼身后的安糯，想在对方眼里寻求到同样的情绪。

却发现她早已躲到沙发的位子上，整个人缩成一团，双手扒在扶手上，眨着眼看自己。

应书荷嘴角抽搐了下，退回了一步。突然恶从心起，眼里闪过几丝玩味："那个牙医回来了。"

听到这话，安糯不可置信地瞪大了眼，也不敢过去，急忙压低声音说："那你快关门！关！关！关啊！"

应书荷又往外看了几秒。

外头那个外卖员明显也惊呆了。

他呆滞了将近半分钟，还是在那人的提醒下才反应过来，将手中的袋子递了过去。

"您好，送外卖的。"

何信嘉抬手挠了挠头，因为刚醒，头发还乱糟糟的。他也没有起床气，只是平静地说："我没有点外卖。"

闻言，外卖员低头看了看小票，说："但地址填的就是这儿，那可能是您的家人或朋友给你……"

"不是我的。"何信嘉直接关上了门。

见状，应书荷回头看向安糯，神情急切地说："他过来了怎么办啊？"

"怎么过来了……"安糯显然很蒙，表情木讷，此刻却淡定了下来，"你怕什么啊，我们又没做亏心事。"

没吓到她，应书荷倒是有点意外。她也没再说什么，走出去拿了外卖。再回到房子里的时候,沙发上的安糯已经消失得无影无踪。

原本大开着的房间门紧闭着。

应书荷疑惑地把外卖放在餐桌上,走进了房间里。

床上的被子鼓鼓囊囊的,很明显藏了个人。

听到声音,安糯把脑袋伸了出来,小心翼翼地问:"……走了吗?"

应书荷:"……"

"走了吗?没发现我们是故意的吧?"安糯再问了一次。

"骗你的,牙医没回来,对面是男的。"

"……"

"不是说没做亏心事吗?你怕什么?"

"……"

十三号那天下午。

应书荷到诊所之前给安糯打了个电话。

没过多久,两人在诊所门口会合,一起走了进去。

因为是早就已经预约好的时间,所以很快两人就被护士带到了诊疗室里。恰好要路过之前见到陈白繁的那间诊疗室,安糯下意识地瞟了一眼,然后视线定住。

陈白繁背着窗,口罩摘了一半,低头整理着东西。脸上戴着一个透明的牙科防护眼镜,气质看起来比平时清冷了些。

鼻骨挺而直,卷曲的睫毛上翘,被照明灯打出点点光晕。

似乎刚做完一场手术,旁边的仪器有些凌乱。

陈白繁的旁边站着一个护士,此时两人边整理着仪器,边有一搭没一搭地说着话。他的表情很平静,隐隐传来的声音也显得散漫慵懒。

安糯收回了眼,抬脚走进了应书荷所在的那间诊疗室。

来了也没什么用,找不到机会跟他说话。而且去找他说话的话,好像也显得很莫名其妙的样子。

治疗完后,两人拿着医生开的单子往前台走。

应书荷把单子递给护士,安糯站在她旁边耐心地等待着。她的眼睛若有若无地往那间诊疗室望去,表情带了点失落。

就在她们两个准备走的时候,像听到了她的心声,陈白繁从诊疗室里走了出来。他似乎有话要跟护士说,但恰好看到旁边的安糯,原来微微启开的唇也因此合上。

安糯睁着眼,也没有避开视线,表情冷淡地望着他。

很快,陈白繁收回有些诧异的表情,礼貌性地对她点了点头。随后便转头跟护士交代了几件事情。

安糯垂眸,替应书荷拿过单子,两人转头往外走。

出了诊所,应书荷好奇地问:"你跟那牙医认识了呀?"

"没有。"安糯不由得感到有些丢脸,不太想承认。

应书荷想了想,姑且相信了她的话。

"我感觉你跟我一起来看牙好像没什么用。毕竟我的牙医不是他呀,你这样根本没有接近的机会。"

安糯睨了她一眼,嘴硬道:"我只是单纯来陪你看牙而已。"

应书荷没理她说的话,继续说:"要不你也去看牙?不过你的牙齿好像也没什么问题……不然我下次去的时候问问他们有没有工作号什么的。"

"工作号我早就……"安糯突然反应过来,把话咽了回去,"你问吧。"

应书荷也瞬间明白过来些什么。

"所以你会去看牙吗?"

"不会。"

"那给你个理由吧,你可以说要检查牙齿。"

"……"

把应书荷送上出租车后,安糯在附近闲逛了一圈,找了家奶茶店坐下。

安糯捧着杯热可可喝了两口,视线一直放在一侧的手机上。她把手中的杯子放下,食指有节奏地在桌子上敲打着。

三秒后,安糯拿起手机,拨打了温生口腔诊所的电话。

上次洗牙就很后悔了,这次为什么还要用这种方式……

怎么突然感觉看牙还会看上瘾……

控制不住啊啊啊。

奶茶店里的人并不少,所以显得有些吵。

耳边传来对面的嘟嘟声,等待的时间里,安糯突然走了神。

她听着后头传来了两个女生的聊天内容。

"疼死我了最近,大姨妈一来智齿就发炎,你说我要不要去拔掉啊。"

"拔吧,不然你以后每次都疼啊。"

因为分神听了她们的话,安糯张口的时候,把原本想说的"检查牙齿"硬生生地说成了"拔智齿"。

脑子一时抽风,就连对面的人跟她重复确认了一遍,她都没有发现。

陈白繁拉开家门,一走进去就看到坐在沙发上打游戏的何信嘉。

何信嘉的手在屏幕上飞快地滑动着,低声道:"哥,你给我炒个饭成吗?"

陈白繁把外套脱掉,语气淡而散漫:"没叫外卖?"

"我忘了。"

陈白繁干脆坐到他旁边,伸手倒了杯温水,慢条斯理地喝着。他仔细地考虑了几秒,认真建议:"你要不去找份工作吧。"

老宅在家里太不利于健康了。

何信嘉的眉头一抬,眼神里冒出了些许不可思议,但指尖还是没半点停顿,而后一本正经地告诉他自己到底有多富有。

不知道多少年才能挣到这些钱的陈白繁:"……"

"哥,要是你高兴,我能给你开三家诊所。"

"不……"

何信嘉很忧愁:"看你现在的工资,也不知道什么时候能自己开一家。"

陈白繁瞟了他一眼,没说什么,直接回了房间。

打开微博,在信树的最新微博下评论。

——呵,这么难看的文章,出了书我也不买。

然后,被群嘲了。

私信被"轰炸",被骂。

陈白繁锁屏,不再看手机,有点心塞。

他刚刚也被人羞辱了,只不过是骂回去了而已。

竟然,那么多人,骂他。

没有一个人站在他这一边。

去诊所检查牙齿那天,安糯预约了下午的时间。沙发上三三两两地坐着人,还有两个靠着在一旁的墙上聊着天。

安糯直接走到前台跟护士报出了自己的名字,很快就被带到了陈白繁所在的诊疗室。

见到是她,陈白繁表情一滞,很明显地一愣。

安糯下意识地垂下头,避开他的视线。

她很明显吗?应该没有吧……

附近就只有这个口腔诊所啊。

而且上次她是找他帮洗牙的,觉得他技术好这次也找他,没什么问题吧。

陈白繁也没说什么,抽出一个新的口罩戴上。

安糯很自觉地过去坐在牙科椅上,呆滞地看着一旁关着的灯。下一刻,站在旁边的护士替她开了口:"陈医生,这位女士预约了拔智齿。"

安糯一脸蒙,猛地转头看向那个护士:"什……"

还没等她说完,陈白繁就低低地应了声。他将一旁的照明灯推了过来,温声道:"把嘴巴张开。"

听着他的声音,安糯瞬间把话咽了回去,很听话地张开了嘴。她的眼睛圆瞪着,比平时大了不少,表情呆呆愣愣的。

陈白繁嘴角弯了起来,装模作样地拿着口镜检查了半分钟,而后用戴着手套的手指摸了摸下排从正中的牙往里数的第七颗牙齿,也就是最后一颗牙齿。

"这颗智齿萌出不完全,牙冠的部分被牙龈包绕,食物残渣容易进去却很难出来,会导致各种不良症状。"陈白繁收回了口镜,喃喃道,"是该拔掉。"

……等会儿。

她好像没有智齿啊?

安糯这下是真的蒙了。

难道她真的长了智齿吗……在她不知情的情况下,无声无息地长了一颗？

也不对啊，有智齿她自己怎么可能不知道。但如果现在她直接说没有智齿，是不是太不给他面子了。这样不就显得他这个牙医很无能吗？连智齿都能认错。

为了给暗恋对象面子的安糯只好弱弱地说："……我突然不想拔了。"

可陈白繁却没有顺着台阶下，泰然自若地继续说："不用怕的，拔牙会打麻药，基本不怎么疼。疼也只在麻药散去那一小段时间而已。"

"……"好像说得很有道理。

如果她有智齿的话，肯定就义无反顾地拔了。

但现在的情况是，她没有啊！

安糯一时也不知道该怎么应对这个情况。

还没等她想到，站在他面前的陈白繁微微弯了腰，眼里含着浅浅的笑意，耐心道："所以拔吧，我让护士去拿工具了啊。"

这副模样莫名有点可怕。

温柔地对你笑，无情地拔你牙。

安糯咽了咽口水。沉默了片刻，最后她还是垂死挣扎般地、小声地辩驳了句：

"我没有智齿……"

声音低低弱弱的，有些飘忽，像是带了几分不肯定。

这次陈白繁真的没忍住，笑出了声。他收起玩心，把口罩摘了下来，露出了自己的整张脸。

陈白繁懒洋洋地用指腹摩挲了下口镜柄，眼皮向下垂。明亮的灯光将他的五官衬得棱角分明，却又因嘴角的笑意显得异常的柔和。

"不记得你上次来洗过牙吗？"

安糯愣了愣，没反应过来："记得啊。"

随后，安糯看到他的嘴唇慢慢地张开，说了一句话。声音被他刻意地压低了些，带着喑哑的腔调，比平时多了几分磁性。

"所以我也记得你没有智齿啊。"他轻声笑。

安糯："……"

她突然有点尴尬，像是被人识破了心思的那种尴尬。

虽然她本意是来检查牙齿的，但为什么还是好尴尬啊……

安糯不自然地从牙科椅上站了起来，盯着他，故作从容，垂在身侧的手却捏紧了些："我口误说错了而已。"

顿了顿，安糯决定在他先说出什么之前，抢先污蔑他一手："我只是口误说错了我有智齿，你却凭空给我长出了一颗智齿。"

"我要投诉你。"安糯狠下心说。

陈白繁眉眼扬起。

下一秒，安糯边往门外走边说："这次先放过你吧。"

"……"

陈白繁站在她身后，突然喊了她一声："安糯。"

安糯停下了步伐，回头看他。

"不记得我了？"陈白繁问。

安糯皱了眉，有点摸不准他说的话是什么意思。

难道是指他之前送她去医院的事情吗……

她也猜不到，只好硬着头皮敷衍道："你是在套近乎吗？"

场面沉默了下来。

陈白繁往前走了几步，站定在她的面前。他也不在意她说的，轻描淡写地说了句让她瞬间蒙的话。

"小时候，我住在你家隔壁。"

安糯一时脑袋转不过来，"啊"了一声，随后讷讷地问："你说什么？"

陈白繁没有再重复一遍。

安糯愣怔地望向他，脑海里有一个轮廓慢慢地出现，却也只是一个模糊的轮廓。很快，她反应了过来，不可置信地看着他。

安糯七岁的时候，一家人由于安父工作的原因而搬到川府。但在此之前，他们一直都住在泊城。

至于住在哪个小区，她也不太记得了。只记得在她读一年级的时候，邻居家搬进了一户人家，里面还住着一个很讨人厌的胖哥哥。

也忘了是为了什么两人变得针锋相对，总之在父母面前，他们两个的关系看起来还是很好的。

那个哥哥跟她同在泊城一小读书,但他读的是五年级。

两人每天一起去学校,然后放学一起回家。

一路上争吵……

安糯那时候才七岁,十几年前的人她实在是记不清了。但按照记忆里那浅薄的轮廓,她实在没法将那个哥哥跟面前的陈白繁联系在一起。

安糯想,是绝对不可能的。

他一定是随口提的,一定是跟她开玩笑的。

安糯真的不敢相信,面前的人怎么可能是那个动不动就喊她……

下一刻,陈白繁抬手,虚放在她的脑袋上,向自己的方向一划,停在锁骨的位置。

"小矮子,可够没良心的。

"见你第一眼我就认出你了。"

安糯已经不记得自己是怎么回家的了。既然牙齿没问题,她也没有留下去的必要了,浑浑噩噩、满是绝望地走回了家。

这次安糯没有顾及面子的问题了,到家后就立刻打电话给应书荷倾诉。她扑到床上,哀号了两声,脚上的拖鞋顺势往外飞,砸到衣柜上"啪啦"一声,回归安静。

与此同时,那头的应书荷也接起了电话。

安糯烦躁地用脚蹬了几下床垫,发出很大声的动静。

应书荷有点纳闷:"你怎么了?"

"我发现自己认识那个牙医。"

"啊,什么时候?"

"小时候,他住我对门。"

大概是诅咒吧,现在他也住她对门。

还没等应书荷开口,安糯便继续道:"我刚刚去温生了,然后他喊了我一句'小矮子'。"

"等会儿,我消化下。"应书荷想了想,"他小时候这样喊你?你们关系怎么样呀?"

安糯沉默了几秒,轻飘飘地说了句:"他是太久没见到我了吧。"

"啊？"

"他以前喊我'臭矮子'。"

"……"

应书荷拧了拧眉，有些无语："不是吧，那你怎么不跟你爸妈说一下，不会就任他这样骂你了吧？"

安糯鼓起腮帮子，郁闷道："我肯定想过要跟我爸妈说啊。"

"那你……"

"但我说了，他肯定也会告诉我爸妈我喊他'死胖子'啊。"

应书荷倒是没想过这个，嘴角抽搐了下："那你们两个扯平了啊，都多久前的事情了，别计较了。"

"什么叫扯平了？他刚刚说看我第一眼就认出我了。"

"……这是因为对你印象深刻吧。"

安糯直接下定论："他是在羞辱我，我小时候很丑。"

"……"

这确实是实话。

安糯小的时候有一个特别不好的习惯，喜欢咬下嘴唇，用舌头顶牙齿。

这样的行为会让牙齿向外生长，容易引起龅牙。也因此，安糯在换牙期之前，不仅牙齿排列不齐，上排牙还略微有点向外凸，十分难看。

所以安糯完全不懂他是怎么第一眼就认出她的。

她十分肯定："他居然说一眼就认出我了，就是在说我丑。"

"他都多大了，应该没那么幼稚了吧……"应书荷思考了下，"而且你不是喜欢他吗？这样多好呀，可以以小时候认识来靠近他呀。"

听到这话，安糯一愣，郁闷回道："可我现在心态大崩。"

"啊？"

"就，很奇怪的感觉。"

活了二十多年，终于遇到了一个有好感的男人。但在某一刻，突然发现这个人居然是小时候的玩伴。

还是见面就互相拌嘴、打架的那种。

这感觉……真的很……难以言喻。

"你们多久没见了啊？"

安糯回忆了几秒:"我七岁的时候搬到川府,然后就没见过他了。"
"这很久了啊,都十几年了,性格都变了吧。"
"……简直是换了个人。"
"所以你没必要因为这个烦呀,我感觉这还是个好机会啊。"
安糯现在脑子一片乱:"是这样的吗……"
"反正现在至少比之前陌生人的关系亲近一点吧。"
亲近。
安糯突然想起陈白繁说的那句"小矮子",以及他刻意用手掌对比的动作。
迟迟不来的后劲儿终于一下子上了头。
整张脸"唰"的一下,全红了。

挂了电话之后,安糯越发认同应书荷说的话。她越想越高兴,干脆打开电脑把《温柔先生》的第一话发了出去。
@耳东安安:
那天,我特地去了你所在的诊所。
以蹩脚的理由来见你。
第一次跟你对了话,跟你说以后还找你洗牙。
我说,以后,还来找你。

并配上一张图片。

安糯看着电脑发了一会儿呆。她把身体蜷缩成一团,拿着手机,看了两眼微信。
现在是不是可以很直接地去找他聊天了……
那说什么好。
跟他要个私人号?
安糯还在思考,手机恰好响了几声。刚好是她现在盯着的对话框的主人给她发来了消息。
——安糯,加下我的私人号吧。

——工作号的话可能不能及时回复。

——135……5486。

真的比之前好太多了啊……还会主动给她号码让她加。

安糯弯着唇，乖乖地加了那个私人号。

那头很快就通过了她的验证。

没过多久，陈白繁发来了两句话。

——感觉还是要跟你说一声"抱歉"。

——当时不那样叫你，你应该认不出我，没有别的意思。

看到他的话，安糯愣了下，忍不住问：你是怎么认出我的？

十多年了啊，她连他的名字都忘得一干二净了。更别说，她现在的模样跟小时候真的相差很多。

陈白繁：前段时间，我母亲给我看了你的照片。

陈白繁：她跟朋友去川府玩的时候，遇到你妈妈了。

安糯瞬间懂了。

原来是看过照片才认出来的。

想到自己刚刚跟应书荷说的话，安糯羞愧的情绪渐渐涌上心头。

不过如果是因为安母给别人发了她的照片，为什么不给予相同待遇，给她发那人的照片啊？然后跟她说一下："你看，小时候邻居那个小胖子现在长得多好看。"

那她刚刚在他面前就不会震惊成那副糗样了啊……

安糯也不知道该说什么了，敷衍般地回了句：好巧呀。

那头回得可快：是啊。

安糯纠结了半天。

现在说什么好。

尬聊好痛苦啊……但不聊也很痛苦……

还没想到说什么，陈白繁突然扯起一件事情。

——你是不是要买车？

安糯愣了下：你怎么知道？

发出去后，安糯突然想起安母之前好像是跟她提了让邻居家那个哥哥陪她去买车……

但她不是拒绝了吗！怎么还是找了啊！

不过……幸好找了。

安糯：我妈说的吗？

陈白繁：嗯，我陪你去买吧。

陈白繁：小姑娘一个人在外地，出去也不怎么安全。

陈白繁：你看看什么时候有空，我可以跟同事调一下班。

看到这段话，安糯忍不住从飘窗扑到床上打滚。她将脸埋在枕头里，不由自主地开始傻笑。

天啊……

她妈是什么大善人，莫名给她喂了一个天大的馅饼。

稍稍平复了心情之后，安糯拿起手机，激动得差点敲不稳字了。

那头的陈白繁可能是因为她太久没有回复，以为她在费心思想理由拒绝，便主动给了她一个台阶下。

——如果你有朋友陪你一起去的话也可以。

安糯瞬间瞪大了眼，不由自主地把心中的话说出了声：

"不、不是啊！"

安糯连忙敲了几个字上去：我没有朋友。

说完之后觉得有点对不起应书荷，安糯立刻补充了句：陪我一起去买车。

感觉这样好明显啊……

安糯咬着唇，犹豫了几秒，又发了一句话过去。

——如果你忙的话我自己去也是可以的。

发送成功后，安糯立刻按了电源键，双手合十恳求：一定不要拒绝啊！

一定要说有空啊！

不然她可能会后悔莫及到吐血的。

下一秒，手机响了一声。

安糯提着心点亮屏幕，看到上面的内容时瞬间松了口气。

陈白繁：没事，我不忙。

安糯完全克制不住唇边的笑意，指尖在屏幕上飞快地敲打着：那你定时间吧，我都有空。

这次那边回得有些慢，大概是在思考。

等了一会儿，安糯终于等到他的答复：月底可以吗？三十一号我刚好轮休。

安糯害怕这馅饼飞走，飞快地回：可以。

三十一号那天，两人约好在水岸花城门口见面。

陈白繁比约定的时间早了半小时出门。到停车场里提了车，他开到小区门口。本以为要等一段时间，却没想到安糯到得比他还早。

她站在保安亭旁的一棵枯树下，伸出手指百无聊赖地抚着那棵树的纹路，上身穿着棕色翻领呢大衣，下搭一条黑色铅笔裤。

短发柔顺地披散下来，用一顶纯黑色的针织毛线帽定了型。

陈白繁把车停在旁边，下了车，喊了她一声："安糯。"

安糯转过头，看起来还在神游，表情有些呆滞，眼睫垂下，很快又抬了起来，故作镇定地摸了摸帽子。

陈白繁走到她的面前，轻声道："怎么这么早。"

安糯捏了捏指尖，面不改色地撒谎："记错时间了。"

安糯怎么可能会承认，她六点就起来了，纠结了一个小时什么时候出门。最后她还是选择了提前。

毕竟是她拜托他陪自己一起去的，总不好让别人等吧。

陈白繁挑眉，带笑地"啊"了一声，随口道："那我以后提醒你吧。"

安糯猛地抬起头，看到陈白繁已经转了头，指着车的方向，表情看起来没有别的含义。他的声音温柔清朗，在这冬日里就像是吹过了一缕春风。

"先上车吧，外面很冷。"

安糯低低地应了一声，跟在他的后面。

就见陈白繁往副驾驶座的方向走，看起来像是要给她开门。

安糯的脑子忽地一抽，说出来的话连自己都觉得莫名其妙：

"我拿了驾照之后就没开过车，要不让我来开吧？"

瞥见陈白繁陡然一顿的脚步，安糯咽了咽口水。

正想改口的时候，陈白繁用车钥匙将车解锁，而后转身往驾驶座的那边走去，伸手拉开门。

他的举动让安糯松了口气。她抬脚,想往副驾驶座的位置走。

但陈白繁没有坐进车里,反而单手按着车窗的顶部。

"不是要开车吗?"他轻声问。

安糯侧头看他,愣愣地问:"真让我开啊?"

"嗯,过来。"

安糯撞上他的眼,连忙收回视线。她飞速地打开车门,边钻进车里边嘟囔着:"算了。"

陈白繁微微伏低了身子,顺着车门看了她一眼。

安糯莫名地不敢看他,只好装模作样地低着脑袋系安全带。

很快,陈白繁也上了车。

狭小的车内,瞬间就被他的气息铺天盖地地充盈。还有若有若无的消毒水味道,但很淡,结合着淡淡的薄荷味,清透温和。

下一刻,他发动了车子。

安糯不好意思玩手机,也不知道说什么。她转头望向窗外,看着静态的景色瞬间像是有了生命,加了速地往后跑。

气氛有一点尴尬。

可能也只有她察觉到这样的尴尬。

趁着红灯,陈白繁侧头看了她一眼。

安糯的两只手捏着,交缠在一起,放在腿上。

他收回了眼,指尖在方向盘上敲了敲,富有节奏。随后,陈白繁伸手打开了广播,转动了几下,调到适合的音量。

安糯闻声转头,恰好看到他棱角分明的侧脸被窗外碧蓝如洗的天空衬得每个弧度都清晰明了。

安糯突然有些不安。

他是嫌自己太安静了还是什么……

要不说点话?那说什么好?

安糯纠结了半天,讷讷地问:"开到那儿大概要多久?"

"二十分钟吧,"陈白繁漫不经心答,"很快的。"

"哦。"又冷了场。

还是别影响他开车好了。

安糯慢慢地陷入了沉思和回忆当中。

她记得,一年级的时候,陈白繁读五年级。所以正常算起来,他比她大四岁。

安糯现在二十三岁,那陈白繁应该二十七岁。

二十七岁……

安糯忽地转头看他,问:"你今年二十七岁吗?"

陈白繁转动着方向盘,"嗯"了声:"是啊。"

闻言,安糯脑中的话脱口而出:"那你应该结婚了吧?"

"……"

恰好遇上红灯,陈白繁踩住刹车,用余光瞥了安糯一眼。他用舌尖舔了舔唇角,淡声道:"没有。"

注意到他的视线,安糯的脸一下子就红了起来,掩饰般地转头看向窗外,开始胡乱瞎扯套话:"我没别的意思,就是感觉这个年纪好像差不多了……"

像是有刀捅进陈白繁的心脏。

陈白繁沉默了。

"你女朋友不着急吗?"

女朋友。

第二刀。

安糯越说越觉得没谱:"不是,我……"

眼前的红绿灯开始倒数,五、四……

陈白繁终于忍不住打断了她的话,却是毫无情绪的语气和模样:"没有女朋友。"

说完他便发动了车子,之后再也没看过安糯一眼。

一旁的安糯完全没有注意到他的表情,心里默默地乐开了花。

陈白繁面上平静,唇一直保持着一个不爽而又不失礼貌的弧度,暗自腹诽着——

等她二十七岁还没嫁出去的时候,他一定、一定也要说这样一番话。

到 4s 店后。

销售人员在旁边极力推荐介绍着车的各种性能和特点。

安糯对车子没有什么研究，看到外形合适喜欢的就想买，对他的话没发表什么评价。

陈白繁倒是主动开了口，随口跟别厂的车型做了对比。

安糯指了指一辆淡粉色的车，表情有些犹豫："这辆好看。"

陈白繁顺着她指的方向望去，凝神思考了几秒。而后，他点点头，懒洋洋地说："安全性能好像还可以。"

听到他的话，安糯"嗯"了一声，瞬间决定下来，对着销售说："那就这辆了。"

陈白繁愣了下："不再看看吗？"

安糯也愣了："你的意思不是让我买这辆吗？"

还没等他解释，安糯便摆了摆手，说："好看和安全，足够了。"

她思考了下，补充道："反正我也不怎么开。"

陈白繁应了声，没再说什么。

按流程买了车后，两人出了店。

陈白繁突然想起一件事情："你什么时候拿的驾照？"

安糯毫不犹豫道："十八岁。"

"那你要不要练练车？"

安糯摇头："不用了，我车技很好。"

陈白繁不太相信她说的话，把车钥匙递给她，掌心向上，语气半开玩笑："那你来开？"

安糯直接拿过他手中的车钥匙，触到他冰冷的皮肤，指尖顿了顿："可以啊。"

"……"她为什么会答应？

陈白繁开始后悔自己的一时冲动。

五年没开车……

他不敢想。

结果一路很安稳地回到了水岸花城。

陈白繁的手肘支在窗沿上，明目张胆地盯着她熟稔的驾驶技术，暗自想着：这小姑娘说的话怕是很多都不能相信。

安糯开进了小区里，按照陈白繁说的位置把车停好。

两人下了车，一起往 12 栋的方向走。

"倒是巧。"陈白繁笑了一声，"突然想起我们还住同一栋楼。"

安糯后颈一僵，不自然地调整了下帽子："是挺巧的。"

进电梯后，陈白繁先是按了下"5"，问她："你住几楼？"

看着按键上发亮的"5"，安糯神情顿住，而后面不改色道："6楼。"

闻言，陈白繁伸手按了数字"6"键。

电梯门渐渐合上，电梯开始向上移动，楼层显示屏上的数字变化着。

1、2、3……

安糯忽地开了口，实话实说："其实我住 5 楼。"

"……"

到了 5 楼，电梯门打开。

安糯抬脚走了出去，犹豫了下，还是转了头，跟陈白繁道谢："今天谢谢你了。"

想了想，她礼貌性地补充了句："改天请你吃饭。"

陈白繁微挑眉，喊了她一声："安糯。"

安糯："啊？"

"你知道我住在 5 楼？"他问。

安糯的脑子里瞬间涌起那天自己冲过去看电梯停在哪层的画面。她立刻摆摆手，往后退了两步，假惺惺回道："是吗？你也住 5 楼啊。"

陈白繁看着她，没说话。

"我怎么会知道你住几楼，你又没跟我说过。"注意到陈白繁的表情，安糯垂下头，硬着头皮说，"怎么刚好住对门哈……挺巧的。"

陈白繁嘴角向上扯，轻描淡写道："是挺巧的。"

"……我回家了。"安糯狼狈地转身，往家门的方向走。

陈白繁站在原地，看着她的背影，眉眼稍稍舒展开来。

又撒谎。

回到家后，安糯换了套衣服便到书房里，继续画《温柔先生》的第二话。把其中一个分镜画完后，她往后一靠，伸了个懒腰。

安糯挠了挠头，重新坐直了起来，喝了口水。

正想继续赶进度的时候，放在鼠标旁边的手机振动了下。安糯瞥了眼上面的内容，拿着压感笔的手一顿。她立刻解锁了手机，看着那头发来的话。

陈白繁：对了。

陈白繁：提车需要我陪你一起去吗？

陈白繁：帮你检查一下车有没有问题。

安糯的眼睛一亮，激动得站了起来。她把笔放了下来，用双手打字，一直删删改改。

结果把想回复的话硬生生地从"好啊，麻烦你了"变成了"不用了，你不是刚轮休过吗？不麻烦你了"。

看着自己发出去的话，安糯郁闷得连画画的心情都没有了。

什么时候能改改自己这臭毛病啊……

安糯想了想，不甘心地换了个话题。

——你什么时候有空？

——想请你吃顿饭，谢谢你今天陪我买车。

还想着如果他拒绝了自己该怎么回复的时候，那头就回复了：下班之后都可以。

所以这发展还是挺正常的吧？

他帮了忙，她请他吃顿饭，很正常吧？

看不出她别有用心吧……

安糯抿着唇，敲了两个字：明天？

下一刻，她立刻将其删掉。

感觉太急切了……像天天都想见他一样。

安糯磨蹭了几分钟，改成：那后天吧？

手机响了一声。

——好。

约定吃饭的那天，安糯给自己拾掇了一番，正准备出门的时候，收到了陈白繁的微信。

——我晚上六点下班,你不用太早出来。

安糯看了眼时间。

下午五点半,好像是有点早。

她回了个"好",靠在鞋柜旁等到五点五十分才出门。

走过去才五分钟。到诊所门口的时候,陈白繁还没出来。安糯在外面等了他一会儿,冷得忍不住跺了跺脚。

恰在这时,陈白繁从诊所里走了出来。他眉眼一抬,一眼就看到了安糯所在的位置。

安糯走了过去,站在他的面前。

为了不让他觉得自己是很急切来找他的,安糯抢先在他开口之前说话:"我刚来的。"

陈白繁若有所思地看了她一眼,点点头。

"下次你六点下来就行了,或者直接进诊所里也可以,别在外面吹风。"

安糯眨了眨眼,破天荒地乖乖"哦"了一声。

为什么他总是可以以一副很自然的模样说——"下次……"

他这个样子,是不是代表……

他也觉得会有下一次。

CHAPTER. 3
这人是阴魂不散吗

陈白繁看了看周围，询问道："要不你在诊所坐一会儿？我回小区里把车开出来。"

安糯摇头，说："那家火锅店很近的，走过去就好了。"

陈白繁笑："这样啊，那麻烦你带路了。"

两人往附近的一条街走去。

因为身高差距大，陈白繁似乎没有注意她的步伐，所以安糯的脚步得迈得又大又快才能与他并肩。

陈白繁很快就察觉到了，减慢了速度。

一路上，安糯一直沉默着，没有开口。主要是她也不知道说什么，而且按她的性子，肯定是多说多错。

不过陈白繁倒是主动开了口。他笑了一声，漫不经心道："怎么话这么少，那么怕我？"

"什么？"安糯抬头看他，慢吞吞地收回了视线，"我牙齿又没什么问题，为什么要怕你。"

"说得也是。"陈白繁笑道。

两人走进火锅店，找了个位子坐下。

安糯正想把菜单递给他的时候，陈白繁摆了摆手："你点吧，我没忌口。"

安糯也没再扭捏，点了个鸳鸯汤底，又点了些配菜。

服务员走过来给他们倒水，顺便将菜单拿走。

火锅店里的光线很足，周围的服务员来来往往。空间很大，但依然显得热闹十足。

安糯捧着水喝了一口。

对面的陈白繁将外套脱了下来，叠好，放在一旁。随后他将衣袖稍稍地撸了起来，将水壶里的水倒到碗里，边清洗边说："你以后就在泊城这边定居了吗?"

安糯没想过这个问题,突然被问到也有些犹豫。

"不一定吧。"

她本来想的是隔一段时间换个城市居住,也为自己画画找点灵感。但现在遇到陈白繁,她突然就改了想法。

泊城好像是个很好的地方。

牙医都比别的地方的要帅一点。

听到这个回答,陈白繁似乎有些意外:"你现在在哪工作?"

安糯也倒了点热水开始洗餐具:"我没有固定工作,职业是全职插画师,所以待在哪都不影响。"

因为之前帮何信嘉看封面,陈白繁对这个行业有一点点了解。但他也没那么八卦地去问她的笔名,这个话题也就此止住。

恰好服务员把汤底上了,摆在中央。

安糯看着烟气在上面萦绕着,将他的模样模糊了些。她正想把服务员端上来的一盘肉全部放入火锅里,就被陈白繁接过了盘子。

"我来吧。"

看着他自然的动作,安糯低下头,嘴角微不可察地翘了起来。

虽然个子小,安糯的饭量却不算小。

两人边吃饭边有一搭没一搭地聊天。冷场的时候,安糯就低头假装平静地吃东西。不知不觉,饭桌上的配菜竟一大半都进了她的肚子里。

安糯吃饱后,对面的陈白繁还在慢条斯理地夹菜。她犹豫了下,开口道:"我去洗个手。"

陈白繁抬眸看她:"嗯,你去吧。"

安糯到卫生间里补了妆,把袖子凑到鼻子前,闻到自己一身的火锅味。突然有点后悔今天来吃火锅的决定。

而且她吃得好像有点多……

等会儿回去问问他还要不要加菜好了。

不然这样不就像是,她说想请他吃饭之后就后悔了,然后决定拼命地吃。

这个逻辑好像也没错……她刚刚的样子不就是一副想吃回本的样子吗？

想到这个，安糯连忙抬脚走回位子上。

陈白繁已经停了筷子，此时正拿着手机，大概在给人发短信。

见她回来了，陈白繁便放下了手机，张了张嘴。还没说出话来，就见安糯认真地问："还要加菜吗？"

闻言，陈白繁一愣，似是有点惊讶，但他也没做多大反应："你还饿吗？还饿可以再加。"

"……"

安糯看了他一眼。

下一刻，安糯摸了摸肚子，说："不饿，我是怕你没吃饱。"而后强调，"我现在很撑了，非常撑。"

陈白繁盯着她，表情有些犹疑。但他也没说什么，很快便道："那走吧。"

"我先把账付了。"安糯垂头翻了翻钱包。

陈白繁边穿着外套边说："我付完了。"

倒是没想过他会来这一出，安糯一脸愣怔地看他。

陈白繁："走吧。"

安糯连忙背上包，跟上他的步伐，在他身后纳闷地说："说好我请的呀。"

走出火锅店，陈白繁转头看了她一眼，懒懒散散道："我这年纪还能让你一小姑娘请我吃饭？"

"一顿饭而已啊……"安糯没有这种莫名其妙花别人钱的经历，从口袋里拿出手机，认真道，"我把钱转给你吧。"

她轻声细语的，个子也小小的。巴掌大的脸，皮肤白皙光滑，细细密密的睫毛下，清澈的眼盈盈，表情看上去一本正经。

陈白繁也不知道自己在想什么，下意识地就拍了拍她的脑袋，动作轻轻的。喉结不自觉滑动了下，被暗沉的光线掩饰住。

"不用，就一顿饭。"

安糯还因他的举动没反应过来，陈白繁便收回了手，视线转到了别的方向，眼里划过几丝不自然。

她愣愣地低下头，把手机放回了包里，脸颊开始发烫。

随后，安糯假装淡定地抬手摸了摸脑袋，似乎还能从那里感受到他指尖的余温。

两人并肩往小区的方向走。

走到转弯处的时候，恰好遇到了陈白繁认识的两个人。看到陈白繁，其中一个男人动作熟稔地搭上他的肩，"哟"了一声，喊道："繁哥。"

陈白繁把他的手扒拉下来，轻声问："你俩干吗去？"

"喝酒啊，一起不？"

"这么晚喝什么酒。"

"……酒不就是晚上喝的？"

另一个男人忽然发现了安糯的存在，调侃道："万年老光棍终于开了朵花？"

听到这句话，原本在旁边安静等待的安糯一愣。

万年老光棍？

是没谈过恋爱的意思吗……

安糯瞥了陈白繁一眼，他恰好也看了过来。

两人视线撞上。

下一刻，陈白繁面不改色道："别胡说。"

回去的路上，氛围沉默了些。

不知是无意还是有意，陈白繁随口解释道："那两人说话不着调的。"

安糯侧头看了他一眼，微不可察地点点头。

两人走到小区附近，恰好路过一家蛋糕店。

陈白繁瞥了眼，突然想起了什么，脚步一顿。

安糯没注意到他的反应，还是垂着脑袋继续向前走着。

陈白繁在后面喊了她一声："安糯。"

闻言，安糯转过头，疑惑地看他。

"你在这儿等我一下。"抛下这句，他便走进了蛋糕店。

安糯盯着他的背影，"哦"了一声，从口袋里拿出手机看。她把微博打开，登上小号，看着自己那几条就像与世隔绝的微博，忽然叹了口气。

别胡说别胡说别胡说……唉。

再抬头的时候,陈白繁已经从店里出来了,手上多了一个蛋糕盒。

安糯主动往他的方向走,看了眼他手中东西:"你生日?"

"不是。"

安糯没再问。

出了电梯,安糯跟陈白繁道了别。

还没等她拿出钥匙,陈白繁便散散漫漫地说:"等一下。"

他向前走了两步,把手中的蛋糕递给她:"给你买的。"

也不知道这小姑娘刚刚说的吃饱是真是假。

安糯呆呆地接过,用双手抱着一个大大的蛋糕盒,看起来傻乎乎的。

陈白繁低头笑了下,指尖在蛋糕盒上敲了敲:"回去吧。"

因为他的举动,安糯的心情好了不少,原本向下耷拉的眉眼也扬了起来。

"陈……"

只说出了一个字,她就停住了。

喊什么才对……

陈医生?陈白繁?

短时间内纠结不出来,安糯别扭地挪开视线,声音很低很低:"谢谢。"

陈白繁抬了抬眼,双眸在灯光下显得又黑又亮:"安糯,又不记得了?"

他半开玩笑:"我叫陈白繁。"

陈白繁看着她走进家门,转身回家。

一打开门就看到站在玄关处的何信嘉,陈白繁皱了眉:"你干什么?"

何信嘉盯着他,表情有点古怪:"我看到了。"

"什么。"

"你在泡妞?"

陈白繁没理他,换了鞋便往房间走。

何信嘉突然想起自己的晚饭,问道:"哥,我不是让你给我带个炒饭回来吗?饭呢?"

"忘了。"

"哦，你就记得给别人买蛋糕了。"

"……"

"住对面？"

"……"

安糯把蛋糕放进冰箱里，到浴室卸妆洗澡。

随后，安糯泡了杯牛奶到客厅，坐在沙发上，打开电视。她忽然想起厨房的蛋糕，拿出来切了一小块。

看着剩下的部分，她有些忧愁。

陈白繁买了个两磅的抹茶草莓蛋糕，让她吃两天都吃不完啊……

安糯想了想，主动登上微信，问陈白繁：你吃蛋糕吗？

安糯：我一个人吃不完，不然就浪费了。

等了几分钟，没等到回复。

安糯端着蛋糕坐回沙发的位子上，拿着遥控器换台。翻到一部动漫的时候，她突然发现自己最近貌似花太多时间在那部漫画上了。

距离上次画的稿子好像已经过了半个月。

这么一想，安糯干脆打开微博看了一眼。翻开未关注人私信，手指飞快地向下滑动着。看到其中一条，她随手点了进去。

@巫谷谷：糯纸你好呀，我是《和云》杂志的编辑谷谷。很喜欢你的插画风格，想和你谈一下合作事项，方便留一下联系方式吗？

安糯点进她的微博看了一眼。

《和云》，好像还行。

她也没想太多，直接把 QQ 号码发了过去。

安糯也没再继续往下翻，退出了微博，打开 QQ 看了两眼。之后她便拿着遥控器换了个台，找了一部综艺来看。

进广告的时候，编辑的好友申请恰好来了。

安糯懒懒地戳了下"通过"。

巫谷谷：你好呀，我是谷谷。

糯纸：你好。

巫谷谷：不知道你最近有时间接稿吗？

糯纸：有的。
巫谷谷：是这样的，最近我这边在准备再版信树的《暗色情话》。
巫谷谷：类型是悬疑言情文。
安糯看着那如同恶魔的名字，几乎没有考虑半秒。
糯纸：抱歉，我对这个风格不擅长。
糯纸：希望有机会再合作。
说完之后，安糯就下了QQ。
真的是出师不利，怎么刚摆脱完又找上门了。
安糯挖了勺蛋糕放进嘴里，"哼唧"了声。
这个信树是不是太搞笑了，还想找她画封面？
想都别想。

何信嘉正想打盘游戏的时候，收到了新编辑的消息。
巫谷谷：糯纸那边说不擅长这个风格，不愿意接。
巫谷谷：你还有别的喜欢的画手吗？
巫谷谷：没有的话那就我来挑了哦。
何信嘉懊恼地挠了挠头。
这个糯纸怎么可能不擅长这个风格？这分明就是直白又想显得委婉地拒绝。他去糯纸的微博看过，有这个风格的插画啊。
而且不看色调的话，画得也很不错。
看来是记恨上他……哥了。
何信嘉爬了起来，走出房间，听到了浴室里淅淅沥沥的水声。他直接进了陈白繁的房间，盘腿坐在床上。
过了一会儿，陈白繁拧开门把手，走进房间里。他的头发上搭着一条白色的毛巾，发尖还在滴水。
一走进来就看到何信嘉，陈白繁扫了他一眼，没理他。
何信嘉先耐不住开口："哥，你什么时候搬走？"
闻言，陈白繁像是想到什么，目光一顿："过几天吧。"
"那我的封面你还帮我看不？"
"可以。"

何信嘉心下一松，但还是有些忧愁："那个画手不帮我画了。"

突然有种出版一本书就要换一个画手的感觉。

"那再找一个。"陈白繁边拿起桌子上的手机边回道。

反正他还愿意给自己看封面，何信嘉也没什么好说的，点点头便回了房间。

陈白繁打开微信，看到安糯说的话，回道：嗯，我过去拿？

看到消息后，安糯想了想，回：我拿过去吧。

陈白繁家里有两个人，她这边就一个人。她给自己留一点，别的都拿过去好了。

安糯拿了件外套穿上，拿上钥匙和蛋糕便出了门。

还没等到她走到陈白繁的家门前，门便开了。

陈白繁穿着拖鞋站在玄关，伸手把她手里的蛋糕接了过来。他刚洗完澡，身上一股清新的沐浴露味道。身上的T恤有点贴身，隐隐透出他腹肌的形状，露在外面的脖颈线条流畅。

空间在这一瞬像变得很狭小。

安糯挪开了视线，犹豫了几秒，还是嘱咐道："不知道你们两个人晚上吃不吃得完，吃不完记得放冰箱，不然可能会坏。"

陈白繁垂眸看她，忽地想起刚刚何信嘉说的话，以及安糯的职业，插画师。

给信树画封面应该算是不错的工作吧？

安糯往后退了一步，小声道："那我回去了。"

"等等。"陈白繁喊住她，慢条斯理道，"你进来坐会儿，我有件事情跟你谈谈。"

安糯"啊"了一声，然后又"哦"了一声。她抬脚走进房子里，表情略显局促，看了看周围。

陈白繁给她指了指沙发的位置："你先坐那儿，我去穿件外套。"

随后，陈白繁回了房间，从衣柜里拿出件外套穿上。余光瞥见桌子上的手机，他顿了顿，给何信嘉发了个微信。

——别出来。

065

陈白繁家的客厅格局和她那边基本一样,只不过装修风格就略显清冷。

茶几上很空,只放着几个干净的透明玻璃杯和一个盛满水的水壶。地上铺的是淡色木质地板,垫着一块灰色的毛毯。电视机上铺着一块布,看起来很久没有人使用过。

被陈白繁放在餐桌上的蛋糕盒也成了那儿唯一的物品。

怎么两个人住也像没有人在这里住一样。安糯暗自想着。

她本来想着只是过来送个蛋糕,身上什么也没带,就只有一把钥匙。此时也不知道做什么好,就低着头发呆。

所以陈白繁要跟她说什么……

她今天应该也没说什么不该说的吧。

唔,好像听到了他没谈过恋爱的事情。

还没等安糯想清楚,陈白繁便从房间里出来,走过来坐在她的旁边。他朝她笑了一下,伸手给她倒了杯水,声音略带歉意:"久等了。"

安糯捧着水杯喝了一口,轻声说:"没多久,你要跟我谈什么?"

陈白繁把水壶放回原处。

时间也不早了,他没扯太多,直入主题:"今天听你说你是插画师,我表弟刚好要出版小说,需要画封面底图,所以想找你帮帮忙。"

没想到是这个原因,安糯一愣。

注意到她的表情,陈白繁补充了句:"有酬劳的,价格还可以。"

安糯沉默下来,在心里琢磨着。

如果她帮了忙,是不是就代表他欠了她一个人情。说不定他还会为了感谢她,请她吃饭什么的。

而且不就画张图?怎么算都不亏。

酬劳这种东西,不给也没关系。能让她追到他就最好了……

想到这个,安糯同意:"可以。"

陈白繁这个行为确实有私心的成分在,虽然他也不知道自己这私心从何而来。

突然想起何信嘉对封面要求不低,本想直接让安糯走后门的陈白繁还是提了个要求:"你能给我看看你的插画作品吗?"

安糯没带手机,没法直接给他看,只好说:"我没带手机过来,但是我微博上有很多作品,你可以去看。微博名是'糯纸',我名字的那个糯,纸巾的纸。"

糯纸。

陈白繁原本淡定从容的表情瞬间有些许裂痕。

这名字……是不是有点熟悉……

他这个反应让安糯有点蒙了,原本对画画自信心爆棚的她瞬间没了底气,小心翼翼地问:"你看过我的画吗?"

陈白繁沉默了几秒,起了身,说:"你等我一下。"

安糯紧张地捏了捏指尖,点点头。

陈白繁抬手挠了挠头,往何信嘉的房间走。他打开房门,压低了声音问:"你之前那个画手叫什么名字?"

何信嘉眼皮都没抬,散漫地耷拉着,没理他。

陈白繁干脆直接整个人走了进去,把门关上,再问了一遍:"给你画上本书封面的那个画手叫什么名字?"

被全世界嫌弃了的房子主人终于抬起眼:"别进来。"

陈白繁盯着他看了两秒,平静道:"突然想起好像很久没见过姑姑了。"

何信嘉妥协:"……糯纸。"

陈白繁:"……"

所以安糯真的就是何信嘉说的那个被他刺激到去画漫画的画手吗?

按照何信嘉说的话,这个糯纸应该很讨厌信树。但她讨厌信树的原因是,她不知道真正不断挑刺的人不是信树本人。

而是信树他表哥。

如果安糯知道是他这样折磨她……

陈白繁垂下眼睑,突然有点烦躁。

何信嘉坐在椅子上,双腿抬起交叠,搭在桌子上,一晃一晃地,问:"不让我出去……进展那么快?你们对我的客厅做了什么?"

陈白繁淡淡地扫了他一眼:"她胆子小。"

可能会被你这个邋里邋遢,几天不洗澡的宅男吓到。

陈白繁继续问:"你刚刚说拒绝了的那个画手也是糯纸?"

何信嘉默认,又答:"编辑找过她,她回绝了。"

陈白繁又沉默了几秒,而后道:"我刚刚也找了她,同意了。"

何信嘉瞥了他一眼:"你刚刚不是在泡妞吗?"

"……"

"你不要跟我说外面那个就是。"

"……嗯。"

闻言,何信嘉盯着他看了几秒,毫无预兆地站了起来,夸张道:"没吃晚饭简直要饿死了,拿蛋糕过来了是吧?好,我去吃了。"

陈白繁立刻把他推回椅子上,咬着牙说:"你想干什么?"

何信嘉又站了起来:"我没吃晚饭,出去吃个蛋糕啊。"

"没吃晚饭"四个字咬得格外重。

陈白繁突然不拦他了,平静地说:"我明天找姑姑来给你做。"

"……"何信嘉的嚣张骤消,乖巧地坐回去。

陈白繁站在原地,下颌线绷直,嘴唇也抿得紧紧的。他想起自己之前的诸多要求,"啧"了一声,摸了摸眉骨。

注意到他的表情,何信嘉的心情一下子就明朗起来,眉间像是被扫掉了一层阴霾。

何信嘉收敛了嘴角的弧度:"就让她画吧,上本她给我画的封面我挺满意的。我一会儿跟编辑说一声,让她再找一次。"

"等一下。"

"怎么?"

"我还没跟她说你的笔名,不知道她愿不愿意。"

"行吧,那等你说了再说。"

陈白繁也不想安糯在外面等太久,说完便往门外走。

没走几步,他又转了头,再次开了口。

"对了,如果你以后认识她了,"陈白繁的话停顿了下,正经道,"绝对不能跟她说是我帮你看封面的。"

何信嘉瞬间懂了陈白繁的意思——要自己来背锅。

他满脸黑线地摆了摆手,表示明了。

得到满意回应的陈白繁回到客厅。

安糯还乖乖地坐在原地发呆,没有做别的事情,看上去像是犯了错的小孩。

　　陈白繁心底的愧疚突然就噌噌噌地冒了起来。他坐回了刚刚的位子，主动开口："我先说一下我表弟的笔名，你看看认不认识，有没有兴趣接。"

　　安糯回过神，紧张地舔了舔下唇："好。"

　　陈白繁在心底捏了把汗，补充道："他的笔名是'信树'。"

　　安糯："……啊？"

　　这人是阴魂不散吗？

　　而且这人怎么就成陈白繁的表弟了？

　　安糯安静了下来，眼眸低垂着，回忆着之前那个编辑转达信树意思的话。

　　大概是来索命的吧：信树说这个色调不太符合青梅竹马。

　　大概是来索命的吧：那啥，那边说男主角画得太矮了。

　　大概是来索命的吧：唔，女主角的头发颜色再淡一点……

　　……

　　她刚刚是不是没听笔名就直接答应了？

　　刹那间有种叫作后悔的心情涌了出来，完全抑制不住。

　　陈白繁说的是表弟，所以信树是男的？这男的真是有诸多要求又挑剔啊……

　　这样想的话，陈白繁会不会被那个信树欺负得很惨。

　　陈白繁干咳了几声："如果你不想接的话我也不……"勉强。

　　安糯忽地开口，打断他的话："跟你一起住的那个就是你表弟？"

　　陈白繁一顿，"嗯"了一声。

　　"你跟他关系怎么样？"

　　"挺好的。"

　　安糯眼睛一眨不眨地看他，最后还是答应了下来："我应该可以画。"

　　不想拒绝他。

　　不想让他觉得下不来台。

　　不想看到他失望的样子。

　　倒是没想过她会答应。

　　她刚刚的表情看起来大概真的很不喜欢信树，却还是答应了。

陈白繁呼吸一顿，心跳像是停了半拍，是一种格外陌生的感受。他定了定神，诚恳道："那就拜托你了，改天请你吃饭。"

听到这句话，安糯的心情瞬间就好了起来，立刻问："什么时候？"

纠结了几秒，她补充了句："我看看我有没有空。"

注意到瞬间沉默下来的陈白繁，安糯只想仰天咆哮。

是不是有点虚伪了……她一个全职画手能有多忙啊……之前找别人陪她一起买车就什么时候都有空，这下倒要看看有没有空了。

下一秒，陈白繁突然反应过来："你是要回川府了吗？"

安糯一愣，回忆了一下时间，好像……下周三是春节。

怪不得他这样问，她确实要回去了。

安糯应了一声，暗暗想着一会儿回屋就订回去的机票。

"什么时候回？"

安糯慢吞吞道："我还没订票，回去再订。"

陈白繁提议："那就你回去那天可以吗？然后我再送你去机场。"

这次安糯不再慢吞吞，马不停蹄点头。

事情谈完了，安糯也没了继续留下来的理由。她站了起来，说了句："那我回去了。"

陈白繁也起身，走到她前面给她开门。

安糯走到门外，忽然回了头。

信树是陈白繁的表弟，而且关系还可以，她在他面前吐槽是不是不太好？但她忍不住啊！实在是被折磨得忍不住啊！

希望他可以离信树远一点，千万别被带坏了。

千万不要同流合污了！最好别住在一起了。对信树仇恨值爆棚的安糯如是想。

安糯揪了揪袖子，表情很纠结。

要不说得委婉一点？委婉一点点……

注意到她的表情，陈白繁挑了挑眉："怎么了？"

他的这句问话像是给了安糯勇气，她瞬间把话说了出口：

"你表弟的性格好像不太好。"

陈白繁唇边的笑意僵住："……"

下一秒安糯就后悔了，立刻往后退了两步，说："我开个……"玩笑。

还没等她说完，陈白繁便打断了她的话："我也觉得。"

"……"

陈白繁完全不相信，何信嘉认识了安糯之后，会不告诉她封面其实是他在挑刺的这件事情。

他收敛了脸上的僵硬，一本正经地说："所以以后你见到他，别跟他说话。"

安糯嘴里还没说出的几个字瞬间被咽了回去。

连陈白繁脾气这么好的人都觉得信树性格不好，那这人是该有多难相处啊……安糯默默地心疼他，面上却不敢表达出些什么。

她想，如果以后在一起了，她绝对要把他接到家里来住。

家里还有一个空房间，等新年回来之后就找人来装修，装修得漂漂亮亮的。

给他住。

在她思考的这段时间里，陈白繁疑惑地喊了她一声。

安糯回过神，带着雄心壮志，承诺道："我不会跟他说话的。"

隔天一早，安糯动身去了泊城大学。

安糯的性格不太擅长和陌生人打交道，也因此，在大学期间，除了宿舍三人，基本没有别的交好的朋友。

毕业后，安糯留在泊城当一个悠闲的全职插画师，应书荷则留在本校读研。一个舍友到国外留学，另一个则回到老家工作。

应书荷是她在这个城市唯一的朋友。

安糯每隔一段时间会到学校找她聚一次。

泊城大学的占地面积很大，从校门走到宿舍要很长时间。

安糯的车子开不进学校，她只好上了校内巴士，坐在后排靠窗的位子。

下一刻，一个戴着鸭舌帽的男生也上了车，坐在她的旁边。头上的帽子的帽檐向下扣，遮住了上半张脸，只露出弧度分明的下巴。

车子慢慢发动。

外面的景色从眼前纷纷掠过。

大片大片的枯树，略显暗沉的天空，结了冰的湖水，空荡荡的篮球场，穿着短裤在跑道上奔跑的人。

校园的日子。

安糯收回了眼，懒洋洋地往椅背上一靠。

果然还是毕业了好，想出门就出门，不想的话宅两三个月也没人说。

车里的窗户都紧闭着，开着暖气，因为是寒假时间，车里人很少，安静又舒适。旁边男生的身子突然扭了扭，把帽子摘了下来。

安糯没注意到，把围脖扯高了些，闭眼养神。

见状，男生把额前的碎发都向后捋，动作格外夸张，假装不经意地撞了安糯一下。

安糯下意识地睁眼看他，眉头拧着。

男生也望向她，嘴角挂着一抹笑，吊儿郎当的。身上穿着白色的棒球服，松松垮垮，只拉了一半的拉链。

安糯垂下眼眸，捏着手机的手紧了紧。她没再闭眼，打开手机刷着微博。

男生抬起头，用手肘撑着前排的椅背，手握拳撑着太阳穴，侧身看她，半开玩笑道："小学妹，能给个微信不？"

也难怪他这样喊。

安糯的骨架小，个子也不高，脸蛋小巧秀气，眼睛大而精神，看着年龄就不大。

到现在还经常被人认成高中生。

安糯没回应他的话，神情淡淡的，像是没听见一样。

男生也不在意，嘴角一扯，调笑道："我帅不？"

"……"

"帅是吧，我没有女朋友哦。"

安糯低头翻了翻包，没翻到耳机。她侧头看了他一眼。

男生眼睛黑黝黝的，一眨不眨地看着她。

安糯就这样被他和窗户堵着，想出也出不去。她的脾气一下子就上来了，盯着他的脸，轻嗤道："怪不得。"

"什么怪不……"男牛猛地反应过来,倒也没生气,轻笑了声。

之后没再主动跟她搭话。

安糯有点烦躁地用手指抠了抠包包的带子。

这么多位子都空着,这个人为什么非得坐她旁边啊……

很快就到应书荷住的那个宿舍区附近。

安糯站了起来,那个男生依然纹丝不动地坐在原地,她冷着脸,语气很不耐烦。

"让一下。"

男生耸耸肩,也站了起来,跟着她下了车。

安糯垂下头给应书荷发微信:有个傻子跟着我。

应书荷回得很快:什么?

应书荷:谁啊,我到楼下了,你在哪?

看到这几句话的同时,安糯也看到应书荷从不远处向她走来。

安糯立刻向她招了招手,喊了声:"书荷。"然后加快步伐小跑了过去。

她喘着气,抓着应书荷的手,心情很不好地看了男生一眼:"就那个。"

"等一下,是我叫他来的……"应书荷挣开她的手,往男生那边走去,喊了声:"林为。"

安糯蒙了。

被唤作林为的男生把手上的文件袋递给她,眼睛却似笑非笑地看着安糯这边。

"你朋友?"

"嗯,谢谢了。"应书荷拍了拍他的肩膀,"改天请你吃饭。"

林为用舌尖抵了抵腮帮子,眼里划过笑意:"叫什么名字?"

应书荷也没想太多,直接就说了:"安糯啊。"

林为点点头,视线依然若有若无地放在安糯身上:"那我先走了,我妹应该拔完牙了,去接她。"

应书荷应了声,走回安糯的面前。

安糯心情放松了些,随口问道:"那人谁啊?"

"跟我同一个导师的,学校打印室没开,他刚好在附近,我就让他帮我打印一下。"

想到刚刚安糯的话，应书荷摸了摸她的脑袋："他人挺好的。"

安糯"哦"了一声，想起林为的语气和行为，还是对他没有任何好感。

应书荷的舍友都回家了，宿舍里只有她一个人。

安糯搬了张椅子坐在她的旁边，趴在桌子上，说："我过两天回川府了，你什么时候回家？你不会不回了吧？"

应书荷叹了口气，说："回啊，我周一再回去，不过老师让我早点回来。"

"早点回来干吗？"

"不知道，就各种事情吧。"应书荷欲哭无泪，"只希望回来的时候不要像现在老是断电就好了，不然我就得出去租个房子了。"

安糯皱眉："你直接住我那儿不就好了？"

应书荷倒是没想过这个，眨眨眼："可以吗？"

"你今天就搬过去吧，我周日那天走，可能回去两个月，我妈估计也不会让我那么早回来。"

"我过两天再过去吧，这几天还有点事，在学校里方便点。"应书荷思考了下，继续说，"那你四月回来？"

"差不多。"

"两个月，你的牙医哥哥会不会被泡走了。"

安糯猛地坐直了身子，很快重新趴了回去。

应书荷以为她又要故作不在乎地说一句"那就泡走呗"，她却什么都没说，眉头拧着，不知道在想些什么。

周日那天，陈白繁由于没能调班，只能请下午的假。

安糯订的是下午四点的飞机。

想到两人还要吃饭，她干脆提早出门，到诊所里去等陈白繁下班。一般他是中午十二点下班，但有时候因为治疗的问题，还会延迟一点。

已经快十二点了，诊所里只有前台站着一个护士，没见到其他人影。安糯走过去坐到沙发上，瞥了眼陈白繁常待的那间诊疗室。

这个角度看不到他。

安糯抬眼，看到护士正低着头，不知道在干什么。她轻轻地站了起来，换到另外一张沙发上坐，却也只能看到陈白繁的背影。

安糯心满意足地打开手机，对着他的背影拍了个照。

她打了个哈欠，垂下眼眸看手机。右眼皮毫无征兆地突然跳了起来。

安糯揉了揉眼睛，心底陡然升起一大片不安，莫名其妙地。过了一会儿，她还是忍不住起身，走到前台问："请问陈医生还要多久？"

护士可能被陈白繁嘱咐过，看了她一眼便道："稍等一下，应该快出来了。"

安糯心底的不安完全没有因为这句话而消散半分。她不明所以地摸了摸胸口的位置，有些疑惑地歪了歪头。

正想走回原本位置的时候，门外走进了一个中年女人。

女人的身上穿着一件很喜庆的棉袄大衣，长长的波浪卷头发被染成酒红色，高跟靴子踩在地上，声音格外响亮。

她走到了安糯的旁边，直直地盯着前台的护士。

安糯站在这个位置能看清楚她脸上浓重的眼影和腮红，像个调色盘。她垂下眼帘，看着女人鲜红的指甲在桌面上敲着，一下又一下。

这颜色有点刺眼，晃得她忽然有点慌。

安糯挪开了视线，重新抬脚。

很快，女人开了口，声音尖细又泼辣，横眉竖眼道："你们这里是不是有个叫作陈白繁的医生？"

听到这句话，安糯的脚步一顿。

午饭时间，诊所的前台除了那个护士就只有安糯和这个女人。

似乎也察觉到这个女人的来意不好，护士扯着笑应付道："您好，陈医生现在还在给患者治疗，请您先在那边稍等一下。"

女人颧骨很高，眼尾上翘，褶皱满满，看起来格外刻薄。

她冷笑了声，向前探了探身子，用食指推了一下护士肩膀，毫无耐心的模样："快点叫他出来，还医生呢，你没见过医生吧。"

护士往后一躲，也没了好脾气："如果你是来闹事的……"

女人猛地拍了下桌子，指甲红得像是渗了血："少给我废话！立刻让他出来！什么玩意儿！多大年纪了搞我女儿？"

听到这话,护士瞪大了眼,一脸不可置信。她可能没遇到过这种情况,此刻也慌了:"您冷静一下……"

安糯的呼吸一滞,张了张嘴,想要反驳她的话:"你……"

女人的嗓门很大,将安糯的声音盖得严严实实:

"不需要冷静!"

恰在此时,陈白繁从诊疗室里走了出来。

大概是在里面听到了动静,他抬手摘着口罩,双眼沉而平淡,往这边看了一眼,视线扫过安糯,最后停的女人的身上:"您找我?"

护士着急地解释道:"陈医生,这位女士说……"

一看到他,女人立刻上前推搡着陈白繁:"你算什么医生?我女儿都快高考了!"

陈白繁第一下被她推得猝不及防,脚步往后一退,目光一下子就冷了下来。

见到这个状况,安糯的脑子一片空白,觉得脚都是软的。她呆呆地看着那边,察觉到女人还有上前殴打陈白繁的趋势。

安糯咬了咬牙,身体没经过大脑思考就冲了过去,把女人推开。

她比陈白繁矮了一大截,却毫不犹豫地挡在他的前面,声音都发着颤,红着眼说:"你干吗啊?!"

没想过她会有这样的举动,陈白繁原本冷着的眉眼一下子就缓解了几分,看着身前那个小小的人,语气发愣:"安糯……"

女人被推得后退了两步,怒气更盛,指着安糯怒骂:"这人又是哪来的,你敢推我?!"

她越说越气,走上前,举起手重重地向安糯挥了过去。

陈白繁的余光注意到她的动作,瞳仁一紧,连忙把安糯扯了过来。但还是来不及,安糯的侧脸被她的指甲划出了一道口子,渗出了血。

安糯疼得眉头一拧,没喊出声,用手捂着脸。

陈白繁立刻将她的手扯开,垂眸看着她脸上的伤口。

女孩的双眼红得像要滴血,却还是硬憋着泪,一只手揪着他身上的白大褂,满脸委屈,却又坚韧的模样。

左脸上被划了一道三厘米左右的伤口,在白皙姣好的脸上格外醒目可怖。

陈白繁呼吸变得重了些,摘下其中一只手套,牵住她的手腕往身后扯。而后往护士的方向看去,毫无情绪道:"报警。"

女人毫不畏惧,眼睛上上下下地扫视着面前的两人,完全不把他说的话放在眼里。

"神经病,你先搞我女儿的,报警啊!你报!"

护士也不知道该怎么做,就呆愣着戳在原地。

陈白繁重复了一遍,声音带了火药味,捏着安糯手腕的力道却还是轻轻柔柔的。

"我说,报警。"

似乎没想过他的态度会那么强硬,这次女人没再说话反驳,直接转头想向外走。

陈白繁立刻用戴着手套的手扯住她的手臂,一直温温和和的眉眼在此刻却充满了戾气,声音低沉,全是克制着的怒火:"要去哪?"

"关你什么事!你碰我干什么!滚啊!"

手中握着的那只纤细的手腕忽然动了动。

陈白繁往后面看了一眼,就看到安糯一脸认真地开了口,声音带了点鼻音,缓慢却又毫不退让:"不用管她,你们这有监控,等会儿直接给警察看就好了。"

陈白繁听了她的话,一下子就松开了女人的手臂。

女人因为刚刚不断地在挣扎,此刻猝不及防地跟跄了几步。

陈白繁把另一只手套也摘了下来,放在前台的桌子上,用干净的双手捧着安糯的脸蛋再度仔细地看了一次。

"报警了吧?"陈白繁抬头看了护士一眼。

护士连忙点头,哆嗦着:"报……报了。"

护士的话音刚落,陈白繁便扯着安糯走进了其中一间诊疗室。

女人站在原地,没想到状况会变成这样,此刻也不知道该怎么办,只是慌乱无措地拿起手机开始打电话。

陈白繁把牙科椅的扶手向上一扳,让安糯侧坐在上面。

他盯着她左脸上那道还在冒血的伤口，心底一颤，抬手揉了揉她的脑袋，安抚道："我去拿点药，你等我一下。"

安糯揪着他的白大褂，小声地问："不去医院吗？好像要做那个伤情鉴定。"

"处理好伤口再去。"陈白繁的眼眸渐渐向下垂，盯在了她捏得发紧的手上，喃喃低语，"小姑娘留疤了肯定要哭。"

安糯没听清他在说什么，愣愣地看他，很快又垂下了眼。

她下意识地想伸手摸摸自己脸上的伤口，几乎同时就被陈白繁抓住了手腕。

"先别碰。"

"伤口大吗？感觉应该连轻伤都算不上吧。"安糯指了指脸上刺痛的那个位置，想到刚刚那个女人骂陈白繁的话，有点小失望，"早知道应该打回去才对。"

注意到她的表情，陈白繁有点好笑："伤口小你还不高兴了？"

安糯玩着手指，眼睫毛一颤一颤的，随口道："她骂我了嘛。"

闻言，陈白繁抓了抓头发，懊恼道："对不起。"

"你道什么歉。"安糯纳闷地看了他一眼，"你是在后悔没帮我打回去吗？"

"你打就吃亏了。"她吸了吸鼻子，认真地说，"你一巴掌下去她可能就重伤了，到时候被告的就是我们了。"

"……"为什么他觉得她这个样子特别可爱。

陈白繁不自然地挪开了视线，又揉了揉她的脑袋，重复了一遍："你等我一下。"

而后便出了诊疗室。

看着他的背影，安糯眨了下眼睛，牵扯到脸上的伤口，忍不住"嘶"了一声。

眼泪因为疼痛感吧嗒吧嗒地往下掉，完全控制不住。

她也不敢放开了哭，怕眼泪渗到伤口里，会留疤。眼泪一流出来她就可怜巴巴地用袖子擦干净。

陈白繁回来的时候，一下子就看到安糯那又红了一度的眼。大大的眼眸泛着水光，肤色很白，衬得眼周一片红晕格外显眼。

陈白繁轻抿唇，走了过去，帮她清洁伤口。随后撕开装着医用棉签的袋子，蘸了点碘伏，动作很轻地帮她涂抹着伤口。

安糯捏着自己衣服的衣摆，不知是因为疼痛难耐还是怎样，脸蛋总是不由自主地往远离他的方向挪。

见状，陈白繁停下了动作，问："弄疼了吗？"

听到这话，安糯忍着的眼泪一颗又一颗地向下砸，被人安慰时她的情绪反而更加控制不住。

安糯睁着湿漉漉的眼，整张脸都哭花了，说出来的话结结巴巴，带了哽咽：

"不、不疼。"

又在撒谎。

陈白繁低着眼，静静地看着她。

安糯从这个角度可以很清晰地看到他的五官，连睫毛根部都看得一清二楚。

如同黑墨浓沉般的眼睛里，有着不知名的情绪在涌动。

安糯张了张嘴，想说些什么的时候，眼前的陈白繁再度抬起手，拿着棉签，认认真真地替她处理伤口。

随后，他开了口，语气低哑又温柔："再涂一下就好。"

安糯乖乖地点点头，捏着衣服下摆的手指渐渐放松了。

很快，陈白繁把手中的棉签扔进垃圾桶，说话慢悠悠的，语气却是少见的郑重：

"那个人说的话，不用相信。"

安糯扯了两片纸巾擦了擦脸，表情掩藏在纸巾后面，声音细细软软的，像是吹过一阵和煦的风，带了安抚："她说的话很脏，你当作没听见就好了，不会有人相信的。"

话音刚落，外头有了点动静。

安糯仔细听了听，站了起来，边往外走边说："好像是警察来了。"

陈白繁站在原地看着她的背影，忽然，他的眉眼舒展开来，唇边向上翘，稍稍垂了头，用掌心搓了搓颈部。

随后，他抬脚跟上安糯的脚步，站在她的旁边。

外面来了两个民警,其中一个在跟护士说着话。

意外的是中年女人还没有走,此刻正扭着头,表情很难看,完全不理站在她面前的另外一个民警。

见他们出来了,护士连忙对着民警向他们的方向指了指。

民警往那头一看,走了过去,视线放在安糯脸的伤口上。

恰在此时,从门外走进来了一对男女,往女人的方向走去。

男生扯着女人的手腕,语气格外不耐烦:"你又干什么啊?这次还闹到报警了?可真有能耐啊。"

站在他旁边的女生年纪看上去很小,半张脸还肿着,似乎刚被人打过。

女人终于转过头来,眼眶红了:"你怎么跟你妈说话的?你妹被人欺负我来帮她讨公道怎么了?"

安糯的目光停住,放在男生的身上。

是林为。

林为的眉头一皱,转头望向旁边的女生,问:"怎么回事?"

小女生垂着头,肩膀颤动着,看起来像是在哭。

林母抬起手,指着陈白繁,嘶吼着:"林芷被这牙医搞大肚子了!她才多大啊……"

林为表情顿住,转头看向林芷,语气轻飘飘的:"真的吗?"

小女生听到这话的时候终于抬起了头,望向陈白繁那边,心虚地收回了眼。

她伸手擦着眼泪,不敢再撒谎,一抽一噎地说:"不是……对不起,我、我刚刚不敢说,不是陈医生……"

林母的表情一滞,推了下她的肩膀:"妈妈和哥哥都在这儿,你别怕啊……"

因为愧疚和羞耻心,林芷彻底哭出声来,哭喊着:"就不是!是程斌!但我喜欢他!我是自愿的!你不能去找他!不然我死给你看!"

林为的表情难看到了极点,咬着牙道:"林芷你疯了吧?"

见她完全不搭理,他"啧"了一声,忍着挪开了视线,恰好撞上安糯的眼,以及她脸上已经红肿了起来的伤口。

民警在旁边耐心地劝导着,看到安糯的伤势也不严重,建议林母诚恳地道个歉,并赔偿医药费,私下和解。

林为也没想过再见到安糯会是在这种情况下。他烦躁地挠了挠头,主动先道了歉:"安糯,对不起啊,我妈就一时冲动。"

知道自己怪错人了,林母捏着手指,走过去唯唯诺诺地道了歉:"陈医生,还有这位小姐,真的对不起。"

安糯没看他们两个,沉默了几秒,平静地问:"如果我不和解呢。"

"不愿意和解的话,你可以先到医院检查并做法医鉴定,我们这边会作为治安案件处理。加害者有可能会被拘留。"

安糯点点头,毫不犹豫道:"那我不和解。"

林母那抹讨好的笑意僵住,双手揉搓着,尴尬道:"小姑娘,我刚刚只是在气头上,这点事闹到警察局去也不好听……"

"我觉得挺好听。"安糯抬起眼,完全没有让步的迹象,"我还特别想听。"

听到她这么不客气的话,林母瞪大了眼,看上去又要嚷嚷。

林为咬咬牙,扯住林母的手肘,低声道:"算了,你就当吃个教训行不行。"

"我吃什么教训!"林母甩开他的手,指着林芷骂道,"还不是因为这白眼狼!不是她扯谎的?"

她越说越气,上前推了林芷一把,边哭边骂:"我上辈子欠你的吗?!才多大年纪就被人搞大肚子!你就不能学学你哥吗?你就是想让我没脸见人!"

女人的声音尖锐又难听,就像是铁制品摩擦的声音近距离地传入耳中。

陈白繁瞥了安糯一眼。

她盯着那边的人,表情没太大波动,安安静静的样子。

陈白繁转头看向其中一位民警:"现在是先去派出所?"

民警看着那头还在骂街的林母,也有点头疼:"如果你们决定不和解的话,那就要进行伤情鉴定,等派出所开证明,然后到指定的鉴定机构去鉴定。"

陈白繁思考了下,微微弯腰,问安糯:"急着回家吗?"

安糯摇头:"解决完再回去也行。"

另一位民警还在好声好气地劝导着林母,最后选择放弃,指着外面的警车,示意先到派出所录口供。

林母也没胆子跟警察犟,一行人向门外走去。

刚走到门口的位置,林为转过头,再度道了声歉:"安糯,真的对不起。"

林母站在林为的旁边,抹着眼泪,冷笑了一声,阴阳怪气道:"还道什么歉啊,有个啥用。这姑娘心够狠,今天要是她妈站在这儿,她能这样?也不懂得将心比心。"

原本心情已经恢复平静的安糯瞬间气得差点笑出声来。

她刚想说些什么,一旁的陈白繁倒抢先开了口,轻描淡写道:"你说笑了,她母亲做出你这样事情的可能性比你今天不被拘留的可能性还小。"

听到他的话,安糯的火气一下子就消了一半,长长的睫毛抬起,抬头看了他一眼。

他的表情还是不太好看,连平时嘴角惯带的那抹笑意都消失得无影无踪,双眸黑如墨,格外幽森,身上还穿着那件干净的白大褂,双手揣在兜里,散漫又清冷。

散发的气息却像是,连一根头发丝都带着嘲讽的意味。

还在因为那个女人刚刚说的话而不开心吗?

安糯眨眨眼,回头看了一眼前台的护士,忽然开了口:"我妈才不会像你这样不分青红皂白就打人侮辱人。"

说到这里,她停顿了一下,眼里闪过几丝不自然,抬手挠了挠下巴。

"也不会这样随随便便地污蔑一个品德良好、道德高尚的医生。"

陈白繁一顿,转头看向她。

这个角度只能看到她微微抿着唇的侧脸,饱满的额头下方,一双眼睛扑闪扑闪的。

他手背抵着唇,忍住想下一秒笑出来的冲动。

感觉她的话,就像是堂而皇之在他心上挠痒痒。

录了口供后,派出所那边很快就把伤情鉴定委托书开了下来。

安糯边看着那张纸边往门外走,嘴里嘟囔着:"好麻烦……感觉是不是直接打回去比较痛快……"

说到这里,她猛地回头,看他:"不过这样就不能吓到她了。"

陈白繁跟在她后面,看着她略显得意的模样,忍不住弯了弯唇。

他按捺住心中那不断向上冒起的悸动,提醒她:"今天的飞机赶不上了,你打算什么时候回川府?"

安糯垂了头,拿出包里的手机,边思考边用手指敲打着屏幕:"明天我去做鉴定,后天回去吧,应该能赶上除夕夜。"

陈白繁"嗯"了一声,侧头看了她一眼,恰好和她的视线撞上。

他不由自主地收回了眼,伸手摸了摸鼻子:"我跟你一起去吧,然后后天送你去机场……我帮你订机票?你今天回去就好好休息,别想别的了。"

注意到他的语气,安糯手中的动作停了下来。

她的嘴巴微微张着,一双又大又圆的杏眼愣愣地看着他。

简直像是要把他看得冒出烟来。

陈白繁掩饰般地扯起嘴角,淡笑着问:"怎么了?"

"你不用一副欠了我人情的样子。"安糯用鞋尖踢了踢地上的小石子,指着脸上的伤口,"我刚刚也看到了,伤口不大,我自己注意一下肯定不留疤。"

"……"

陈白繁真想直接打个电话问问何信嘉那个满脑子少女心的言情宅男作家,如何自然、不动声色又明显地向一个女生表达出自己对她有想法。

也不对。

不是有了想法,更像是瞬间坠入了爱意浓度满满的爱河里。

陈白繁活到这个岁数,第一次在内心深处找到自己那颗还在扑通跳的少年心。

他这下表现得还不明显吗?毕竟他之前对安糯也没有这么热情吧?

为什么她看不出来啊……

另一头,安糯也懊恼得很。

明明也是想的,老是矫情个什么劲啊。不过他今天一整个下午的时间都陪她耗了,年前应该也很难再请假了。

本来也没多大事情,什么都要缠着他,让他陪着好像很不好。

还是别给他添麻烦了……

而且今天诊所那样被闹,也不知道他会不会被骂,再请两天假不会连

工作都没了吧。

安糯的心神一乱，立刻道："这就一小事，就当作还你之前陪我去买车的人情了，你不用想那么多。"

"……"

"我跟我朋友说好了，她陪我去就行。"

陈白繁的视线停滞了几秒。虽然目前还没有什么立场硬要她同意让自己陪她去，但他的心里还抱着一线希望："机票呢？"

"我朋友帮我订呀。"

哦，朋友。

突然觉得自己在安糯心底一无是处的陈白繁走到马路旁，丧气地拦了辆出租车，跟她一起上了车。

看着安糯乖乖跟在他身后的样子，陈白繁神情缓和，瞬间又与自己和解了。

如果是这样的，那就慢慢来吧。

别吓着她了。

回到家后，安糯给父母打了个电话，随便扯了几个理由，说自己除夕那天再回去。但费了半天口舌，也只能拖到周一。

安糯挂了电话，上网看了看机票，只剩下明天下午五点的了……

明天早点去验伤，应该来得及吧……

订好机票后，安糯到浴室里洗了个澡，等她出来的时候，应书荷也回来了。

应书荷看到安糯脸上那道划痕，想到她刚刚在微信上说的话，立刻问道："怎么回事啊，你不是跟陈医生去约会然后回家吗？怎么会被林为他妈打？"

安糯走过去坐在沙发上，将今天发生的事情三两句带过。

"倒看不出来他家里人这样……"应书荷叹了口气，把安糯家里的医药箱翻出来，给她上着药，"那我明天陪你去，再送你去机场。"

安糯点点头，眼睛垂着，不知道在想些什么。

客厅里一下子就安静了下来。

应书荷瞥了他一眼,问:"在想你的陈医生?"

安糯抱着膝,整个人缩成一颗球,下巴搁在膝盖上,表情愣愣傻傻的,破天荒地轻声承认:"是啊。"

有一点想他。

隔天,安糯一大早就跟应书荷出了门。

早就请好假的陈白繁只能颓靡地宅在家里,有事没事就给安糯发条微信问问情况。

两人顺着话题聊下来,也聊了一段不短的时间。

何信嘉就坐在一旁,单手撑着沙发的扶手,托着腮嚼着口香糖,漫不经心的模样,看着陈白繁笑得一脸暧昧。

聊到一半,安糯想到陈白繁还要工作,纠结了几秒,小心翼翼地发了一句话:你不忙吗?

见到这句话,陈白繁毫不犹豫地敲字:不忙,我很有空。

想了想,好像又不太对。

他抬起头,看向何信嘉,认真问道:"安糯问我忙不忙,我应该怎么回答?"

何信嘉吹个泡泡,吊儿郎当道:"问你忙不忙不就是嫌你废话太多吗?这种时候,你应该识时务地回一句——是有点。"

陈白繁:"……"

陈白繁瞬间没了跟他交谈的情绪,起身回了房间。他张着腿坐在床边,思考了下,回道:不忙,怎么了?

等了两分钟,没回。

五分钟,也没回。

十分钟、二十分钟。

难道何信嘉说的是对的?

陈白繁忍不住了,起身走回客厅,居高临下地看着何信嘉。嘴角的弧度略显僵硬,看上去莫名透露出了些如临大敌的情绪。

何信嘉纳闷地看了他一眼。

正当他以为陈白繁要说出什么惊天大事件的时候,面前的人开了口。

陈白繁面无表情,话里却带着些许讨好:"嘉嘉。"

何信嘉鸡皮疙瘩瞬间起来:"……"

"教我怎么追人吧。"

"……"

CHAPTER. 4

今天轮休

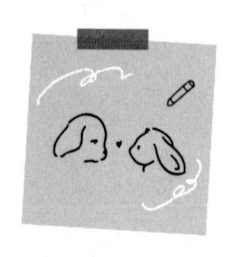

何信嘉嘴角抽了抽，垂着眼，没抬头。他动了动腮帮子，顺带从旁边抽了一张纸巾，把口香糖吐了出来。

很少在陈白繁面前受到这样的待遇，何信嘉心头涌上的那股不适感一下子就过去了，反倒觉得十分受用："行吧。你跟我说说你的情况，我可以给你打造方案 A、B、C、D、E、F、G。"

语气还格外骄傲。

陈白繁眉眼稍扬，刚想说些什么，手机响了一声。

他快速地瞥了一眼，原本僵硬的表情瞬间放松，没再看何信嘉，丢下一句"不用了"便回了房间。

何信嘉："……"

结束了鉴定流程后，安糯才重新拿到自己的手机。看着对方的话，她的眉眼一下子就柔软了下来，翘着嘴角回复：刚刚在检查伤口。

鉴定书是由办案单位的经办人领取的，所以安糯也没再待下去，扯着应书荷一起离开。

时间还早，恰好是午饭的点。

安糯和应书荷在附近找了一家日式料理店。

店里的灯光不算亮，天花板向下吊坠着一个个小灯。吧台的上面挂着黑色的暖帘，衬着原木制的墙面和地板，有了种异乡的味道。

应书荷坐在安糯的对面，看着还在看手机的安糯，忍不住提醒："先把饭吃了再聊。"

闻言，安糯抬了抬眼，怕应书荷不高兴，飞快地给陈白繁发了句"我先吃饭"后，便放下了手机。

安糯拿起筷子，捏着勺子喝了口汤。

应书荷咬着寿司，含混不清地说："感觉你要嫁来泊城了。"

"……"安糯口里的汤差点被呛得喷了出来，"你在胡说些什么。"

"没有，就很难受。"应书荷瞥了眼她的手机，叹息了声，"当狗的日子已经很难熬了，现在你还抛弃我成了人。"

安糯默默地咬了口面，难得地没反驳些什么。

"我也想谈恋爱！我也想！"应书荷哀号着。

下一秒，应书荷的手机响了起来。她收回玩闹的心情，拿起来看了眼，脸一皱："我老师又找我了。"

安糯抬起头，一脸疑惑："你怎么像去当苦力一样。"

"没办法啊，不敢得罪。"应书荷用筷子戳了戳面前的海草，"那我先跟他说一声，送你到机场之后我再过去。"

"不用。"安糯抽了张纸巾擦嘴，"你吃完直接过去吧，我回家拿点东西再去机场。"

听到她还要回家，应书荷也没太坚持："行吧，那你自己小心点。"

安糯开车把应书荷送到泊城大学，而后开回了水岸花城。

路过温生口腔诊所的时候，她下意识地往那头看了一眼，思考着一会儿要不要去跟陈白繁道个别。

安糯把车停在小区里，下了车。她边往 12 栋走边点亮手机，第一反应就是打开微信，看着陈白繁刚刚发来的消息。

十一点四十分。

安糯：我先吃饭。

陈白繁：好。

十一点四十九分。

陈白繁：我也准备去吃了。

十一点五十四分。

陈白繁：我叫了外卖。

十二点三十八分。

陈白繁：外卖到了，我去吃了。

安糯瞅了眼手机的时间，十三点零二分。

他今天好像真的很闲的样子……

因为快过年了，所以都没有人去看牙了吗？

走进电梯，安糯有样学样地回复：我刚吃完饭，现在回家拿点东西。

随后，她想了想，补充：刚进电梯。

刚吃完饭，何信嘉正准备到沙发上躺着玩会儿游戏的时候，坐在餐椅上的陈白繁猛地站了起来，起身走到玄关处，顺着猫眼向外看。

何信嘉被他的举动唬得连坐下都忘了："……你干吗？"

陈白繁声线压低，语气却十分愉悦："安糯回来了。"

"……"这人真的是他哥吗？

忽然，陈白繁垂下头，看了看自己身上的居家服，思考着安糯说的话。"回家拿点东西"的意思是还要出去？

那他也抓准时机出去好了，倒要看看她这朋友是何方神圣。

能让安糯想做什么事情时，第一念头都是想找这个人。

陈白繁走回客厅，对着何信嘉命令道："你去帮我看看，安糯从家里出来的时候跟我说一声，我先去换套衣服。"

何信嘉"哦"了一声，直接打开电视，调出安装在门口的监控摄像头的画面。

陈白繁原本打算往房间走的脚步陡然顿住，皱着眉问道："你装摄像头做什么？"

何信嘉打了个哈欠，张嘴解释："我……"

只说了一个字就被陈白繁警觉地打断："偷看安糯？"

何信嘉："……"

"拆掉。"抛下这句话，他便迅速地走回了房间。

何信嘉眉角一抽，直接把电视关掉。他盯着陈白繁的背影，十分不爽地打开手机，发了条微博。

很快陈白繁就从房间里走了出来，走到玄关套上了鞋子。

瞥见自己空荡荡的手，他思考了下，觉得有些不妥，随即走到餐桌前把刚吃完的外卖装进袋子里，提着重新走回门前，暗暗地往外看。

等了十多分钟，安糯还没出来。

陈白繁走回沙发旁，拿着遥控器打开了电视。

何信嘉："……"

又过了半小时左右，安糯打开了家门，拖着行李箱从里头走了出来。

看到她走到电梯前伸手按下按钮的那一刻，陈白繁眉眼舒展，起身打开门走了出去。

听到"咔嚓"的开门声，安糯下意识地往那边看。

看到是陈白繁，她神情稍愣："你……"

陈白繁调整着面部表情，摆出一副同样诧异的模样："你这么快就回来了？"

安糯点头，不由自主地上下扫视了他几眼。

陈白繁穿着墨绿色的连帽卫衣和黑色的运动长裤，很休闲的装扮，让他看起来像是个还在就读的大学生。手上拿着一个袋子，里面装着一个一次性饭盒，像是要去扔垃圾。

安糯收回了眼，小声道："嗯，我刚刚给你发了微信的。"

听到这话，陈白繁面不改色地选择撒谎，语气带了点歉意："我刚刚在吃饭，没看手机。"

"哦。"瞧见他这副悠闲的模样，安糯忍不住问道，"你今天不用上班吗？"

电梯恰好在5楼停下。

安糯先走了进去，按了下"1"键。

陈白繁跟在她的后面，几乎没有任何思考，毫不犹豫地选择了诚实回答她的问题："不用，本来想陪你去验伤和送你去机场就请了两天假。"

安糯木讷地看他。

"不过有人陪你也好。"陈白繁扯出一抹笑容，轻描淡写道，"我就刚好休息一下。"

安糯精准抓住了"休息"两个字，瞬间按住开门键。一只手抬起，掌心放在他的面前："你是不是要去扔垃圾？那我帮你扔吧。外面冷，你就不用出去了。"

陈白繁面色未改："不用了，袋子不干净。"

说完,他停顿了一下,问:"你现在要去哪?"

安糯也没勉强,放下手:"去机场。"

这个回答让陈白繁转头看向她,同时撞上她的视线。他的神色看起来有些郁闷。

"不是明天回去?"

"我爸妈不让。"电梯门打开,安糯下意识地按住开门键,让他先出去,"我就改成今天了,反正也来得及。"

陈白繁走了出去,回头,单手抵着电梯门的一侧,淡声问:"那你朋友呢?"

"她突然有事。"

话音刚落,旁边的人也同时安静了下来。

安糯纳闷地看了过去。

走在她身旁的陈白繁微敛着下巴,眼睫毛向下垂着,将双眼遮挡得看不出情绪。整个侧脸曲线依然柔和,却莫名生出了一种黯然的感觉。

安糯内心一悚,冒着冷汗收了眼。

发生了什么吗?她又说了什么……

不可能吧,她现在说话都很小心了啊。

陈白繁的表情摆得快僵硬了,都没等到安糯问他是不是心情不好。他抬头,有点疲惫地揉了揉下巴,在心底琢磨着别的对策。

如何让安糯同意让自己送她去机场。

看来装低沉失落没用,这种微表情估计她一点都注意不到。而且就算注意到了,她肯定也不清楚自己为什么要装成这副模样。

但如果太直接的话,会不会把她吓得回了川府就再也不回来了……

陈白繁还在想。

安糯完全不知道他的心理活动,小心翼翼地转了个话题:"那你请假在家做什么?"

闻言,陈白繁想到了安糯对信树印象不佳,瞬间有了想法。他把垃圾扔进12栋门前的垃圾箱里,表情有点无奈:"回去帮我弟收拾一下房间。"

"……"安糯皱眉,忍不住问,"你弟的房间为什么要你来收拾?"

"他挺忙的,反正我闲着也是闲着。"

安糯沉默了几秒，抬眼看他："你能送我去机场吗？"

目标达成的陈白繁又开始装模作样："什么？"

原本已经打算拦出租车去机场的安糯开始瞎扯："不想把车停在机场附近那么久，你能不能帮我把车开回来？"

陈白繁侧头，对上她的眼睛，嘴角弧度稍稍弯起。

"这样啊，好啊。"

安糯今天起得早，一上车就开始犯困。她转头看向正在认真开车的陈白繁，犹疑了下，还是觉得让他开车自己却在一旁睡觉不大好。

而且从水岸新城到机场的车程不算近，开过去要一个小时左右。

想到这儿，安糯开始后悔刚刚的一时冲动。

难得休息却要给她当司机，还不如给他弟弟收拾房间。

他可能也不好意思拒绝她吧。

车里的空间狭小，氛围又安静。

安糯的视线总是不受控制地朝他那头移去，能清楚地看到他明显凸出的掌骨，细长白皙的手指，格外好看。

她咽了咽口水，摸着渐渐发烫的脸，掩饰般地伸手把广播打开。

趁着红灯，陈白繁偏着脑袋看她，轻声问："要不睡会儿？"

"不用。"安糯没敢看他，拿出手机装模作样地看着，"我不困。"

陈白繁也没再说什么。

偶尔用余光看她的时候，她似乎一直在看手机。

等他再转头，却发现她已经歪着头睡着了。双手不知不觉地垂落到腿上，手中的力道放松，但还是半握着手机。

还说不困。

陈白繁摇着头笑了笑。

随着车子的移动，她的脑袋也一晃一晃的。

及肩的短发因此有点乱，鼻子挺翘，是秀气的，粉嫩的嘴唇抿着。皮肤在白光的照射下更显无瑕白净，唯有脸上那道伤口稍稍毁了美感。

但还是很可爱的样子。

这次的红灯时间有点长。

陈白繁回过神,把广播的声音调小了些。过了几秒,他看起来像是被扰得心烦意乱,随即很干脆地把广播关掉。

车里又变得很安静很安静。

安静得能让他清清楚楚地听清安糯的呼吸声,一缕又一缕,像风一样传入他的耳中。像是带了热度,将他的耳根一点又一点地烧红。

陈白繁喉结滚了滚,捏着方向盘的手指渐渐收紧。

思绪莫名其妙地扯到了别的方面上。

什么时候能……亲到她。

二十八岁之前可以吗?

陈白繁把车子停在机场的停车场。

他忘了问安糯是几点的航班,怕她赶不上,又不想打扰她睡觉。纠结了半分钟,还是决定把她叫醒。

陈白繁侧头盯着安糯的睡颜,轻声喊:"安糯。"

安糯睡得不是很熟,听到声音就睁开了眼,眼睛迷蒙带着水雾。她的表情呆滞着,似乎还没从睡梦中的混沌中挣脱出来,盯着面前的陈白繁,嘴巴张了张。

陈白繁被她盯得表情不太自然,忍不住问:"怎么了?"

安糯一瞬间就回过神来,把半张脸埋进毛衣的高领里,软糯的声音隔着衣服闷闷地传出:"哦,我睡着了。"

"……"

"我说谎了,我其实很困。"

"……"

陈白繁盯着她的脸,目光幽深沉沉。

安糯扭过头看他,心有点慌,细声道:"如果你累了的话,一会儿就拦出租车回去吧?车我让我朋友来开回去就好,然后我把钱转给你。"

陈白繁原本想先斩后奏,可把她抓进怀里亲几下的冲动瞬间被抑制住了。

在她再次说出"朋友"那两个字的时候。

到底是哪个朋友?

谁在她心中这么无所不能？

他的目光渐渐向下挪，陡然倾身俯向她，而后，感受到她猛地一缩的肩膀。

见状，陈白繁失笑，也不再吓唬她。帮她把安全带解开，他收回身子："没事，我不累。你先下车吧，别一会儿登不了机。"

因刚刚瞬间拉近的距离，安糯表情都还是僵的，只"哦"了一声，便乖乖地下了车。

陈白繁跟在后头，帮她从后备厢里将行李箱搬出来。用力一扣，又将后备厢关上。

安糯站在他的旁边，脸蛋依然藏在衣服里，伸手握住拉杆。

同时，陈白繁也伸出手，接过她手中的拉杆，不经意地触碰到她的手。感觉到对方手心温热的触感，安糯立刻把手收回，整个人都像是在冒烟。

陈白繁扬眉，低笑着，也不打算再多进一步。只觉得今天到这里就足够了。

再点可能就要燃了。

那就先到这里，下次见面再进一步。

他恍若什么都没注意到一样，温和地提醒："走吧。"

"哦。"安糯摸了摸脸，小跑着跟上他。

注意到她的步伐，陈白繁的脚步也慢了下来。

陈白繁陪着安糯到柜台办理了登机，还贴心地送她到安检口。

安糯接过自己的行李，犹豫了一会儿，还是忍不住把胆子放大，盯着他的脸看了好几秒才挪开，认认真真地道了声谢。

见陈白繁没什么反应，安糯也没再说什么，跟他道了别便准备到安检口处排队。

几乎是同时，陈白繁喊住她："安糯。"

安糯回头，看向他那双清澈分明的眼。

"你什么时候回来？"他问。

安糯一顿，刚想说"四月"，却忽然想起了应书荷说的话。

——"两个月，你的牙医哥哥会不会被泡走了。"

安糯心里打了个激灵,脱口而出:

"三月。"

安糯到川府机场的时候差不多是晚上八点。

安父安母一起到机场来接机,一眼就看到她脸上的伤口。

回家的路上,安糯费劲地给他们解释着受伤的原因。她不想让父母担心,觉得她一个人住在泊城会被人欺负。

她也早就想好了说辞,是去朋友家逗猫的时候不小心被抓到了。

安母也没多问,只是皱着眉,低喃着"也不注意点"。

之后母女俩便坐在后面聊着天。

安父开着车没有说话,偶尔听到她们的聊天内容会笑出声。

温馨的一路。

到家后,安糯连行李都懒得整理,直接奔向浴室洗澡。随即下楼吃了安母准备的晚饭,重新回到房间里。

这时候才记起放在包里的手机。

安糯拿起来,点亮扫了几眼。只有应书荷给她发了消息,问她到家了没有。

安糯回复:到了。

安糯:你行李收拾好了没?

退出跟应书荷的聊天窗,安糯犹豫着要不要跟陈白繁说一声自己到家了。还在打字的时候,聊天窗那头的人就发来了消息。

——不小心睡着了,醒来都这个点了。

——你到家了没有?

看到这两句话,安糯一愣,立刻抱着被子打了个滚。

为什么她觉得他们两个好像真的在谈恋爱。

怕那头等太久,安糯克制住自己继续打滚的冲动,又回道:到了。

这回应似乎有点冷淡……

安糯连忙补充:我也一直没看手机,在跟我妈聊天。

陈白繁：好。

陈白繁：今天早点休息。

陈白繁：晚安。

接着，他又发来一条语音。

很短，只有一秒。

安糯有些紧张地点开来听。

男人的声音缱绻慵懒，喑哑带着笑意，重复了一遍："晚安。"

安糯瞬间精神得不行，思考了半天，却也只是简单地、相同地发了个"晚安"过去。她抱着被子闭了十多分钟的眼都没睡着，忍不住又点亮了手机，不断地戳着那个语音条回放着。

晚安晚安晚安晚安……

安糯越听越精神，又不想全部心思沉浸其中。她用力地甩了甩头，毅然决然地退出了微信，想找别的事情转移注意力。

点开微博看了一眼，安糯百无聊赖地刷了会儿"热门"。

很快就在谷谷转发的微博里看到信树今天中午发的一条微博。

@巫谷谷：好奇变成什么样？是分裂出了一个会谈恋爱的人格吗？有点浪漫。//@信树：一个男人喜欢上一个女人，一夜之间像是变了个人，请问这是人格分裂吗？

安糯也感到好奇，戳进信树的微博里看了一眼。

想到今天因为信树她才放大自己的胆子，选择让陈白繁送她去机场。她的目光忽地变得十分友善。

打开手机画板，安糯心情大好地画了一棵树，旁边有一把横空的锯子——看起来就像是树在试图"自尽"的模样。

旁边配字：不就是单身吗？

安糯愉快地在评论区发了这张图。

评论成功后，安糯翻开跟陈白繁的聊天记录看了一会儿。

又过了几分钟。

安糯打了个哈欠，下意识地将通知栏下拉。

顶上的那条通知是在三分钟前。

——@信树，成为你的新粉丝。

安糯:"……"这人突然关注她干吗?

她发的图应该是嘲讽他的吧……怎么就关注了?

怎么办,她要不要回关啊?

不想回关!

犹豫片刻,安糯突然想起陈白繁说的那句"别跟他说话"。

她毅然决然地决定当作没看见。

第二天就是除夕。

吃完年夜饭,安糯陪父母看春晚。她把头发全部扎了起来,露出光洁的额头。双手抱着抱枕,绞尽脑汁地思考着给陈白繁发什么样的新年短信。

想让他觉得自己不是在群发短信,又不想显得太刻意的样子。

安糯纠结了很久,只发了七个字过去。

——陈白繁,新年快乐。

发出去没几分钟,那边就打了个电话过来。

安糯连忙用手捂住手机的扬声器,有点心虚地看了父母一眼。而后起身走回房间,匆忙地接起电话。

陈白繁那边很热闹,安糯能听到他用家乡话跟旁边的人说了几句话,声音带了笑意,隐隐还能听见愉快的聊天声和小孩子咯咯的笑声。

随后,他似乎换个地方,背景音一下子安静了不少。

一时间,安糯觉得他就近在咫尺。她不自觉有些紧张,主动开口道:"你还在吃饭吗?"

"没有。"他低声道。

又安静了下来。

安糯顿时感到丧气,觉得自己什么话题都扯不起来。

他会不会觉得跟自己聊天很尴尬,在想着怎么结束这次通话啊……

耳边是他的呼吸声,很轻很轻。

陈白繁打破了这安静的气氛,声音低润淡淡:

"安糯,你今年二十三吗?"

安糯表情一呆,愣愣地应了声:"是啊。"

为什么突然问她的年龄……

"我二十七了。"

"……我知道,怎么了?"

"没什么。"他笑了一下,声音通过电话传来,多了几分磁性和宠溺,听起来心情似乎很不错,"安糯,新年快乐。"

大年初七过后,安父安母的假期结束,开始上班。

安糯依然每天宅在家里,要么把自己关在房间里画画,要么在客厅里看电视,要么躺在床上玩手机,偶尔还会跟陈白繁聊几句。

日子过得跟在泊城的时候差不多,她却觉得寂寞了不少。

颓废了一个月后,安糯终于打起精神,打开电脑开始画稿。她只描了几条线就停了笔,重新拿起手机,犹豫了几秒,最后还是没有找陈白繁。

陈白繁年初八上班,但因为年前请了假,他连着两周都没有轮休。

今天是他忙了两周后终于迎来的假期。

现在才九点半,说不定还没起来。

还是别吵他了吧。

晚一点点好了……

另外一边。

八点就已经起床了,等到十一点都没等到安糯消息的陈白繁满脸阴郁,心像是被重石压得喘不过气。

他只能找何信嘉倾诉。

"心里很难受,"陈白繁盯着手机,语气平静,"我前天跟安糯说我今天轮休,她好像没记住。"

何信嘉腿上放着一台笔记本电脑,手指麻利在上面敲打着:"她没事闲得记你什么时候轮休干什么?"

陈白繁置若罔闻:"平时我八点会找她,她一般九点回复我,今天十一点都没有找我。"

"……"

"两个小时了。"

"……"

"你说她为什么不找我?我坚持每天八点找她,一个月了,她还没有习惯每天跟我聊天吗?"

这下何信嘉倒来了兴致:"你们平时聊什么?"

陈白繁认真回答:"每天早安午安晚安,偶尔会问问她在干什么,也会告诉她我在干什么。"

"就这样?"

陈白繁没觉得有什么问题:"我怕她嫌我烦。"

何信嘉停下动作,把电脑合上,认真分析:"那确实该嫌你。"

不爱听的话陈白繁一概当耳旁风,他眼也没抬,继续道:"离三月还有十二天,离她可能回来的日子还有十二天。"

"……"完全只是树洞的何信嘉不再开口。

过了几分钟,陈白繁再度扯着何信嘉说话:"我感觉她也是喜欢我的,之前她还夸我了啊。"

"……"别理他。

"那天她还夸我是个品德良好、道德高尚的医生。"

听到这句话,何信嘉真的忍不住了:"这不就跟夸你很老实是一样的吗?她可能找不到别的地方夸了吧。"

这次陈白繁终于稍稍听进了他的话,毫无情绪道:"你想说什么?"

"让我理性分析一下。"何信嘉的手指在桌子上敲了敲,"你的颜值中上,身材中上,职业也还可以,性格可能算不错吧。"

对自身条件自信心完全爆棚的陈白繁安静地看着他,示意他继续说。

何信嘉理所应当道:"对你一直没那么热情,那就两个原因啊,要么嫌你穷,要么有男朋友了。"

陈白繁立刻否认:"不可能有男朋友。"

"你这没道理啊。"自认为是情感专家的言情作家,但实际是个从来没谈过恋爱的邋遢宅男的何信嘉挠了挠头,"你说安糯长得漂亮、性格可爱、家里有钱,这怎么可能没男朋友?"

"是啊,为什么没男朋友?"陈白繁喃喃自语,表情若有所思。

何信嘉挑着眉,继续道:"那就是……"

陈白繁打断了他的话:"她应该是在等我。"

没听懂他这厚颜无耻的发言,何信嘉反应慢一拍:"……等你什么?"

"我和她小时候就认识了。"

"……"

"她小时候就很喜欢我。"

"……"

何信嘉盯着他看了几秒,语调轻飘飘的:"虽然我不清楚你们两个小时候认不认识,但你觉得我不知道你小时候长什么样吗?"

陈白繁没辩驳些什么,往后一倒,躺在沙发上,一副生无可恋的模样。

何信嘉有点无语:"你有必要吗?"

"你没谈过恋爱,不懂。"陈白繁轻声道。

"……"何信嘉忍无可忍,踹了他一脚便起了身。

他回房间里随手拿了件大衣套上,翻了翻柜子,搜出一个许久没有用过的纯黑色口罩,而后出了房间。

注意到他的动静,陈白繁抬了抬眼:"你干什么?"

"出门。"何信嘉从柜子里拿出了一个大型背包,把电脑装了进去,"我今天要找个地方,写牙医和插画师的爱情故事。"

闻言,陈白繁立刻坐了起来,表情精神了些:"我和安糯吗?"

何信嘉垂着眼,把书包背上,低低地"嗯"了声。

"那你把我和她写得……"

还没等陈白繁说完,何信嘉就把目光放在他的身上,神情幽深,还附带着冷笑:"这大概会是我第一本 be 小说①。"

陈白繁:"……"

陈白繁看着被摔上的门,沉默片刻,把微信关掉,熟稔地打开了微博。

这次他没有自取其辱去微博评论里回复,而是私信戳了信树,说了几句削弱他自信心的话。

@ 今天信树封笔了吗:看了你最新一章。

@ 今天信树封笔了吗:只想说,从没见过这么烂的文。

@ 今天信树封笔了吗:建议作者大改,不,干脆封笔吧。

看着瞬间显示的已读状态,陈白繁心情大好地扯了扯嘴角。

---

① 指以悲剧情节结尾的小说。——编者注

没等到那头的回复，门重新被打开。何信嘉只把上半身探了进来，盯着他："哥，我知道是你。"

陈白繁："……你说什么？"

何信嘉表情很平淡："除了你，没有人会觉得我的文难看。"

说完他就重新退了出去，将门摔上，"嘭"的一声，格外响亮。

看着紧闭的房门，陈白繁的情绪没太大波动，忽地想起了安糯。

好像突然就有话题找她聊天了。

——你觉得信树的文好看吗？

安糯把画完成了大半，再看手机的时候已经中午十二点了。她瞥了一眼，这才发现陈白繁不仅改了微信的昵称，还给她发了两条消息。

十一点十三分。

今天轮休：今天轮休，起得有点晚。

今天轮休：你觉得信树的文好看吗？

为什么突然改了名……难道有患者一直找他说话？

不过他的工作号和私人号不是分开的吗……

安糯也没多想，连忙回复：放假就好好休息。

安糯：我刚刚在画画，没看手机。

因为是他问的，安糯还是没有昧着良心说话。

——信树的书挺好看的。

过了一会儿。

今天轮休：你也喜欢看吗？

今天轮休：没事，我也不是总盯着手机看。

安糯松了口气：也没有，就之前给他画封面的时候看了他那本书。

安糯：嗯，那我先去吃个午饭。

安糯起身，刚想到厨房看看有什么吃的，桌子上的手机又振动了下。

今天轮休：你什么时候回泊城？

看到这个问题，安糯顿时想起听到她三月要回去就火大的安父。纠结了几秒，犹豫地回复：应该是四月吧。

那边没再回复。

安糯等了几分钟,补充道:还不一定。

晚饭的时候,安糯在餐桌上再度提起了三月回去的事情。

安父皱眉,很不同意:"你总想那么早回去干什么?你一个人在那边谁照顾你,认识的人也没几个,工作又不在那边,还不如在家里待着。"

安糯也想不到理由,讷讷道:"那边下雪,好看。"

"糯糯估计在那边找男朋友了吧。"安母猜测道。

闻言,安父一愣,看向安糯:"找男朋友了?"

安糯脸颊发烫,立刻否认:"哪有啊!你们别乱猜好不好?"

注意到她的表情,安母一脸纳闷:"你反应这么大干什么?你这年龄还没谈过恋爱我才着急,下次回来再没消息我就要给你安排相亲了。"

安糯被说得毫无招架之力,忍不住道:"不是爸让我大学之前别谈恋爱吗?"

安母立刻看向安父:"你说过这样的话?"

安父冷哼一声,嘟囔着:"才多大年纪,谈什么恋爱。"

安母瞪了他一眼,没理他,转头对安糯说:"你要回去就回去吧,我跟你爸白天要上班,你这一个月也没出过几次门,还不如回那边找朋友玩玩。"

听到这话,安父再度反对:"这怎么行!"

安母提高了音量,怒道:"你闭嘴!"

安父瞬间合上了嘴,连饭都不敢吃了。

得到了想要的答复,安糯忍不住扬起唇,乐滋滋地说:"那我一会儿去订机票,过两天稿费到了转给你。"

"行了,你那稿费还没我给你生活费的零头多。"

"……"

何信嘉在奶茶店待到了晚上八点才回家。

客厅没有开灯,只有厕所的灯亮着。门大开着,明亮的光从里头照射了出来。但因为客厅的空间不小,整体亮度还是十分昏暗。

很快,陈白繁从厕所里走了出来,背对着光,影影绰绰的。灯光在他的周边晕染上些许光晕，发梢处的轮廓越发清晰明了。

何信嘉伸手把客厅的灯打开："你干吗？很吓人。"

"忘了开灯。"陈白繁拿毛巾擦着头发，散漫地走到沙发边坐下。

何信嘉看着他漫不经心的表情，一脸若有所思。

怎么又正常了？

何信嘉没再管他，把书包丢到另一张沙发上："我去洗澡。"

陈白繁揉头发的动作一顿，抬了抬眼："你不正常。"

"什么？"

"你前天才洗过澡。"今天不可能再洗。

仿佛是被戳到了痛处，何信嘉恼羞成怒地炸了："你房子不是早就装修好了？快点搬走，还要在我这儿赖多久。"

"不行，安糯住对面。"陈白繁往后一靠，懒洋洋道，"要不你搬吧，我把我家钥匙给你，精装修，你会喜欢的。"

"……"虽然他只是说说而已，但真的没想过陈白繁会变得这么厚颜无耻。

陈白繁歪头，托着下巴，认真地思考了下："你是不是出门遇到了喜欢的姑娘。"

何信嘉的眼神一滞，像是被猜出了心思，表情有点不自然："你怎么……"

"你现在的眼神，有点像未来安糯看我的眼神。"

"……"觉得被玩弄的何信嘉深吸了口气，恼火道，"你这样绝对泡不到妞，这样泡得到，我这套房子直接送给你！"

说完他便愤怒地走回了房间。

陈白繁垂下眼睑，拿起手机看了一眼，低喃了句：

"赚了套房子。"

何信嘉才不懂，追女孩得自信点，陈白繁想。

他点开和安糯的聊天窗，看了看她之前说的话。

——应该是四月吧。

陈白繁又忽然想起之前跟安糯吃饭时，问她的话。

——"你是以后都在泊城这边定居了吗？"

她那时候的回答好像是——

"不一定吧。"

陈白繁摸了摸额头,面无表情地拨通了安糯的电话。听到那边传来清脆的声音,他的眼角扬了起来,轻声道:"安糯。"

突然接到他的电话,安糯有点紧张:"……怎么了?"

陈白繁思考了下,直接问:"你是不打算在这边住了吗?刚刚看到有陌生人从你家出来。"

"那个应该是我朋友,我三月二号回去。"她小声道。

陈白繁"啊"了一声,眼睛漆黑如墨,头发垂在额头和耳侧,而后,自言自语般说了句:"那还是十二天。"

安糯回到水岸花城的时候已经晚上八点了。她出了电梯,下意识地看了 5B 一眼,而后便拿着钥匙进了家门。

前些天应书荷搬回了学校,此时房子里安安静静的,被收拾得十分整齐。安糯饿得直接丢开行李箱,到衣帽间里多套了件外套便出了门。

三月初的泊城依旧冷,夜里的空气像是要凝成冰。安糯缩了缩脖子,垂眼看着手机,手指冷得僵硬迟钝。

手机屏幕上显示着她昨天跟陈白繁的聊天记录。

陈白繁:你明天回来?要不要我去接你?

安糯:不用了,很晚的。

安糯:我让我朋友来就好。

然后他回复了个"好",两人没再说话。

现在再看这个消息,安糯不由得开始后悔。

主要是她觉得晚上冷,而且机场离家又好远,不想麻烦他。如果自己回去,出了机场拦辆车,在车上睡一个小时就到家了。

谁都不会麻烦。

但陈白繁会不会觉得她这个人什么都拒绝,一点都不好相处啊……

安糯胡思乱想着。

出了小区后,她不由自主地望向温生的方向。

已经关门了。

安糯叹了口气,随便在附近买了碗牛肉面便往回走。她抿着唇,犹豫着，给陈白繁发了条消息：我到家了。

安糯：现在出来买晚饭吃。

等了几分钟，都没等到对方回复，她只好丧气地把手机放回兜里。

安糯走出电梯，从口袋里拿出钥匙。

余光瞥见5B门前站着一个男人，她顺势望了过去。男人背靠着墙，脑袋低垂着，整张脸看不真切，站姿很懒散，看上去似乎有点疲惫。

安糯表情稍愣，喊了他一声："陈白繁。"

陈白繁像是没听到一样，连头也没抬。

安糯干脆走了过去，轻声问道："你怎么了？"

这下陈白繁才慢腾腾地抬起了头，神情有些迟缓，看着她。

安糯这时候才闻到他身上的酒气，眉头微皱："你喝酒了？"

陈白繁微眯了眼，像是才认出她一样："哦，安糯。"

"你怎么不回家？"安糯问。

他稍稍站直了些，表情懒洋洋的："没带钥匙。"

"你表弟呢？"

"不在家。"

安糯的每个问题陈白繁都回答得十分简短。像是不太清醒一样，还要思考几秒才能回答出来。

下一秒，陈白繁揉了揉眉心，费劲地看了她一眼。

"你回去吧，我在这等一会儿就好。"

安糯在原地站了几分钟，没有动，也没有说话。

很快，陈白繁用余光注意到她的身影，又抬起了眼，轻声问："怎么了？"

她垂下脑袋，语气别别扭扭地："你要不去我家坐会儿，等你表弟回来了再回去。"

"就，"安糯的表情有点不自然，捏着塑料袋的手紧了紧，"外面冷，你这样可能会感冒。不过如果你不想就算了……"

闻言，陈白繁的眉心一动，背部与墙分离。漆瞳盯着没有跟他对视的安糯，突然就笑了，漫不经心地说：

"好啊。"

安糯打开了门,给他拿了双没用过的室内拖鞋。随后指了指沙发的方向,说:"你坐那儿吧,我去给你倒杯水。"

等他换好拖鞋、坐到沙发上,安糯才去给他泡了杯蜂蜜水。她走回客厅,把杯子放在陈白繁面前的茶几上。

见陈白繁半天都没反应,安糯对他喝那么多酒的行为有些许不满:"你怎么喝那么多酒?"

"同学聚会。"陈白繁抬了抬眼睑,语气带着微不可察的可怜,低喃道,"别人都有老婆帮忙喝,我没有。"

"……"安糯的表情一僵,不太自然地把杯子递到他面前,"喝点水,醒醒酒。"

陈白繁盯着她的脸看,似乎在分辨她是谁。而后,把已经抬起来的手又放了下去,认真道:"你喂我。"

他的气息清新,混杂着淡淡的酒气,却也异常地好闻。话语一个字一个字地吐出,将安糯的耳根瞬间染成淡红色。

看着他清澈分明的眼,安糯的心跳加速得几乎窒息。她狼狈不堪地把杯子放回原处,声音带了点恼怒:"你在说什么?"

"我不管你了!"安糯抿着唇,猛地站了起来,"你表弟回来了你就回去,自己看着办吧,要喝就喝,不喝就算了。"

听到房间传来一声巨大的关门声,陈白繁懊恼地闭了闭眼。

好像做得太过了……现在怎么办……他反思着。

要不把这水喝完之后,跟她说自己酒醒了,然后道个歉?

没等他拿起那个杯子,就听到房门重新打开的声音。

陈白繁心虚地收回手,垂着眼。

安糯走到他面前,把杯子拿了起来,递到他的唇边,冷着脸催促:"快点喝。"

两人靠得很近。

陈白繁顺从地凑过去,把唇贴在杯口上,分了心,看着一旁的安糯。

头发长长了一些,长睫微抬,略带颤意。脸上的那道伤口早就愈合了,没有留下疤痕,白白净净的。小巧的手捏着杯把,一点一点地将杯子里的水送入他的口中。

只喝了一小半,安糯便把杯子放回了桌子上。她瞥见桌子上的牛肉面,回头问他:"你吃晚饭了吗?"

想着她估计还没吃晚饭,陈白繁诚实道:"吃了。"

"那你坐会儿,无聊可以开电视。"

安糯抛下这句,坐到餐椅上,掰开筷子开始吃面。

头发挡住了她的表情。

她看着自己刚刚用来给陈白繁喂水的手,整张脸渐渐地、缓慢地,像是被面的热气一点点地染红。

怎么陈白繁喝醉了之后,性格会变那么多……

等他明天酒醒了怎么办,感觉会比现在还尴尬。

安糯叹息了声,犹豫着什么时候告白好。

他到底是不是喜欢她啊,感觉好像是有一点吧……但是有没有可能是她自作多情了,要是告白了连朋友都当不了怎么办?

如果直接放开来追,能不能追到?

啊啊啊好纠结。

另一头。

陈白繁坐在沙发上,单手托腮,想着赖到晚上十一点再回去。

等安糯吃完之后,就说点能让她明显察觉到自己对她有好感的话。

让她有点心理准备。

说什么好?

——安糯,你喜欢二十七岁的男人吗?

——不喜欢的话,还有"二十八岁""二十九岁""三十岁"的选项。

或者是……

——你觉得找个牙医当男朋友怎么样?

陈白繁还在思考的时候,安糯家的门铃突然响了起来。

安糯把筷子放在碗上,抽出一张纸巾擦了擦嘴。她边往门口走边道:"是不是你表弟来了?"

陈白繁:"……"

安糯顺着猫眼向外看,但她没见过陈白繁的表弟,也不太确定是不是,只好开口问道:"哪位?"

何信嘉扯起嘴角笑了下:"我来接我表哥。"

这声音透过门板传到陈白繁的耳中,他眉角一抽,咬了咬牙。

安糯把门打开,指了指沙发的位置,轻声道:"在那儿,好像喝得挺多,你照顾一下吧。"

"没事。"何信嘉又笑了下,"他走得动。"

陈白繁装作没听见,动都没动一下。

见何信嘉这态度,安糯皱了眉,盯着他的眼神变得不大好。

"你就不能……"

下一刻,何信嘉突然开了口,笑眯眯地说:"你这件灰色的外套真好看。"

安糯一愣,垂头看了眼自己的外套:"我这是红色……"

闻言,陈白繁猛地站了起来。

何信嘉还在说话:"啊,我是个……"

"安糯,"陈白繁打断了何信嘉的话,"那我就先回去了。"

安糯看向他,反应慢吞吞地:"哦,你早点睡。"

"嗯,今天谢谢你了。"陈白繁轻声道。

出了门,陈白繁走在何信嘉的后面,忽然冷笑了声,压低了声线道:"你完了。"

何信嘉回头,露出牙齿笑:"哥,我今晚就跟我编辑要糯纸的QQ。"

"……"

"饿了,去给我炒个饭吧。"

"……"

"我从八点半饿到现在才来找你呢。"

陈白繁看了他一眼,了然道:"看你这么闲,看来你追的姑娘不搭理你。"

"……"

"不过,说惨也不惨。"陈白繁拍了拍他的肩,"安抚"道,"意料之中。"

"……"

109

安糯吃完面，把碗筷收拾好，走回卧室拿起手机，看了几眼，恰好看到QQ上谷谷给她发了条消息。

——信树那边说想直接跟你沟通，所以我把你的QQ给他了。

安糯看了看好友通知，看到一条附加消息上写了"信树"，挪动手指，点了"同意"。

那边也没主动找她说话。

安糯突然想起刚刚陈白繁表弟说的话。

把红色认成灰色，故意的还是什么……

而且陈白繁的表弟，不就是信树吗？

安糯犹豫着，在对话框上输入了一句：你刚刚说的是什么意思？

安糯的眉头蹙着，最后还是决定把刚刚的话全部删掉。

这件事跟她好像没什么关系。

她跟信树只是工作关系，突然问他问题好像也怪怪的。

不再想这些，安糯走回客厅，把行李箱拖到房间里。从里面翻出U盘，插在电脑上，把昨天刚完成的画稿发给他。

糯纸：你看看这个版本可以不？

糯纸：然后有什么地方要修改的就跟我说一声。

安糯想了想，补充道：限改五次。

另外一边。

陈白繁坐在沙发上，向后一靠，心情愉悦地抚着唇。

何信嘉眼神怪异地盯着他，踢了他一脚："去炒饭。"

"没力气炒。"陈白繁抓过一个抱枕抱在怀里，喃喃道，"我醉了。"

"……别装了。"

陈白繁眼也没抬："安糯亲自给我喂水，我醉了。"

"……"

很快，陈白繁突然回想起刚刚的事情，皱着眉指责他："你为什么要过来找我？我不是跟你说了千万别出来吗？"

何信嘉理直气壮："说了我……"饿了。

陈白繁冷声道："你下次再这样就给我搬出去住。"

房子主人何信嘉："……"

翌日是陈白繁的轮休日。

他早早地起床,到超市里买了许多食材,边回家边给安糯发着消息:安糯,今天中午有空吗?

等他走进家门前才收到安糯的回复:嗯。

陈白繁把手上的东西放进厨房里,弯着唇输入:过来我家这边吧,请你吃饭。

安糯:……什么。

陈白繁:你给我表弟画画,昨天还收留我。

陈白繁:请你吃饭。

陈白繁扬了扬眉,决定谦虚一点:我虽然做得一般,但挺干净的。

他垂眼等待了几分钟,表情十分耐心。

过了一会儿,那边回:那要我过来帮你吗?

陈白繁完全没有那种对方是客人,不能让她帮忙的自觉,想到一会儿能让她亲自看到自己认真做菜的模样,心情大好。

他利落地回复:好啊,麻烦你了。

放下电话后,安糯到卫生间洗了把脸。

回到房间里迅速地化了个淡妆,换了件休闲又粉嫩的卫衣。她把全部头发都扎了起来,梳成高高的马尾。

安糯打气般地拍了拍脸颊,拿着钥匙和手机便出了门。

昨天的事情他应该没放在心上吧……不然也不会说请她吃饭了。

想到这儿,安糯心里突然有一点点的失落。

她抬手按了门铃。

几乎是同时,门就从里头被打开了。像是有人特意在那里等她一样。

过了一夜,陈白繁的精神看起来比昨天好了不少。眉眼带着淡淡笑意,嘴角的弧度十分柔和。身上穿着深蓝色的薄毛衣,袖子被撸到手肘的位置。

跟昨晚的氛围相较起来,距离好像一下子又拉开了。

看着傻傻地站在玄关的安糯,陈白繁凑了过去。手臂从她脖颈的一侧掠过,伸手去关掉她身后的门。

男人的气息铺天盖地地笼罩着她。

安糯第一反应就是向后退了一步,而后从他手臂下钻了过去。声音带着颤,还有点结巴:"我、我去洗个手。"

陈白繁站在原地,看着她走进厨房里,唇角一扯,忽然就笑了下。

这招好像还挺有用。

等他一进来,安糯的视线从料理台上挪开了。她的表情有些尴尬:"我不会做菜。"

见他不说话,安糯立刻补充道:"我可以给你洗菜切肉打下手……"

陈白繁站在距离她一米远的位置,侧头思考了下。随后指了指自己前方的位置,说:"过来,站在这里。"

安糯有点蒙,不知道他要做什么,但还是乖乖地走了过去。

等她站好,陈白繁便走到料理台前,把一旁的菜倒入洗手台里。

被无视了的安糯捏着手指,纳闷道:"你要我做什么?"

陈白繁打开了水龙头,回头看她。

"看我。"

"……"

安糯以为自己听错了:"什么?"

陈白繁收回了视线,微不可察地勾起嘴角。

"看我怎么做菜,顺便教教你。"

闻言,安糯尴尬地"哦"了一声:"我可以帮你洗菜。"

"不用。"陈白繁想了想,"如果你累的话……"

以为他要让自己去客厅坐一会儿,安糯刚想拒绝的时候,就听到他继续道:"我去搬张椅子过来给你坐?"

安糯一脸猝不及防的表情,立刻摆摆手:"不用,我站着就好。"

她看着陈白繁利落地切着萝卜,动作熟稔。

莫名地就走了神。

……感觉好像哪里怪怪的?

她不想学做菜啊,不是过来吃饭的吗?

怎么就变成学做菜了。

"安糯。"陈白繁突然喊她。

安糯回过神,讷讷地问:"啊?"

"站过来点,看我。"陈白繁瞥了她一眼,指了指砧板上的萝卜,"这样切的话,白萝卜会更爽脆一点。"

安糯走过去,疑惑地问:"不同切法后吃起来不一样吗?"

陈白繁沉默了两秒,也不敢吹得太过头:

"也不一定,每个人的口感不一样。"

"……哦。"

陈白繁把切好的白萝卜和别的材料放到锅里,调火煲汤。随后,他拿出买回来已经切成块的里脊肉洗干净。

半小时后,陈白繁把锅里做好的糖醋里脊装到盘子里,放在一旁。

见状,安糯指着那道菜,轻声问:"要不要先拿个东西盖着。"

陈白繁眉心一动,突然想起了些什么。

"等等,你先试下味道吧。"

他走到碗柜边,拿出一双干净的筷子,伸手夹了块肉,很自然地放在安糯的唇边。

见他这么自然,安糯也很自然地吃了下去。

咀嚼了两下,她的动作就停了下来,满脸的呆滞和不自在。可陈白繁已经背过身,面上一副不以为然的模样,准备着另外一道菜。

安糯把嘴里的肉咽了下去,刚想说些什么,背对着她的陈白繁突然开口:"我这里也差不多了,你先出去坐一会儿吧。"

"……"

"油烟有点大。"

安糯沉默了几秒,什么都没说就往外走。

陈白繁垂下眼洗手,想起刚刚的事情。他抬手用手背抹了抹鼻子,低下头,扬着唇无声地笑。

安糯走到客厅,坐在沙发上,想着陈白繁的举动,深吸了口气,捂着心脏的位置。

他什么意思啊……

昨天她给他喂了水,所以今天他也要喂回来吗?

礼尚往来?

还是说他平时在家就是这样喂他表弟的,然后习惯性地就……

下一刻,安糯用余光注意到了一个男人从房间里走了出来。

他邋里邋遢的,抬手揉着眼睛,打着哈欠,手上还拿着一个iPad,懒懒散散地说:"哥,糯纸她……"

还没说完,他就注意到了坐在客厅的安糯。

何信嘉定了定神,瞬间清醒,立刻改口道:"糯纸她来了啊……"

端着一盘菜从厨房走出来的陈白繁:"……"

安糯这个位置隐隐能看到iPad的屏幕上显示的是QQ的聊天窗。

她突然觉得有点古怪和莫名,忍不住问:"你们平时喊我糯纸吗?"

虽然何信嘉平时总拿这个威胁陈白繁,但到关键时刻肯定不敢拆他的台。

"不,就我这样喊。"他立刻解释。

陈白繁转过头,注意到安糯的表情似乎还有点疑惑。

她张了张嘴,最后还是什么都没问,只是安静地点了点头。明明没带什么情绪,但在陈白繁的眼里,莫名带了点被欺骗了的含义。

陈白繁的神色一顿,倏忽间也什么话都说不出来,心底像是有什么东西在啃咬。

觉得,不太好受。

他在怕什么呢?

他喜欢她,如果在一起了,总有一天她会知道他是什么样子。

会知道他私底下这么黏人,也会知道他会有一点无理取闹,可能也不像表面上这么好相处。

也会知道……

他这么喜欢她。

CHAPTER. 5
热恋期的繁繁

见安糯似乎没有继续问的想法，何信嘉也没再说什么，转身到厕所里去洗漱。

陈白繁把菜放到饭桌上，看向安糯。

"过来坐吧。"

随后陈白繁便重新走回厨房里，拿了三份碗筷。他垂着眼，思考着什么时候跟她坦白好。

感觉如果直接在这里说，会不会让她有种被耍了的感觉？

那就以后约在外面说吧……

但要怎么说？她因此讨厌他了怎么办。

不行！不可以！忍受不了！

……不过还是不要继续骗她了。

听到餐厅传来了两人的聊天声音，陈白繁回过神，走了出去。

安糯正坐在餐椅上，腰挺得直直的，一副正襟危坐的模样。

何信嘉也特地把胡子剃干净了，看上去年轻了八九岁，像是个大男孩。

两人的模样和氛围仿若在相亲场合上。

何信嘉坐在安糯的对面，假意随口一提："昨天的封面我还没看，晚点给你回复。还有上本的封面主要是因为我上上本的封面被骂了，所以我可能就有点……"

把碗筷放在桌子上，陈白繁打断他的话："吃饭。"

反正都过去了那么久，而且钱也收到了，安糯也不记仇："没事。"纠结了几秒，她把嘴里那句"这次不要这样就行"咽了回去。

好像已经提前说好限改五次了。

饭桌上，三人吃饭的时候格外安静。

十五分钟后，陈白繁侧头看了眼正低着头吃饭的安糯，而后用手肘碰了碰何信嘉的手臂，用口型无声道："快走。"

何信嘉："……"

这下何信嘉倒是不沉默了，抬起头喊："安糯。"

安糯也抬了头，疑惑地看他。

"看到你昨天发的微博，在玩游戏？"何信嘉扬了扬眉，热情邀请，"等会儿一起玩？我哥也想玩。"

安糯本想拒绝，听到他后面那句又有点犹豫。她转头看向陈白繁，似乎是在询问他的意见。

陈白繁连他们说的是什么游戏都不知道。但他也想不到让安糯吃完饭之后留下来的理由，只好同意："是挺想玩的。"

安糯点头："好，那一起玩吧。"

何信嘉得意地看向陈白繁，也用口型道："还让我走不？"

陈白繁漠然地盯着他，毫不犹豫："走。"

"……"

何信嘉吃饭速度快，也没再不识相地当电灯泡，吃饱后跟两人说了一声便坐到沙发上玩游戏。

对比鲜明，安糯吃得慢吞吞的，像只小仓鼠一样。

陈白繁停下筷子，莫名问："吃得习惯吗？"

安糯把饭咽了下去，"嗯"了一声："挺好吃的。"

陈白繁突然想起："你平时不会做饭的话，晚饭吃什么？"

安糯诚实答："叫外卖。"

闻言，陈白繁目光稍顿，重复问了一遍先前的话：

"吃得习惯吗？"

安糯完全不知道他想做什么。但感觉他态度好像很认真，于是也认真地答："习惯，很好吃。"

陈白繁的眉眼扬起，表情十分理所当然："那你以后晚饭来这边吃吧。"

被这意料之外的话蒙住，安糯瞪大了眼，不知道该做出什么反应。

"怎么了？"他问。

安糯回过神，猜测道："我妈拜托你的吗……"

陈白繁一愣。

她是这样想的吗?

陈白繁摇头,轻声否认:"不是。"

安糯:"那……"

他的表情很坦然:"想做给你吃。"

"啊?"

见她因这话倏忽间慌得连话都说不出来,陈白繁在心底叹息了声,妥协地又退了一步,让两人保持在一个安全距离间。

"你不是夸我做得很好吃吗?"思考了下,他昧着良心说,"很少人说我做的东西好吃。"

言外之意就是,你觉得我做的东西好吃,我很高兴,所以想做给你吃。

安糯盯着他看了会儿,很快便收回了眼。她垂着眼,因这解释有些失落,若有若无地说了句"这样吗"。

其实安糯不太喜欢和不熟悉的人打交道。

比如何信嘉。

但她又很想跟陈白繁有更多的相处时间。

安糯捏了捏手指,没有对上他的视线,低着头回答:"好啊。"她补充道,"不过你应该没什么时间去买菜吧?我去买?"

听到这话,陈白繁立刻拒绝:"不用。"

这么冷的天怎么能让她出门?如果冻到了怎么办?

他往后一靠,理所当然道:"我让我弟去就行。"

坐在客厅听得一清二楚的何信嘉:"……"

吃完饭后,陈白繁拒绝了安糯的帮忙。一个人将餐桌收拾好,把碗筷放进洗碗机里,把厨房收拾得干干净净。

等他再出来的时候,就见安糯安安静静地坐在沙发的一侧。

何信嘉霸占了另一张沙发,垂着头玩游戏。

两人没有任何交谈。

陈白繁走过去,下意识坐在安糯的旁边。

"不是玩游戏吗?"

安糯点头,从口袋里拿出手机,打开了游戏。

瞥了眼游戏名称，陈白繁上应用商城下载。下载完，注册了新号，之后还要做繁杂的新手教程。

安糯无所事事，只在旁边耐心地等待。

陈白繁喊了何信嘉一声：

"你俩先玩。"

正好结束了一局，何信嘉扬头："我邀请了。"

安糯应了声："看到了。"

之后的时间，陈白繁一个人默默地在旁边做新手教程。

另外两人打游戏的时候也很安静，完全没有任何交流，只有偶尔安糯着急了会喊一声："你过来一下。"

陈白繁还以为在喊他，看了过去。

下一刻何信嘉便回应道："过来了。"

陈白繁眉角一抽："……"

他忍过了这半小时，跟他们一起参与了下一局。

不过陈白繁不喜欢玩游戏。

说得好听点是他觉得这玩意儿很浪费时间，但实际上是——他试玩过不少游戏，的的确确，玩什么都"手残"。

在陈白繁被对面打死九次之后，何信嘉终于忍不住了："哥，你就待在塔里吧。"

陈白繁望向他，面无情绪，但很明显能看出心情不爽。

注意到他的表情，安糯垂下眼，小声说："我去你那边吧。"

听到这话，陈白繁仿佛被无声地顺了毛，心情立刻变好。

在他走神的这段时间里，手机屏幕上的草丛里跳出来了一个人，将他秒杀。

似乎也发现了陈白繁是个菜鸟，对方在聊天窗里敲了一句话，语气嚣张又得意：我要开始用两只手了。

"……"

陈白繁被攻击得完全没了脾气，只叹息了一声。

安糯刚好走到他死的位置，飞快地滑动着手指。

百无聊赖地等着死亡时间过去的陈白繁望了过去，刚好注意到安糯的表情不大高兴。他有点疑惑,把视线重新放在手机上。

就见刚刚杀他的人被安糯杀掉了。

然后,聊天窗里,安糯斗气般地回敬了句。

——我要开始用手了。

陈白繁低笑出了声。

被这笑声唤回理智,安糯耳根有点发烫。她抿了抿唇,之后也不敢再将人物操控到陈白繁那边去。

怕被发现了自己的小心思,看到陈白繁玩的角色被杀得再惨她也没有再过去。

第二局结束后。

陈白繁放下手机,整个人往后倒,像是被击倒了似的,语气略带低丧:"你们先玩吧。我很多操作还不太懂,先看看怎么玩。"

安糯张了张嘴,最后还是什么都没说。

其实他不玩安糯也不是很想玩,但她也想不到拒绝的理由。只好又开了新的一局。

游戏开始的同时,原本靠在沙发椅背上的陈白繁忽地坐直了起来。整个人向她的方向挪近了些,随之脸也凑了过去,很认真地看着屏幕上的内容学习。

他的气息也随之而来。

安糯的身体一下子就紧绷了起来。她能很清楚地感受到陈白繁的呼吸和温热的身体。

尽管他对她没有任何的碰触。

发愣的瞬间,她贡献出了第一滴血,被对方杀死。

安糯抬了抬眸,视线跟他的对上。

不想让他发现自己紧张的心情,她生硬地解释:"我没注意到有人。"

陈白繁微弯着腰,定定地侧头看她。

安糯有点心虚,收回视线,像解说似的刻意道:"哦,我复活了。"

余光感觉陈白繁还是一直在盯着她。

安糯紧张得心脏都快跳出来了,在游戏上频频出错。

游戏结束后,沉默了二十分钟的何信嘉终于开了口,语气轻飘飘的:

"Game over."

他伸了个懒腰，起身往房间走："睡午觉去了，你们玩。"

客厅里只剩下安糯和陈白繁两人。

安糯捏着手机的手紧了紧："那我也回去了……"

"你回去要做什么？"陈白繁随口问。

"画画吧。"

提起画画，陈白繁想起之前何信嘉提到糯纸时说的话。

——"听说那个画手被刺激到决定改行去画漫画了。"

——"啊，题材是牙医。"

陈白繁若有所思地问："听说你在画漫画？"

安糯表情僵住，立刻摇头："没有，我没画。"

"这样啊，"陈白繁盯着她的眼睛，也没再问下去，"那我可能记错了。我送你到你家门口。"

回到家后，安糯拿着手机蹲坐在沙发旁，满脸的惊慌失措。

陈白繁是怎么知道的啊？

她用小号发的微博啊……现在连一个点赞都没有啊……

等会儿。

她先前好像也用大号说了……

赶紧删微博！

另一边，看着安糯进了家门后，陈白繁不以为意地拿出手机，登上微博，翻了翻安糯之前的微博。

不一会儿，就看到一条微博提到了自己的职业。

@糯纸：最近突然有想画漫画的冲动，一个牙医的故事，在微博连载。

陈白繁瞥了眼时间。

一月六号。

他在心底盘算了下。

好像是安糯来诊所洗牙的那天。

同天安糯又发了另外一条微博。

@糯纸：抱歉，那个只是想想而已……附上最近画的一幅作品。

陈白繁也摸不准她的想法。他拉回最上面,刷新了一下,看到微博条数从原本的1189变成了1187。

陈白繁一愣,重新拉回了原来的位置。

他刚刚看的那两条微博不见了。

像是欲盖弥彰。

陈白繁突然意识到了什么。

回想起安糯在他面前的各种反应,他躺到床上,单手臂挡着眼,低声笑出来了。嘴角抿着,却不断地向上扬。

看来,"二十八岁前亲到她"这个目标定得实在太小了。

干脆直接把证也领了吧。

很快,陈白繁又坐了起来。看着自己的微博名字,果断充了会员,把名字修改成:二十八岁前娶到糯纸。

而后,发了一条微博,置顶。

@二十八岁前娶到糯纸:现在二十七岁半。

何信嘉才没那个闲工夫给陈白繁买菜,但又怕他找麻烦,折中之下,还是选择帮他在手机上下载了一个可以把食材送上门的App,随后便准备换衣服出门。

陈白繁靠在门框处,边喝着水边看他。

何信嘉拿出三套衣服,认真比对着哪套比较好看。

"又出门?"陈白繁问。

何信嘉连一个眼神都没给他:"我哪天不出?"

"我搬来这儿的前两个月,你一次门都没出过。"

"……"

"这姑娘挺厉害,能把一个平均五天洗一次澡的宅男变成一个……"陈白繁停顿了下,似乎是在思考,很快便道,"每天花半小时琢磨当天要穿什么,并且还会喷香水——"

何信嘉瞥他。

陈白繁扬眉,点评:"才能勉强称上,普通帅哥的男人。"

何信嘉直接把门摔上，冷笑一声。

没你家安糯厉害。

安糯放下笔，认真仔细地注视着自己画了三小时完成的水彩插画。

晚霞照映着天空，云层薄得像是一层纱，渐变的色彩，从蓝到粉。底下是一座岛，上面有大片的森林，被海水环绕着。

其中一棵树下站着一个穿着一身白衣的男人，只能看到背影。

如果仔细看，能看到他的衣服旁还扬起了一小块红色的裙摆。看上去像是他的身前还站着一个人，却被他的身体挡住了。

安糯弯了弯唇。

她想把这个送给他。

送给他之后，希望有一天，她能肆无忌惮地，扬着笑道："你没发现吗？这上面除了你，还有我。"

你能明白吗？

在送你画的时候，甚至更前。

我就很喜欢你。

出门到商城里选了一个相框，安糯准备把画装起来。买完之后，也不再逗留，直接返程。

正想进小区的时候，安糯用余光瞥到附近的奶茶店，脚步一顿。步伐转换了方向，往那头走去。

感觉好久没喝了……

安糯走到点单台，没看菜单，直接对服务员道："要一杯珍珠奶茶，去冰。"

服务员敲着收银机，垂着眼道："唔，还要点别的什么吗？"

"不用了。"

下一秒。

服务员抬起了头，眨着眼喊她："糯糯姐。"

闻言，安糯的视线从手机上抬起来，诧异道："江尔？"

江尔的唇轻抿着，嘴边露出一个很深的酒窝，身上穿着奶茶店统一的围裙，披肩的长发显得她格外文静。

"你怎么在这儿打工？"

"陪舍友一起。"她乖乖回答。

江尔是安糯那个出国留学舍友的妹妹，比她小两届，现在还在读大三。

江尔的性子内向，刚开始跟同寝室的舍友也相处不来。另外三人都已经打成一片了，她依然是孤单一人。所以江尔大一的时候，舍友一直替她操心，吃饭的时候总会拉上她。

一来二去，安糯跟她也能说上几句话。

现在可能是因为认识的人多了，江尔看起来也开朗了些。

安糯点头，没再问些什么。

店里的人很少，店员直接开始做她的单。

安糯就站在台前等，余光瞥到江尔正看着手机，似乎在看眼镜。她把手机放进口袋里，随口问："你近视了？"

江尔抬起头，疑惑地看她，很快就反应过来，指了指手机屏幕："不是近视。"

安糯低低地应了声，也没太在意。

江尔弯了弯嘴角，眼也随之弯了起来，里头流光溢彩般。她的脸颊微微发红，小声道："这是色盲眼镜，我上网看看。

"想送给一个人。"

安糯瞬间懂了，笑道："喜欢的人啊。"

江尔没承认也没否认，就垂着头："但他好像不太在意这个。"

她顿了顿，有点丧气："我也不太了解。不过我查了查，网上的人大多都说，用处不大。"

恰好，另一个店员把奶茶放在台上。

安糯伸手接过，说了声"谢谢"后，对江尔说："他应该不是不在意的吧，也可能只是没办法了，那就干脆当作不在意了。"

安糯："是他主动跟你说的吗？"

江尔点点头，睫毛向上抬起，看她。

安糯想了想，问："所以你介意吗？"

江尔一愣："介意什么？"

"色盲。"

江尔连忙摆手,着急解释:"肯定不啊……"

安糯还想说些什么,身后走来了一个人点单。她闭上了嘴,对着江尔做了个手势,便走到一旁坐下。

安糯突然觉得自己像个情圣一样。

那个男生大概也只是,想知道江尔介不介意而已。

想到这儿,安糯郁闷地将吸管插进杯口,喝了一口。

看来暗恋的心情都差不多。

安糯低头看了眼手机,想着把奶茶喝完,再坐一会儿。然后就回去把画装进相框里,送给陈白繁。

半晌,客人拿着打包好的饮料往外走。开门的时候门撞击着顶上的风铃,发出"哗啦哗啦"的声音。

安糯循声望去,恰好看到一个男人走了进来。

男人穿着黑色的高领毛衣和灰色的长大衣,衬得整个人高大又斯文。他习惯性地把手上的电脑包放在距离点单处最近的桌子上,而后过去跟江尔打了声招呼。

江尔抬头看向他,立刻扬起笑容。

表情和刚刚提到那个人的时候很像,却要生动数百数千倍。

那是喜欢的眼神,谁都骗不了。

安糯的视线慢慢地挪到男人的脸上。

那个男人她中午才见过。

是信树。

陈白繁的表弟。

如果江尔说的那个人是信树。

那么,信树是……色盲吗?

安糯呆滞片刻,愣怔着起身。不想被信树发现她的存在,她将围巾拉高了些,遮住半张脸,往外面走去。

想起第一次见到信树时,安糯和他的对话。

——"你的灰色外套真好看。"

——"我这是红色……"

——"啊,我是个……"

以及那天中午在陈白繁的家里,刚起床的信树递给陈白繁的 iPad 上显示的 QQ 聊天记录。

而且,信树莫名其妙地,为什么要跟陈白繁提糯纸。

安糯抱着相框,慢慢地走进家门。回到书房里,她把画板上的画拆了下来,轻手轻脚地放入相框里。

从房间里拿出一个礼品盒,安糯把相框装了进去,再整个装到礼品袋里。她单手拿着袋子,打开门,按响了陈白繁家的门铃。

她知道,自己也对他撒过谎。

因为紧张,因为不好意思,因为想更靠近他一些。

所以她撒谎了。

可她知道这样不好,也尽可能地想一一坦白。

那么他呢?

他又是为了什么呢?

陈白繁打开门,抬着眼,对她笑。

"来了啊。"

安糯站在原处没有动,直接问:"信树的封面是不是你在看?"

听到这话,陈白繁唇边的笑意僵住。可他看起来反倒松了口气,也没有问她是怎么知道的,只轻声承认道:"嗯。"

安糯想起了那天跟她谈到一半就回了房间的陈白繁;想起了她对他说,"你表弟的性格好像不太好",然后他回,"我也觉得,所以以后你见到他,别跟他说话";想起了信树对她说,"上本的封面主要是因为我上上本的封面被骂了,所以我可能就有点……"。

她站在这里,手里还拿着想送给他的画。突然觉得自己就像是个笑话。

像小时候一样。

他为什么要骗她。

他是不是知道她喜欢他,却假装不知道。

他对她所有的好,是不是也都只是在戏弄她。

却让她从头到尾都当真了。

安糯垂下眼，睫毛颤了颤："我回去了。"

陈白繁没想到她会是这样的反应，手脚僵住，有些无措地解释："对不起，我没别的意思……"

安糯眼泪无声滑落，往后走了几步，低喃着重复了一遍："我回去了。"

见状，陈白繁也顾不得别的了，扯住她的手腕，低声哄着："你先别哭好不好？"

安糯被他扯着，脚步生生顿住。不想被他看到自己的狼狈，用袖子把眼泪擦干净，红着眼看他。手腕一扭，把他的手挣脱开。

她没再跟他说话，往家门的方向走去。

陈白繁也不知道该说些什么了。

他确实骗了她，此时此刻说什么都像是在辩解。

陈白繁从来没这么后悔过，那天就这么顺水推舟地撒了谎。他抬脚，几步就追上了安糯的步伐，站定在她面前，弯下腰看着安糯的眼睛，认真道："我确实撒了谎，是我不对。但在那之前，我真的不知道你就是糯纸。"

一而再，再而三地让你修稿，不是因为你是安糯才这样。

不管是谁，他的态度都会是那样。

可当时为什么要隐瞒啊。

好像也是因为，这段时间渐渐生出来的那些好感。

所以不想让她知道，不想让她……讨厌他。

"知道了。"她低声说，"我先回去了，没什么胃口。"

陈白繁不知所措，只能无奈喊她名字："安糯。"

安糯手上的力道松了松，把袋子给他。

"这个给你。"

她的声音轻轻的："谢谢你请我吃饭，以后没必要了。"

陈白繁还想拦着她。

眼前的人突然抬起眼，眼睛红得像是要滴血。

"别人不知道，你也不记得了吗？"

多人联合起来骗她，对于她来说是一件多么可怕的事情。

被童年阴影笼罩，影响一生，甚至将她的性格彻底改变。

对陌生人再也没有结交的欲望。

对亲近的人发了脾气,不管是不是自己的错,动不动就想着道歉。唯唯诺诺的,像是低人一等一样。

陈白繁的动作一顿,表情也愣了下来,就这么看着她缓慢地拿着钥匙打开门,走了进去。

回了家,安糯直接藏进被子里,忍着呜咽。

外面的门铃在响,放在一旁的手机也不断地振动着。安糯把手机关掉,压低了声音在里头抽噎着,直到喘不过气了才冒出头来。不知不觉就睡着了。

这一觉,让她梦到了六岁的事情——

陈白繁搬到她家对面的时候,她还没开始上小学一年级。两家人住得近,出了门就能遇见,一来二去也就熟悉了起来。

父母因为工作忙,经常都要出差,安糯的饭大多时都是在陈家解决的。

安糯对陈白繁的恶意大概从第一次见面就开始了。

当时她整个人躲在母亲的后面,看着不远处的那个比她高了一个头左右的男孩。又高又胖,跟瘦小的她形成了鲜明的对比。

其实那时候她是挺开心的。

突然就多了一个哥哥陪她玩,要真说不高兴也是假的。

那时候,几个大人坐在沙发上聊天。

安糯便跟着陈白繁进了他的房间,好奇地伸手,想摸摸桌子上的玩具车。可她个子矮,怎么都碰不到。

陈白繁坐在床上,也没帮她的意思。

很快,安糯停下了动作,眨着眼看他:"哥哥,你能拿下来给我吗?"

陈白繁不理她,直接躺到床上。

安糯也不介意,以为他只是没听见,再度喊了一声:"哥哥。"

陈白繁一点都不想跟这个小不点玩,但父母不让他出门,要他陪着妹妹玩。他现在只想等她快点走,就能出去找朋友玩了。

想到这儿,陈白繁恶言相向:"我才不帮你拿,看着你一蹦一跳还拿不到桌子上的东西可好笑了。"

安糯扬起的笑渐渐收敛了起来,她的眼睛红了,但也没哭出来。

她发育得很慢，上学前班的时候也是班里面最矮的。安糯耷拉着嘴角，重复着安母跟她说的话：

"我还小，还会长高的。"

陈白繁也不敢欺负得太过头，低哼了声，没再说话。

安糯用小手抹了抹眼泪，看着陈白繁，想起在班里听到的词，很生硬地反击："你这个，死胖子。"

突然被骂，陈白繁立刻睁开了眼，完全没反应过来。下一秒，他冷笑着指着门："臭矮子，出去，别在我房间待着。"

这次安糯真的受不了了，瘪着嘴，在陈白繁瞬间开始惊慌的眼神中，呜哇呜哇地开始大哭。

父母们听着声音进了房间。

然后，当着安糯的面，陈白繁被陈父狠狠地打了一顿。

之后两人的关系一直都很差。

安糯多次想告诉父母这个哥哥不好，但在陈白繁的威胁下还是没敢说。她也不再怕他，反正不管陈白繁怎么骂她，他都不会动手打她。

有时候被她打了，他也只是狠狠地瞪她一眼，然后一个下午都不跟她说话。不会跟父母告状，下一次见面了不会记仇，还是按之前那样在一起相处。

所以说实话，安糯也不是很讨厌这个哥哥。

后来，安糯开始上小学了，跟陈白繁同在泊城小学。

开学的第一个星期，安父亲自接送他们两个。

因为学校离家里也不远，后来都是两人一起上下学。

安糯在班里认识了很多新朋友。

每天回家的路上，除了跟陈白繁斗嘴，就是跟他炫耀今天哪个朋友又给她东西吃了。

当时陈白繁还很不屑地说："就一群小屁孩。"

因为这话，安糯生气得一天都没有跟他说话。

再后来，快学期末的时候，安糯无意间听到了她的几个朋友在背地里说她的坏话。

那个昨天才跟她分享了糖的男孩说:"她很烦的!我看她书包里有好多好多吃的,每次都只给我一点点。"

"所以她牙齿才那样吗?好丑呀。"

"而且她好矮,上次我妈妈来接我还说她可爱,我呸!"

他们之前都在骗她。

他们之前说她是他们最好的朋友,可现在,都在背地里说她的不好。

那时候她才发现,小孩子的恶意才是最可怕的。

他们有着世界上最纯真的眼睛,说出来的话却像是毒药一样。

更可怕的是,他们甚至连一点负罪感都没有。只觉得好玩、好笑,完全没想过这些随意的言语,会伤害到他人。

安糯听不下去了,冲过去对着男孩愤怒反驳道:"你胡说!我每次都分你好多!你胡说!"

这次安糯能清晰感觉到,他们想表达的意思跟陈白繁的是完全不一样的。

比起玩笑,更多的是,对她的恶意。

她的思维简单,想不到任何话去反驳。

别人说她牙齿丑,说她长得矮,她没法辩驳。

她只能将别人的谎言戳破,只能这样。

男孩瞪着她,也很生气地吼回去:"安糯你干吗呀,这么生气干什么,我们只是在开玩笑啊。"

旁边的小孩子看热闹似的,都在笑。

也不知道他们在笑什么,但是笑声就是一直不停。

环视周遭,全世界都在响。

安糯的眼泪一下子就掉了出来,抽抽噎噎地:"你才不是在开玩笑……"

"哇!安糯哭了!"

"怎么就哭了啊,那我之后可不敢再跟她玩了。"

"好无趣哦。"

那天下午,没有一个同学再跟她说过话。

回家的路上,安糯一直沉默着,不像往常那样叽叽喳喳着说话。

陈白繁也察觉到她的不对劲,拍了拍她的肩膀,喊了句:"喂,臭矮子，你干吗？"

听到"矮"这个字，安糯又被触到了今天的伤疤。

下一刻，安糯直接蹲了下来，大哭了起来。

她小小的身子缩成一团，整个人渺小得像是尘埃，全身都在颤抖。

周围是往来的同学和家长，没有人理会她。只有陈白繁懵懂地蹲在她的面前，怎么拽她哄她都没有用，最后只能半拖半拉着把她背回了家。

那天回家后，陈白繁又莫名其妙地被揍了一顿。

安糯的父母还没有回家。

她待在陈白繁的家里，拨通了母亲的电话，哭着说："妈妈……同学都欺负我，我不想去上学了……我不去上学了好不好……"

安母的工作忙，也没有想太多，以为只是小孩子之间的磕磕碰碰，便道："他们都不是故意的呀，明天你跟他们道声歉，然后就和好了啊。"

安糯的眼泪流得更猛了："是他们欺负我，我也要道歉吗……"

安母叹了口气，轻声说："糯糯，要跟朋友好好相处，知道吗？"

她没再说话。

母亲一直在那边哄她，她也不再说话。

这世上，她以为最能保护她的人，也没有帮她。

第二天，安糯像往常一样去上学。但她没有听母亲的话，没有跟同学道歉。

没有人跟她玩了。

她被孤立了。

经常从厕所回来，就看到自己装在书包里的零食都被翻了出来，乱七八糟地散在地上。后来，安糯干脆一整天都不喝水，也不去厕所了，就一直安静地坐在自己的位子上。

再后来，安糯一直在想——

她那时候是不是应该道歉。如果她道歉了，是不是就不用受到这样的对待了。

不对，她就不应该发脾气才对……

终于有一天，陈白繁在学校门口没有等到安糯，他便到安糯的教室里去找她。

他看到一个男孩坐在安糯的后面,揪着她扎好的头发。

安糯没有挣扎,也没有哭,就一直垂着头。

陈白繁差点气死,冲过去把那个男孩扯开,将他推倒在地上。他伸手牵住安糯的手,咬着牙看着地上的男孩。

"你再欺负她一次,我不告诉老师。"

"我直接把你打死。"他狠狠道。

安糯睁开眼,周围都还是黑的。

她的眼睛涩得发疼,起身到卫生间里洗了把脸。

安糯看着自己红肿着的眼睛,回想着小陈白繁说的话,恍了神。她想,自己那时候好像是挺喜欢那个小哥哥的。

尽管他一直都对她不怎么友好,却也是那个时候,对她最好的人。

安糯出了卫生间,想到厨房里去倒杯水喝。

一到客厅,就听到——

门铃还在响。

不断响着的门铃声,在这深夜里显得格外可怖。客厅没有开灯,唯一的光线都是从身后的房间里透出来的。

漆黑与恐惧同时将她笼罩在内。

安糯突然意识到自己由于情绪的缘故,连门都忘了锁。她的心一下子就提了起来,轻手轻脚地走到玄关,顺着猫眼向外看。

……没有人。

门铃也随之停了声响。

这夜里瞬间静得可怕,像是连外面的人的喘息声都能听清。

安糯屏着息,伸手将门一锁。"咔嗒"一声,在这静谧的夜里格外清晰。她紧张地往后退了几步。

与此同时,门外传来男人低沉微哑的声音。

"安糯,是我。"

听到他的声音,安糯紧绷的精神立刻放松,下意识地松了口气。她愣了愣,回头看了眼挂在墙上的时钟。

凌晨一点了。

安糯把门锁拧开,打开门往外看。

一眼就看到陈白繁靠在门旁边的墙上,身上还是只穿着下午穿的那件毛衣,手上抱着安糯塞给他的那个袋子,看起来像只可怜的流浪狗。

安糯眉头皱了起来,生硬地问:"你干什么?"

陈白繁沉默几秒,忍不住咳嗽了两声。他垂下眼看她,开了口。

"想哄你。"他似乎真的冷到了,嘴唇有些苍白,"但你手机关机了。"

闻言,安糯咬了咬唇,把半开着的门合上了些。

"没必要。别在我门口待着了,我要睡了。"

陈白繁没有拦她,盯着她红肿的眼睛,"嗯"了声。

"那你别哭了。"

安糯没再回话,关上门,随即靠在门上,听着外边的声响。

怎么还没动静?

快点回去啊。

这人是不是有毛病……

外面才多少摄氏度,就穿件毛衣给谁看啊。

烦死了。

安糯完全不想理他,到厨房里喝了杯水便回了房间。她钻进被窝里,盯着旁边黑着屏的手机。想到他刚刚说的话,最后还是没有开机。

他到底要干什么啊……

安糯翻了个身,把整个人都埋进被窝里,心里像是一直有什么东西堵着,憋得慌。

翻来覆去都睡不着。

最后,她还是忍不住起了身,小跑到房门前,微喘着气把门打开。

男人还站在原来的位置,姿态懒散,看着手中的画。似乎没想过安糯会再次回来,他的表情一愣,站直了起来。

安糯试探性地碰了碰他的手掌,冷得像是结了冰。她收回了手,垂下眼眸,视野里慢慢地浮起一层水雾。

想到他可能在这里站了好几个小时,她就难受得鼻尖酸涩。

"你快点走行不行?"安糯的声音带了哭腔,"你好烦啊。"

"你别哭……"没想过会再度把她弄哭,陈白繁的表情无措,"我现在就走,就站一会儿。"

安糯吸了吸鼻子,安静地盯着他,看上去像是要看着他进了家门才放心。

陈白繁舒展了下僵硬的手掌,蹲下身,慢腾腾地把手中的相框放回礼品盒里。他的动作忽然停顿了下来,抬头看着她。

少女的皮肤白皙光滑,鼻子和眼睛都红成一片。似乎连妆都没有卸,眼周一圈有点黑,一副狼狈又憔悴的样子。

他定定地,就这样仰着头看她,突然开口问道:"你怎么不问我为什么骗你?"

电梯间里的灯很亮,暖黄色的光打在他的脸上,显得他面部的线条柔和流畅。他的眼神认真又带了几分紧张,眼里全是她。

安糯心中的火气莫名散了大半,不自在地挪开了视线,语气刻意带了些不耐烦。

"我为什么要问,你快走。"

陈白繁静了一瞬,而后低喃着:"你不问,我不走了。"

安糯被他这副破罐子破摔的样子气着了,深吸了口气,按捺着火气说:"随便,我懒得管你,反正冷的也不是我。"

她冷着脸,想把门关上,目光扫过他蹲在地上的模样。

陈白繁的脸色有点苍白,眼睛墨一样沉,显得黯淡无光,眼巴巴地望着她。

安糯突然想起以前他被自己打了的模样。

虽然印象不深,但似乎每次都是他主动来讨好她。

可她几乎都没有主动过。

再跟他说话的时候,如果他不理她了,她也就回家了。

她对他一直也都不是很好,不是很有耐心。可在关键时候,他是第一个冲出来保护她的人。

安糯莫名就妥协了,轻声问:"为什么?"

他蹲在地上,双腿叉开,双臂撑在膝盖上。头发又黑又软,垂在额头和耳侧,看起来像只大金毛。

周围安静了下来,窗外的夜色越来越浓。

"喜欢你啊。"他说。

安糯呆住,仿佛没有反应过来。

下一刻,陈白繁站了起来,手臂撑在门框上,背微微弓了起来,垂头盯着她。神色郑重又紧张,没有一丝一毫的伪装。

"安糯,我喜欢你。"

因为喜欢。

所以不希望因为别的事情,在你心里扣分。

半分半毫都不想。

安糯的心跳漏了半拍。她猛地回过神,掩饰着自己的慌乱,音调扬了起来,恼怒道:"你别再骗我了。"

"不敢了。"他乖乖地弯了弯唇,"所以都说实话。"

安糯彻底不知道该怎么反应,连生气都忘了。

见她没动静,陈白繁低声问道:"你怎么不理我?"

"……"

"你没听清楚吗?"

"……"

"我喜欢你,你喜不喜欢我?"

安糯后知后觉地红了脸。

"喜欢吗?"他坚持不懈地问着。

还是没等到她的回应,陈白繁半无奈半吓唬地说:"别撒谎,安糯。"

安糯没敢抬头看他,终于有了心情问:"你、你跟你表弟不是故意一起骗我的吗……就在背后嘲笑我,让我被你们耍得团团转。"

如果是不在乎的人,她可能不开心一阵子就过去了。可对象换作他,安糯真的一点都接受不了。

"没有心思耍你。"陈白繁语气诚恳,"我过了那个年龄了,二十七岁只想娶老婆。"

闻言,安糯的脸又红了一个度,把他凑过来的脸推开。

"你在说什么啊!你是不是冻傻了!别胡说!"

"没胡说。"陈白繁完全不要脸了,"你回川府之前我就喜欢你了,现在更喜欢。"

安糯木讷地看着他。

陈白繁的眸子低垂着,与她的视线撞上。

"你呢?"他问,"你喜欢我吗?"

安糯的唇瓣抿着,憋了半天都说不出口。

见状,陈白繁的头一偏,又问:"不喜欢?"

安糯立刻摇头,磕磕巴巴道:"不、不是……不是这样的。"

她眼睛水润又亮,伸手握住他的手腕,不想他误解,脱口而出:"喜欢,很喜欢的。"

陈白繁的目光一顿,下巴敛着,低笑了几声。

见不声不响地被套了话,安糯有些羞恼,很快又因他这带着气息的笑声消了火,变得格外不好意思。

半晌,陈白繁将情绪收敛了一些,抬手虚碰了碰她的眼睛。

"也不听我说一下就哭,眼睛都哭疼了吧。"

安糯别扭地挪开眼,细声说:"……又没什么。"

"怎么没什么了。"陈白繁的眉头皱了皱,"你现在是我女朋友,你的眼睛就是我的眼睛,你把眼睛哭肿了,疼的是我,怎么就没什么了?"

难得听他连续说这么一长串情话,安糯一脸蒙地看着他。

"好冷。"像是没注意到她的表情,陈白繁往她方向凑了凑,"我好冷,安糯抱抱我。"

"你怎么……"安糯咬着牙把他扯进了屋子里,关上门。

她把陈白繁推到沙发上,到厨房里给他倒了杯温水。

安糯走回客厅,把水杯放到茶几上。

坐在沙发上的人静静看着她。眼中的喜爱与愉悦毫无掩饰地全部泄露了出来。

被他盯得有些不自然,安糯用鞋尖碰了碰他的脚:"喝呀。"

陈白繁歪头想了想,忽然举起双臂,对着她。

"抱一下,然后我把水全部喝完。"

除了上次他喝醉的时候,安糯从来没见过这样子的陈白繁。她完全招架不住,故作冷漠,板着脸道:"快点喝。"

陈白繁的手臂慢慢垂了下来,还想说些什么,最后还是妥协地拿起水喝了几口。

安糯摸了摸他的额头,语气很不好:"你在外面待了多久。"

"没多久。"陈白繁任由她摸,心情格外好,"电梯间也有暖气,就是温度没那么高而已,没多冷。"

安糯拉开茶几的柜子,从里面拿出一片感冒药,塞进他手里。

"先吃吧,别生病了。"

陈白繁的脑袋靠在沙发椅背上,纹丝不动。

"女朋友不抱抱我,我才容易生病。"

安糯的动作一僵,犹疑地看着他:"你是不是发烧烧傻了,怎么突然变这样了……"

"我一直都这样。"陈白繁厚颜无耻道,"不然你觉得我是怎样的?"

安糯挠挠头,思考了下:"脾气好。"

"是我。"

"温柔、善良。"

"也是我。"

"……体贴、成熟。"

陈白繁挑了挑眉:"都是我。"

"……"安糯不理他了。

"这些都是你喜欢的样子?"

"……"

他下了个结论:"看来安糯真的很喜欢我。"

安糯:"……"

安糯憋红了整张脸,完全没法反驳。她扭过头,把一旁的袋子塞进他的怀里,催促道:"你快点回去。"

顺着她的动作,陈白繁垂头看了看那个袋子。他慢条斯理地把礼品盒拿出来,打开,把画拿了出来。

安糯坐在他旁边,也低眸看着那幅画,小声问:"怎么了?"

陈白繁用指腹抚了抚上面画的人,眼里划过几分笑意。

安糯顺着他的目光望去,恰好看到那红色的裙摆。但如果不是细看,其实不算很显眼。她也没太在意。

"回去再看,很晚了。"

"安糯。"他转头看她,"这上面,我是在抱你还是在亲你。"

没想到他真的会发现,安糯表情呆住,猛地站了起来,慌乱道:"什么啊!他们两个人就是在说话!就是说个话而已!"

陈白繁"哦"了一声,表情看上去有点失望,把画收了起来。

"你吃晚饭没有?"他问。

安糯摸了摸肚子,摇摇头:"没,不过也不饿。"

"真不饿?"

"不饿。"

安糯其实吃饭的时间都不太固定。

有时候熬夜画稿,第二天就起得晚,吃午饭的时间也就晚了。所以,偶尔她连晚饭都能省去不吃。

现在她睡了一觉,确实没什么饥饿感。

听到这个回答,陈白繁叹息了声,伸手抓住安糯的手放到自己的肚子上。声音温润,语调微沉,听起来有些可怜。

"可我好饿。"他还特地收了腹。

触到他坚硬又平坦的腹部,安糯想起来他好像也跟自己一样没有吃晚饭。她没收回手,犹犹豫豫地说:"我这儿没什么吃的,你要不回去弄点……"

见他不说话,安糯补充道:"或者出去买点吃的?"

陈白繁瞥了她一眼:"我自己会煮。"

安糯松了口气:"那你快回去吧,一点半了,早点吃完早点睡觉。"

"……"

"你明天还要上班吧。"

说完之后,他半天都没反应。

安糯转过头,恰好撞上他看过来的视线。眼睛沉黑幽深,定定地望着她。

安糯莫名被他这样的眼神盯得有点心虚,讷讷道:"怎么了?"

他垂下眼,低喃着:"深夜——"

然后……

安糯看着他站了起来,张嘴继续道:"有女朋友的陈白繁。"

走了两步。

"却要……"

就快走到玄关了。

"一个人……"

在门口处停了下来。

"吃饭。"

深夜,有女朋友的陈白繁却要一个人吃饭。

安糯:"……"

安糯眉角一抽,被他的行为和话语弄得哭笑不得。她倾着身子,靠在沙发的扶手上看他,妥协道:"那你先过去,我洗个脸再过去。"

陈白繁也不想弄到太晚。他神色变得好起来,点头。

"那我过去给你做饭。"

什么给她做饭……

不是他饿吗?

等他出了门,安糯才走进浴室里,看着自己一塌糊涂的脸,哀号了一声就开始卸妆。

啊啊刚刚为什么要犯懒啊。

她想象中的一直是,自己特意打扮得精致漂亮地把他约出来告白。

完全没想过是他告白啊!

也没想过告白场面的时候她是这副糗样啊……

此时此刻,镜子里的她,眼睛红肿着,布满血丝,发丝凌乱不堪,身上的衣服还皱巴巴的。

安糯毫不犹豫,干脆快速地洗了个澡,到衣帽间换了套衣服。她摸了摸不小心蹭到水的发尾,纠结了几秒,还是不想让陈白繁等太久。

安糯拿着钥匙便出了门。

对面连门都没有关,直接大开着。

安糯走了进去,把门关上。

陈白繁刚好端着盘子从厨房出来,对她招了招手。

"过来。"

随后,他拉开椅子坐了下去。

安糯走过去,伸手拉开旁边的椅子。

陈白繁忽然扯着她的手腕,挑着眉,也不知是不是在开玩笑,一只手拍了拍自己的大腿。

"坐这儿。"

安糯:"……"

虽然她知道两个人谈恋爱之后,相处方式肯定会有变化。在对方面前展现的模样跟交往前多多少少也会有区别。

但陈白繁变化也太大了吧?

他完全没有过渡期的吗?

安糯沉默了下,没搭理他,依然坚决选择坐在旁边的位子上。

陈白繁也没因被拒绝而不满,弯了下唇,自然而然地收回手。

桌子上只有一盘三人份左右的炒饭。

陈白繁用饭勺给安糯装了一大碗,说道:"今天太晚了,等明天再给你做好吃的。"

闻到饭的香气,安糯瞬间也饿了。她吸了吸鼻子,拿起勺子点点头。

陈白繁没着急吃,单手托腮看着她。

安糯看上去刚洗过澡,发尾还湿答答的,脸蛋被洗得干干净净,穿着一套淡粉色的绒毛睡衣,此刻正垂着头咀嚼着饭,看起来秀气又可爱。

他镇定地伸手摸了摸心脏的位置。

注意到他半天都不吃,安糯抬起头,疑惑道:"你干吗?"

"很烦。"陈白繁盯着她,喃喃自语,"吃不下了。"

安糯的表情有些呆滞:"饿太久了吗?"

"……"

"那也吃点。"她把盘子往他的方向推了推,"不然半夜饿醒了。"

他摇摇头,诚实道:"被你可爱饱了。"

"……"

安糯捏着勺子的手紧了紧,脸上渐渐浮起红晕,染到耳根。像只被逗弄的小兔子,她当作没听到他说的话一样,镇定自若地继续吃着饭。

陈白繁低笑了声,也装了碗饭开始吃。

半晌，安糯把碗里的饭吃得一干二净。她扯了片纸巾擦嘴，支着下巴在旁边等他吃完。

安糯也不清楚自己现在是什么心情。感觉有一点不真实，明明前几个小时还在难过。睡了一觉，忽然就如愿以偿了。

眼前的人，从额头到下巴，每一寸，每一个弧度，都是她喜欢的模样。

就是性格上感觉好像变化有点大。

虽然他表达喜欢的方式让她有点招架不住，但好像……

还是挺喜欢的。

很快，陈白繁也吃完了。他揉了揉她的脑袋，低声道："吃饱了？"

安糯乖乖地应了声。

陈白繁："那回去吧。"

陈白繁把她送到家门口，看着她拿钥匙开门。

安糯正想跟他说声"晚安"的时候，陈白繁抢先开了口："安糯，你今天不抱抱我，我会失眠的。"

安糯抬眼看他，硬着头皮道："那就失眠吧。"

他低低地"哦"了一声，语调一下子就变得闷闷的：

"那晚安。"

见他退后了几步，似乎想回去了。可安糯完全看不得他这样的表情，连忙上前搂住他的腰，很快就松开了，安抚道："你快点睡吧。"

下一刻，安糯被他突兀地用手掌抵着背部，往他的方向拉。整个人再度扑进他的怀里，被他温热的身体和淡淡的气息缠绕着。

她被他的举动弄得迷迷糊糊的，似乎还听到了他得逞的笑声。

"你治好了我的失眠，所以——"他说，"我要报答你。"

被陈白繁这样一撩拨，再加上刚刚睡了几个小时，安糯反而成为那个睡不着的人了。

安糯从被窝里钻了出来，靠在床头，拿过放在一旁的手机开机。几十条未接电话记录跳了出来，还有他发的消息。

她一条条地看，看到其中三条消息。

——你刚刚说的是小时候的事情吗？那我告诉你，你搬走之后我把那个男生打了一顿，然后我又被我爸打了一顿。

——这样的话，你会不会开心点。

——看在我小时候因为你被我爸打了那么多次，这次你就……要不你打我一顿？

安糯的唇角翘了起来。她忽然想起信树之前发的那条微博，重新翻开来看了看。

@信树：一个男人喜欢上一个女人，一夜之间像是变了个人，请问这是人格分裂吗？

时间是她在川府的时候。

安糯情不自禁笑出了声，抱着手机打了个滚。

最后，直到凌晨四五点，安糯终于才睡着。

中午十一点才起床，她下意识地拿起手机看时间。瞬间看到昨天被自己反反复复看了好几遍的聊天窗又多了十几条消息。

——糯糯，我起床了。

——我洗漱完了，弄了碗粥，你吃早饭没有。

——我准备出门了，你如果醒了的话就过来拿粥喝，我放在餐桌的保温盒里，我表弟会给你开门的。

——到诊所了，今天病人有点多，可能有点忙。

……

——你还没醒吗？

——唉。

最后一条，刚刚发来的。

——热恋期的繁繁，被打入了冷宫。

"……"她只是在睡觉啊？！

CHAPTER. 6

只顾着看我了吗

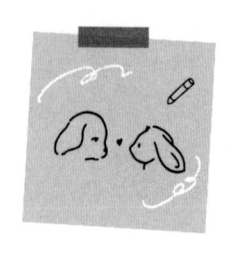

安糯挠挠头，还是不太清楚怎么应对这样的他。她思考半晌，才僵硬地回复：刚醒，我一会儿会去拿粥。

她起身准备去洗漱，走了几步之后，安糯又觉得自己反应有些冷淡，重新走回去，补充道：你好好工作。

走进卫生间里，安糯开始刷牙。她看着镜子中的自己，渐渐失了神。

把口中的泡沫吐了出来，安糯含了口水漱口。随后龇牙，看着自己整齐洁净的牙齿。她垂下双眸，掬起一捧水洗脸。

昨天陈白繁短信上的内容，让安糯回想起来——

陈白繁把那个男孩推倒之后，他把安糯带回了安家，严肃地跟安父安母提了安糯在学校被欺负的事情。

安父给班主任打了电话，问清楚状况之后，给安糯转了班级。

那个小男孩的父母亲自上门拜访，跟她的父母道歉。

而男孩受到的教训，也仅仅是被父母训斥了几句而已。

换了班级后，虽然没有人再欺负安糯，但她也不敢再主动去跟别人交好。整个人变得内向又寡言。

安父安母没再把全部重心放在工作上，都腾出了很多时间给安糯。每隔一段时间就带她去看医生，解决发育迟缓，以及牙齿的问题。

再之后，在新学期来临前，安糯一家就因为安父工作的问题搬到川府去了。

两家人也就慢慢地断了联系。

安糯叹了口气。

虽然现在牙齿没什么问题了，但她真的是从小矮到大。

调养了很长一段时间，她的身高突飞猛进，在初一的时候就到一米五七了。

当时她真的高兴坏了。

结果从初一到现在，整整十一年，她只长了一厘米。

一厘米。

安糯从回忆中抽离，扯了两张纸巾擦脸，回到房间里。她拿起手机看了眼陈白繁刚回复的消息。

——十一点了，怎么这么晚？

——你先去喝点粥填填肚子，我中午给你带饭。

陈白繁的午休时间并不长，只有一个半小时。平时的话，他基本就是在附近的快餐店解决，然后回诊所小憩一阵子，就开始上班了。

想到这个，安糯直接拒绝了。

——不用，我给你带吧。

——或者我们一起去外面吃？

陈白繁回：行。

陈白繁：我有个患者来了，就先去忙了。你如果提前到了就进来等我，别在外面吹风。

安糯乖乖回了个"嗯"，起身换了套衣服，出了家门，按响了对面的门铃。

等了一分钟左右，何信嘉才从里边把门打开。

他的头发睡得乱七八糟的，像鸡窝似的。眼睛眯着，指了指餐桌的位置，没开口跟她说话，随后便躺回沙发的位子，继续睡觉。

安糯走到餐桌前，打开保温盒看了眼。

皮蛋瘦肉粥，分量很足。

她一个人肯定是吃不完的。

想到自己之前由于画稿的原因骂过信树好几次。

在不同的人面前。

在编辑面前，在应书荷面前，在陈白繁面前……

安糯的愧疚心铺天盖地浮起。她犹豫了一下，小声问："你吃了吗？"

闻言，何信嘉抬抬眼，应道："嗯。"

安糯不自在地"哦"了一声，没再多言，抱起保温盒，往外走："那你继续睡。"

何信嘉的眼皮又往上抬了抬,想起今早陈白繁神色傲慢地跟他说的话。
——"记得找律师把你这套房子过户到我的名下。"
"安糯。"他忽然喊了她一声。
安糯闻声回了头。
"我哥那人,"何信嘉打了个哈欠,"他看不得别人起得晚。"
"……"
"他要是叫你一次你不醒,估计就直接上手打人了。"
"……"
"我每天都是被他打醒的。"
安糯沉默了几秒,有些许难言。想象着那个画面,不太相信,又因陈白繁这段时间的无常,觉得可能,又觉得不太可能。

回到家,安糯把保温盒放在餐桌上。她把手机放在一侧,坐在餐椅上,边刷着微博边小口小口地喝。
很快她便没了兴致,心想着过段时间就不偷懒了,多多接稿。
不然她老这样吃了就睡,醒了就吃的样子,在陈白繁眼里会不会很像个废物。
想到何信嘉说的话,安糯的身子抖了抖。唯恐想象会落实。
那就从明天开始早睡早起好了……
唔,一会儿就去制订个时间表。
注意到时间,安糯只吃了个半饱。她把保温盒关好,放在一旁,拿着钱包和钥匙便出了门。

泊城的温度渐渐上升,昼夜温差很大。
安糯只穿着一件薄薄的米色针织衫,外面套了一条深红色马甲裙。光着一双腿,也并不觉得很冷。
道路旁的枯树长出了新芽,平添了几分色彩。温暖的阳光照射下来,在地上呈现了粗细不一的影子,随着风晃悠着。
安糯过了马路,一看时间已经差不多十二点了。她正想走进诊所,有个熟悉的声音从身后叫住她:

"糯糯。"

安糯的脚步一顿，回头，正好看到站在不远处的应书荷。她眨了眨眼，走了过去，问道："你怎么在这儿？"

"跟同学聚餐。"应书荷瞅了眼不远处的口腔诊所，一副了然的模样，解释道，"我刚好在附近就直接过来了，他们好像还要过一会儿才到。"

因她的神情，安糯不自在地舔唇："哦。"

应书荷调侃："又去看牙？你这次找的什么理由。"

"我找陈白繁吃饭。"安糯有些不好意思地移开视线，"我跟他在一起了。"

应书荷震惊了："你这速度够快的啊。"

她还想说些什么，刚巧她等的几个人到了，喊她："书荷。"

"哎！"应书荷转头应了声，又回头看向她，鼓着脸。

"你居然不告诉我！你！"她假作生气的模样，捏了捏安糯的手，想问进展却又怕让同学等太久，"我先去吃饭，晚点再来找你算账。"

"行行行，改天告诉你。"安糯连忙说，"你快去吧。"

应书荷哼了声。这时，其中一个人往她们的方向走来。她走了过去，推了那个男生一把："林为你过来干吗，走了走了。"

林为瞥她一眼："你们先过去。"

说完他便抬脚走到安糯的面前。

看到他，安糯瞬间就想到了之前的争执，心情也不大好。她当作没看到他，往诊所那边走。

林为快步走到她面前，语气小心翼翼而生硬："你的伤好点了吗？"

安糯没回答他的话，绕过他继续往前走。

林为没再追上去，看着她的背影，"啧"了一声，转头。看到几个同学还站在后面没走，便走回他们旁边。

应书荷很莫名其妙："你找安糯干吗？"

"就一点事。"

应书荷顿时想起安糯先前跟她说林为家里的事情，但此时也不好当着别的同学的面说。她把他扯到一边，压低声音道："你别招惹她。"

林为低笑了声，语气不太在意："你管我？"

绕过林为身体的那一瞬，安糯被他挡住的视野一下子就明亮了。然后，就看到了站在诊所门口的陈白繁。也不知道在那儿站了多久。

安糯稍愣，走到他面前："你下班了吗？"

陈白繁情绪不明地点头："你想吃什么。"

"你平时吃什么就吃什么。"安糯道。

陈白繁应了一声，很自然地牵住她的手，揣进外套的口袋里。

安糯的手冰冰凉凉的，被他宽厚温热的手覆盖住。热度顺着指尖传至整个手掌，格外温暖。

安糯弯弯唇，反握住他的手。

几秒后，陈白繁低头看她："怎么穿这么少。"

"今天不冷。"

陈白繁皱了下眉，把身上的大衣脱了下来，裹在她身上。可上身效果却跟穿在他身上完全不同，大衣将她小腿中部往上的地方都包裹住了。

"……"她这么矮吗？

"今天十五摄氏度。"他停下脚步，帮她把大衣的扣子一个一个扣上，"等温度再上升些再穿裙子。"

看他就穿着一件薄薄的里衣，安糯问："你不冷吗？"

"不冷。"陈白繁瞥见两个空荡荡的袖子，淡声道，"把手伸出来。"

闻言，安糯费劲地把手顺着袖子伸了出去。

陈白繁把袖子挽上去几圈，重新握住她的手。

两人进了另一条街的一家小菜馆，找了个位子坐下。

陈白繁把菜单递给她，撸起袖子用热水烫着碗筷。

安糯边看着菜单，边问他吃饭的口味，简单点了几个菜。

菜馆里有暖气，安糯坐了一会儿就觉得热。

她不声不响地把扣子解开。

与此同时，陈白繁放了套洗干净的碗筷在她面前，语气随意："刚刚跟你说话的那个男人是谁？"

安糯没反应过来，回忆了一阵，才想起刚刚跟自己说话的林为。

看来陈白繁完全认不出他了。

安糯实话实说："他是之前来你诊所闹事那个女人的儿子。"

倒是没想过会是这样的答案,陈白繁想逗弄她的心思完全消失,皱着眉问:"他找你干什么?"

"问我伤口好了没。"安糯补充,"他认识我朋友,我之前去找我朋友的时候见过他一次。"

得知对方没有恶意,陈白繁眉眼稍稍舒展,只点了下头。

感觉他没有再问下去的意思,安糯继续低头解着扣子。

一颗、两颗……最后一颗。

陈白繁又开了口:"你跟他说你有男朋友了吗?"

安糯顿了顿,边把衣服脱下来边说:"……我没跟他说话。"

她垂下眼,认真地把衣服叠整齐,放在一旁的包包上。

陈白繁盯着她的动作看了一会儿。

看着她重新抬起眼,端着杯子喝了一口水。然后也不再继续开口。

很快,服务员上了所有的饭菜。

安糯动了筷,余光瞧见毫无动静的陈白繁,纳闷道:"你怎么不吃?再磨蹭,一会儿就没时间回去休息了。"

陈白繁没再掩饰,主动而又刻意地提问:"跟他说过你已经拥有一个很喜欢并且也很喜欢你的男朋友吗?"

"……没有。"安糯终于察觉到他的不对劲,"你干吗?"

陈白繁没回话,起身走过来坐在她旁边的位子上,直勾勾地看她。

安糯被他盯得有点心虚:"……你要坐这儿吗?"

下一刻,陈白繁往后一靠,身体靠在椅背上。他指了指自己心脏的位置,说:"你碰碰这儿。"

安糯听话地用指尖碰了碰:"怎么了?"

几乎是同时,他往后一缩,声线低沉:"疼。"

"……"

安糯无语地收回手:"吃饭。"

陈白繁没再多说,戏演完了就回到原来的位置。

过了一会儿。

安糯还是忍不住解释:"我本来对那个男生印象就不怎么好,而且派出所那边都已经解决好了,我跟他的关系跟陌生人没什么区别,以后都不会再见面了,所以完全没必要在意。"

她的表情看起来似乎不安,陈白繁低笑,挑眉给了她一个建议:"其实你不用跟我解释那么多。"

安糯神色疑惑:"啊?"

陈白繁没再逗她,夹了块肉放进她的碗里,弯着唇道:"你直接说一句'我超喜欢我男朋友'就够了。"

安糯:"……"

她咬了咬唇,默默垂头吃饭。

陈白繁:"你以后中午都来陪我吃饭吗?"

安糯:"嗯。"

"你平时都起这么晚吗?"

"也不是,作息不怎么固定。"

陈白繁思考了几秒,问:"以后我叫你起床,吃完早饭你再回去睡觉?"

听到这话,安糯的动作停住,想起今天何信嘉跟她说的话。

——"我哥那人,他看不得别人起得晚。"

——"他要是叫你一次你不醒,估计就直接上手打人了。"

——"我每天都是被他打醒的。"

"……"

安糯连忙摇头:"我自己起得来。"

不等他出声,安糯又强调:"我起得来,九点之前一定可以。"

她这副慌乱的样子让陈白繁有点莫名,又觉得有些好笑,也没多问。

"行,那你自己起床。"

吃完饭之后,两人出了菜馆,往诊所的方向走。

陈白繁心情不错,捏着她的手问道:"送你到楼下?"

安糯直接拒绝:"你回诊所吧,睡一会儿。"

他的午休时间就一个半小时,都已经过去四十分钟了。现在不休息,下午上班估计没什么精神。

陈白繁眉心微耸:"那你送我回诊所?"

安糯犹疑地看了他一眼。

走这条路回水岸花城的话肯定是要经过诊所的。

所以算是送他回诊所吗?算吧……

想清楚后,安糯点了点头:"嗯。"

陈白繁收回了视线,不假思索道:"那你送我回去。"

"嗯,送完你后,我也回去画稿。"

到了诊所门口。

陈白繁站在她面前,接过她手中的外套,抬手揉了揉她的脑袋。

"我女朋友对我超好。"他闷笑了声,"一定要送我来上班。"

"……"安糯瞬间红了脸。

回到家,安糯走进书房里。她从书柜里翻出一张卡纸,开始规划自己一天的时间。

八点半起床好像太早了,九点吧……

不过今天陈白繁给她发短信是什么时候?

安糯掏出手机看了眼时间。

七点。

"……"

安糯默默地把九点改成八点。

完成时间表后,安糯费劲地折叠了几下,令纸张可以立起来,然后放在书桌上。

她瞥了眼时间表上的时间,这个时间应该要画画了。

登上QQ,安糯看到好几个编辑给她发了消息,但因为她太久没有回复了,编辑早就找了其他画手。

安糯有点丧气,开始后悔自己的懒惰。她翻了翻自己加的几个接稿平台的QQ群,好像都没什么工作。

又改登微博,安糯戳开未关注人消息,想看看有没有新的编辑找她。她的指尖慢悠悠地滑动着屏幕,一个不小心就戳到了其中一个人的头像。

安糯瞥了眼,正想退出来时,注意到上面的内容。

对方给她发了一个情感博主的微博,标题是——《夫妻间最佳年龄差:丈夫比妻子大四岁》。

微博昵称是:二十八岁前娶到糯纸。

安糯:"……"

她皱了下眉,低骂了一句"神经病"便把对方拉黑了。

安糯把私信消息拉到底下,也没发现有编辑找她。她关掉微博,表情迷茫,眼神放了空。

怎么以前不想画稿的时候总有人找她画稿,现在想画却一个都接不到了。

像是突然想起什么,安糯回过神来。她重新打开微博,切换到小号。

安糯抿唇,翻来覆去地看着仅有的三话漫画。

看上去十分纠结。

要不要试试找个网站投稿……

反正都在一起了,被他看到……好像也没什么。

想通之后,安糯打开了电脑,找了个漫画网站。她注册了个账号,笔名起作"耳东安安",而后将之前画的那个人设图传成封面,上传了自己的第一话。

搞定后,安糯想起信树的稿子,给陈白繁发了微信。

——我给信树画的那个封面底图你看了没有?

陈白繁似乎有点忙,好半天都没回复。她百无聊赖地来回翻着接稿交易平台,莫名想起了陈白繁跟她告白时蹲在地上的模样。

随后,安糯打开软件开始画画。

安糯还在构图的时候,手机响了一声。她在画画的时候不喜欢被打扰,但又反应过来,自己刚刚好像找了陈白繁。

安糯点亮屏幕,粗略地看了眼消息。

——还没有,今晚看。

——对了,晚点可能会有人送东西上门。

——我弟不在家,我就填了你的地址。

安糯回:好。

把草图画出来，门铃刚好响起。安糯起身去开门，接过快递员手中的袋子，能看到里面装的是蔬菜和肉。

上网买菜吗？

不会不新鲜吗……

安糯没管太多，抬头看了眼墙上的时钟。现在这个时间煮饭应该刚刚好。

走进厨房里，安糯将安父之前来看她时买的米拆开。从电饭锅里拿出内胆，思考着三个人要装多少米。

男生一般都要吃两碗吧？她一碗的话，五碗？

但煮出来的体积好像要大一些。

那就四碗吧。

解决完米饭，安糯开始洗菜，过了三遍水。

肉的话，她实在不知道怎么处理，放在一旁没动。

正思考着接下来该处理什么的时候，她家的门铃再次被按响。安糯抽了两片纸巾擦擦手，连忙走过去开门。

陈白繁走了进来："饿了没？"

安糯下意识地指了指厨房。

"我煮了饭，还把菜洗了。"

似乎有些意外，陈白繁脱鞋的动作停顿了一下，抬起了眉眼。他嘴角扯起，朝她笑了一下，说话拖腔带调的："这么厉害啊。"

安糯抿唇，不太好意思地解释："这样就能早点……"

没等她说完，陈白繁把手上的东西放在她身后的鞋柜上。整个人站在她的面前，双臂撑在鞋柜上，将她圈住。

被这铺天盖地的气息笼罩，安糯紧张地把头低下。

陈白繁腾出一只手，捏着她的下巴往上抬，声音带着诱哄的腔调。

"那要不要——"

话音未完，两人同时听到门"咔嗒"响了一声。

身旁的门从外面被拉开，伴随着应书荷清脆的声音：

"安糯！你——"

下一刻，她的视线跟陈白繁的对上。而后，跟他怀里的安糯也对了上。

应书荷："……"

这个场面让应书荷尴尬到不知如何应对。

她默默退后几步,捏住门把手,冷静思考着要不要当作没事发生,直接扭头走人的时候,陈白繁站直了起来。

他吐了口气,松开安糯,自然地弯唇:"是安糯的朋友吧?进来坐。"

应书荷连忙摆摆手,很识相地说:"我就是过来拿点东西,马上就走。"

安糯回过神,脸颊还有点红,磕磕巴巴开口,试图缓和气氛:"外、外面天都黑了,我送你回去吧。"

陈白繁温和道:"吃完再走吧。"

"也对。"安糯下意识附和,"都这么晚了,一起吃晚饭吧。"

一时间应书荷也不知道怎么拒绝,只好点头。

接下来,两人留在客厅看电视。陈白繁则一人到厨房里做菜。

安糯时不时注意着厨房的方向,心里格外不安:"要不你自己待着吧,我去帮帮他。唉,你说我要不要学做饭……"

"等等。"应书荷揪住她的手腕,"你们什么情况啊。"

"啊?"

"你们刚刚不是……"应书荷指了指自己的唇,"你瞒着我多久了,都这样了我一点都不知道!要不是今天遇到你……"

"没有!我们没亲到!"安糯涨红着脸反驳,而后语气幽幽的,像是也才反应过来,"不过……我跟他在一起还没一天。"

应书荷:"……"

安糯的眼神放空:"不是,他很神奇。"

"……"

"才这么会儿,他怎么就一副跟我谈了很久恋爱的样子……"

"……什么鬼?"

其实安糯挺不知所措的。

她和陈白繁好像都是第一次谈恋爱,怎么他就一下子进入角色了?

安糯还在适应怎么将身份从朋友转换成女朋友的时候,他就能很自然地拥抱她,牵她的手……以及亲吻她。

安糯挠头,说出心里的想法:"我觉得他谈起恋爱来很老练。"

老练。

应书荷嘴角一抽:"陈医生年龄应该也不算太小吧。"

"可他没谈过恋爱啊。"

"可能因为你们认识很久了吧,也没什么要磨合的地方。"

虽然认识很久了,但中间有十多年没见过啊……

安糯郁闷地叹了口气。

"你干吗?"应书荷也郁闷,"能跟自己喜欢的人在一起你还叹气,我真想揍你。"

"主要是现在,"安糯小心翼翼看了眼厨房的方向,压低声音,"我不知道该怎么跟他相处,感觉用朋友的方式好像不太对。我没谈过恋爱,也不知道恋爱中的人是怎样的……我也不知道怎么说。"

没有过渡期给她,安糯完全不知道该怎么做。

应书荷饶有兴致地看着她这副模样:"也不用想太多吧,谈恋爱又不是工作,你就按自己的性子来,高兴就好,也不用因为谈恋爱了,很多事情都要变得很刻意。"

安糯还想说些什么,陈白繁就从厨房里走了出来。

他的表情看上去哭笑不得,走到安糯旁边,揉了揉她的脑袋。

"你怎么放了那么多米。"

安糯讷讷道:"也不多吧,加上书荷四个人……"

"出去吃吧。"陈白繁忍不住笑,"你放太多米了,煮不熟。"

安糯:"……"

她回头看向应书荷:"那我们出去吧。"

陈白繁把安糯往她房间的方向推,像个老父亲似的嘱咐:"去穿条裤袜,再穿件外套,晚上降温了。"

安糯"哦"了一声:"那你们等等,我很快。"

安糯进房间之后。

看着在旁边沉默等着安糯的陈白繁,应书荷本想帮安糯说几句话,但最后还是什么都没说。

只觉得,两个人的事情,其实并不需要第三个人干涉。

三人在附近找了一家小饭店吃饭。

应书荷跟陈白繁都喝了酒，只能让安糯开车。先把应书荷送回学校，他们再开回水岸花城。

安糯把车子停在停车位上，瞅了眼在副驾驶座上一动不动的陈白繁。

"到了。"她说。

陈白繁慢腾腾地低下头，解开安全带，动作迟缓地下了车。

安糯也下车，走到他旁边。

这次陈白繁倒没主动牵她的手了，放慢步子跟她并肩走着。

这倒让安糯更不知所措了，低头想着自己做错了什么。下一瞬，她回忆起应书荷跟她说的话。

喜欢就好，高兴就好。

安糯屏着气，握住了他的手掌。

陈白繁看上去心不在焉的，但也自然地回握住。很快，他平静地开口："我听到你跟你朋友说的话了。"

安糯："……"

陈白繁牵着她走进电梯里，轻飘飘地问："我怎么就老练了。"

"……我、我就说一下。"

他的眉心皱起，看她："你是不是嫌我老。"

安糯被他噎得很无语："你是怎么得出这个结论的？"

电梯到了5楼，两人走了出去。

陈白繁的声音低了下来，又哑又沉："你之前知道我二十七岁还没结婚的事，震惊到不可思议，好像这辈子都没见过二十七岁还没结婚的男人。"

"……"

"我喜欢你，想亲近你。你不是也喜欢我吗？为什么你没有同样的想法。"可能是因为喝了酒，陈白繁的眼神看上去不太清明。

随后，他低喃着："……这不公平。"

莫名就遭受了指责，安糯也有点委屈："我刚刚不是主动牵你了吗？"

陈白繁微微垂着头，表情正正经经："你刚刚要是没牵我，我可能已经哭出来了。"

"……"

"安糯……"他把脑袋埋进她的颈窝里，蹭了蹭。

安糯顿了顿，伸手揉了下他的发丝。

完全抵抗不了撒娇的男人怎么办啊……

思考着怎么哄他，她的脸颊涨得微微发红，猛地想起他今天说的话，而后生涩地重复："我最喜欢我男朋友了。"

像没听清似的，陈白繁的头瞬间抬了起来，茫然道："你说什么。"

"……"安糯深吸了口气，正想重复一遍的时候。

面前的人忽然抬起手，摸了摸脑袋。一侧的耳尖开始发红，眼神极其不自然。他垂眼看着安糯的眼睛："那你——"

与此同时，电梯门再度打开。

里面走出一个男人，余光看到站在5A前的两人，正眼望了过来。

注意到两人亲昵暧昧的举动，他皱了皱眉。

"虽然5楼只住着两家人，我也理解你们的情不自禁。"何信嘉转身往家门前走，继续道，"但进家门再继续不难吧？毕竟我也住这儿。"

"……"

"……"

安糯立刻把陈白繁推开，拿出钥匙开门。

"你快回去吧。"

"……"今天这么倒霉吗？

陈白繁反应很快地扯住她的手，镇定道："跟你说说封面的事情。"

安糯也想早些交稿，点头："那你进来吧。"

陈白繁跟着安糯进了书房。

安糯把图片打开给他看，然后打开了个文档。

"你看看，然后把要修改的地方跟我说一下，或者这一版不喜欢也没问题，我再画一版也可以。"

陈白繁粗略看了眼，夸赞道："你画的都好看。"

在自己最喜欢也最擅长的方面被他夸了，安糯喜滋滋地弯了眼："是吗？！"

而后，接下来的半小时里，安糯看着他开始标注第十五条修改的地方，转身往客厅走："我去给你倒杯水。"

等他标注完，安糯恹恹地把他送到玄关，没跟他说话。

陈白繁失笑："真的画得好看，不然我也不会让我弟一直找你画了。"

"那你怎么还让我改那么多。"安糯苦着脸道。

"你的画,我得看得更认真一点。"

"……"

陈白繁想了想:"你明天九点前能起来,那我直接把早餐送到你家来?感觉总让你来我家拿也不好。"

毕竟他弟的形象不怎么好看。

"可你不是八点多就要出门了吗?"安糯不想起那么早,"你也不用给我送早餐,我自己弄点吃就好了。"

"你只吃了一天。"陈白繁顿了顿,"就不愿意吃我做的东西了?"

安糯:"……"

她犹豫着,思考了下:"我把钥匙给你吧。"

陈白繁抬眸,拖着音"啊"了一声。

"好啊。"

一周后,安糯想起把漫画发到网站上的事情。她登录上去看了看,才发现已经有网站的编辑给她发了联系方式。

漫画下方也有几十条评论了。

安糯也没想太多,直接加了那个 QQ 号。

编辑很快就通过了验证。

编辑:你发表的《温柔先生》我看过了,画风很好。想问问你有没有详细和完整的大纲。

安糯这个漫画是随心画的,内容基本都是把她和陈白繁相处的事情一一画下来。

所以,大纲肯定是没有的。

但编辑这样问了,她肯定回:有。

想着给自己留条退路,安糯又补充道:不过还没整理好。

编辑:那下周一之前能给我吗?

安糯不太肯定,但还是应了下来:应该可以。

随后,安糯打开了个文档,却因没经验完全无从下手。她上网下载了一个大纲模板,按照上面的框架开始填。

不知不觉一个上午就过去了。

但她也只是把人设写好了而已。

安糯想快点把大纲完成，纠结片刻，还是决定暂时把陈白繁的地位放在工作的后头，发了条消息。

——今天中午我不去找你了，你记得吃饭。

安糯还没放下手机便收到了他的回复：好。

看到对方只回了一个字，安糯的头皮瞬间开始发麻。她犹豫了一下，主动问道：你生气了吗？

陈白繁回：是的。

"⋯⋯"这么直接，不做作吗？

安糯不是什么骨头硬的人，立刻让步道：那我还是去找你吧。

下一刻，陈白繁打了通电话过来。

安糯接起，小声问："怎么了？"

男人低哑厚重的声音顺着电流传来，语速缓缓："你今天要做什么？"

"写大——"安糯很快就反应过来，改口道，"画稿子。"

"最近接了很多稿？"

安糯在心里数了数："也不算多，不过下周一之前要交。"

陈白繁："所以接下来几天都没空了？"

不敢拒绝也不敢同意，安糯模棱两可地回："⋯⋯也不一定吧。"

察觉到她语气里的小心翼翼，陈白繁失笑："还真怕我生气了？"

"⋯⋯"

"其实我也是很善解人意的。"他的语调高了些，似乎确实没再计较，"那你中午吃什么，我带点吃的回去给你？"

安糯："不用，我随便吃点就好了。"

闻言，陈白繁一顿："你没空出来找我，为什么不让我去找你。"

安糯愣了下，讷讷道："你午休时间很短的啊⋯⋯"

"我今天上午可以提早一点下班。"陈白繁低笑，愉悦问道，"你高兴不？我可以去找你一起吃午饭。"

听着他的语气，安糯也忍不住弯了弯嘴角，诚实地说："高兴。"

"那你怎么不表示一下？"

"……怎么表示?"

那边又是一阵笑,没有回答。

安糯纠结地挠了挠头,也想不到怎么表示,只好硬着头皮喊了一声:"哇——我好高兴啊。"

说完,她就把电话挂了,红着脸趴在桌上。

她是不是神经病?是不是啊?是的吧,她就是神经病。

过了许久,像没事发生似的,安糯又主动给他发了条消息,给自己找了个台阶下:我画稿去了。

她怎么就变成一个每天费尽心思哄男朋友的女朋友……

明明当时想的是:他脾气好,应该挺能包容我的臭脾气。可为什么,在一起还没多久,事情的发展就完全颠覆了我的想法。

重归正题,安糯看着电脑,思考着:

要写的大纲,不就是她和陈白繁的未来吗?

他们的未来应该是什么样子的。

今年她二十三岁,陈白繁二十七岁。

在他三十岁之前结婚?

中间要不要加点起伏什么的?

安糯陷入沉思,时间在无意识间一分一秒地过去。

半响,书房的门被敲了几下。

"安糯,出来吃东西。"

陈白繁来了。

她回过神,起身往外走:"来了。"

陈白繁就站在书房门口,牵住她的手,向餐厅的方向走:"画多少了?"

她这副神魂缭乱的模样,让陈白繁联想起他那个写起文来一天对着电脑十几个小时不停歇的表弟。他拧眉提醒:"你不要一整天都对着电脑,偶尔也要休息一下。"

安糯:"我知道了。"

"你每天就只有中午找我时才出门,别的时间都闷在家里,也不怕闷坏了。"陈白繁把打包的午饭放在她面前,"以后吃完晚饭我们一起出去散散步吧。"

安糯的嘴角耷拉下来："……我不想动。"

每天中午都出门找他一起吃饭,真的是她这个宅女最大的让步了。

见她这不情不愿的态度,陈白繁语气幽沉:"你知道跟我出去散步代表着什么吗?"

安糯挖了口饭吃,疑惑地看他:"嗯?"

"代表着,你可以牵我的手,冷的时候可以缩进我的怀里,还能跟我倾诉一下今天发生了什么开心和不开心的事情。"

安糯忍了忍,还是憋不住:"……这些我好像什么时候都可以。"

陈白繁淡淡道:"这不一样。"

"哪里不一样?"

"就是不一样。"陈白繁言简意赅。

他这种敷衍又强硬的态度让安糯也不太高兴:"那你倒是说。"

别以为只有你有脾气,我也有啊。

陈白繁盯着她,一本正经道:"这是约会。"

安糯的火气顿消:"……"

很快,陈白繁抓住了重点,长睫动了动,漆瞳一眨不眨。

"你刚刚凶我了?"

"……"

"安糯,你凶我了。"

"……我没有。"

"作为你正式公开的男朋友,"陈白繁语速缓慢,"我只是跟你提出了一个小小的约会邀请,你却不耐烦地凶我了。"

安糯瞪大了眼,真的冤枉:"我没那个意思!"

陈白繁继续扯:"你知道如果我们两个人的性别颠倒,你这样的行为别人会怎么说你吗?"

一瞬间,两个字直接充满安糯的脑海——

渣男。

安糯闷闷地吃饭。

"不开心了?"察觉到似乎逗过了头,陈白繁收敛了些,"我就是觉得你总一个人待在家,也没人跟你说话,这样不好。"

"……"

"但你觉得没事也没什么。"

听到这话,安糯恍然大悟:"所以你才总是找我说话吗?"

陈白繁呆怔着,有点反应不过来她说的话。

他黏人这件事情还能被她找出这么光明正大的理由……

倒也是稀罕。

陈白繁别过脸,"嗯"了一声。

"那下周再说吧。"安糯咀嚼着饭,含混不清道,"等我这周把那几个稿子画完,然后调整一下作息。"

陈白繁疑惑:"调整什么作息?"

"……"她这几天要熬夜啊。

灵感这种东西深夜才有啊。

见他的饭盒已经空了,安糯转移话锋,开始赶人:"你先回去睡个午觉吧,下午还要上班。东西我来整理就好了。"

陈白繁往后一靠,直接道:"我不回去。"

"为什么?"

"太远了,走回去我都不困了。"他厚颜无耻道。

安糯盯着他看了几秒,妥协道:"那你去我房间睡。"

陈白繁抬了抬眼:"你不睡?"

"我下午两点才睡午觉。"

"哦。"陈白繁确实也困,站了起来,临走前还忍不住做作地说,"我女朋友留我在她家睡——"

"……"

"午觉了。"

"……"

"哇,我好高兴啊。"他学着她今天的语气。

安糯忍不住虚踢了他一下:"你还睡不睡!"

幼稚鬼。

安糯边咬着饭边想。

吃完饭，安糯把碗筷收拾好，随后便回到书房里继续写漫画的大纲。等到下午一点的时候，她站了起来，往房间里走。

陈白繁还在睡觉，但他一点半就要上班了。

安糯凑过去站在他旁边，弯腰戳了戳他的脸颊。

"起床了。"

陈白繁的睫毛动了动，睁开了眼。

看到是她，他懒洋洋地扯住她往怀里拽："我一定是在做梦。"

安糯毫无防备，整个人直接扑到他的身上。怕压到他，她立刻往旁边挪了下，然后隔着被子打他。

"你赶紧给我起来！"

陈白繁乖乖地"哦"了一声，坐了起来。

安糯突然意识到，对于他这种恬不知耻的行为，害羞好像也只是一件浪费时间的事情。她摸了摸自己还在持续不断发着烫的脸，暗自发誓：下次绝对、绝对不害羞了。

陈白繁并没有睡得太沉，站起身，慢条斯理地将松散开的衬衫扣子扣上。

忽然瞥到放在飘窗处的笔记本电脑，他漫不经心地问："你怎么把电脑放在那儿？也不怕不小心坐到了。"

安糯也看了眼，下意识道："因为那里能看到……"

一瞬间，她反应过来，把话咽了回去，改了口："有时候懒得去书房，我就在那画画。"

但很显然，陈白繁已经被她前半句话吸引住。他往飘窗那边走了几步，好奇地问："能看到什么？"

话音刚落，他便顺着窗户，看到了自己工作的诊所。陈白繁回头定定地看她，挑起眉，眼里含着不知名的情绪。

安糯吞了吞口水，欲盖弥彰道："没错，就是你想太多了。"

陈白繁笑了声，走回来，弯腰把她抱了起来。

安糯愣住，下意识地搂住他的脖子。他抱着她走到飘窗处坐了下来，让安糯坐在他的腿上。

安糯整个人缩成一团，被他温热的身躯包围着。她愣愣地看他，结结巴巴地问："干、干吗？"

陈白繁伸手捏住她的下巴,让她把视线转向窗外。而后低下头,嘴唇贴在她的耳侧。声音低润带笑,温温热热的气息一阵又一阵。

"让我来看看。"他用鼻尖蹭了蹭她的耳朵。

"安糯平时在这里偷看哪个男人。"

顺着他的话望向窗外,安糯猛地反应过来他说的话,脸一下就红了。她挣开他跳到地上,扯住他的手腕往外拖,扬着声音道:"才没有!"

陈白繁纹丝不动:"没有吗?"

"没有!"安糯继续使劲,催赶他,"你快点走!快点!"

陈白繁反倒轻松往后靠,挑着眉说:"你怎么这么着急。"

她没吭声,被他这副模样气得牙痒痒。

陈白繁心情顺畅,没再反抗她,顺从地站了起来。

"好。"

"……什么?"

"以后我去诊所的时候,会记得转头跟你打个招呼的。"

安糯没搭理他,把他拽到客厅,拿起沙发上的外套塞进他手里,然后直接把他推出门外,冷漠道:"再见。"

陈白繁碰了一鼻子灰。

他失笑,在门前站了两秒,转身进电梯。

进卫生间里洗了把脸,安糯忽地就蹲到地上,烦恼低语:"怎么办。"

根本控制不住啊。怎么随意的一两句话,就能把她招惹得难以自处,像个没谈过恋爱的少女一样。

……虽然她确实是。

她真的太蠢了,完全不知道怎么回应他。

不过那种时候应该怎么样做才对?

刚刚陈白繁快到上班的时间了,所以她的做法都是对的。不能影响他的工作,也不能让自己变成一个色令智昏的人。

她没有做错任何事。

安糯及时收回思绪,止住自己的想法。她拍了拍脸,让自己清醒了些。

到书房拿了自己的手机,安糯又回到房间里,准备眯一会儿就继续写大纲。她走到飘窗旁，想把窗帘拉上的时候，透过窗户，看到站在诊所门口的陈白繁。

他穿着薄薄的深色外套，垂着眼看手机，半天都没进诊所里面。

安糯疑惑地盯着他。

他这是怎么了？

安糯点亮手机，恰好看到陈白繁前几分钟发来的消息。

——看够了跟我说一声。

——然后我再进诊所。

安糯："……"

她立刻回复：你现在就可以进去了。

隔着这么远的距离，安糯根本看不清他的表情。但手机很快振动了下。

安糯垂头一看。

陈白繁：刚刚怎么不回我。

安糯正想解释的时候，那头又发来一条。

——只顾着看我了吗？

安糯："……"

接下来，安糯熬了几天的夜把大纲完成了。还把先前画的二、三话稍稍修了下细节，而后将两个文件一起发给了编辑。

没多久她便收到了编辑发来的签约合同。

安糯没签作者约，选的是只签这部作品。因为她也不太确定自己以后还会不会继续画漫画。

看完合同的内容，安糯仔细地填上自己的信息。确认无误后，保存，将文档放进 U 盘里，出了门。

此时是下午五点，随着夜幕降临，气温降了下来。

这几天的天气都不太好，天空中有大片的乌云笼罩着，显得周遭阴沉沉的，吹来的风带着浓浓的寒意。

安糯在附近找了家打印店，把合同打印了出来。她付了款，随手拿起桌子上的笔签上自己的名字。

她边拿着合同翻看，边往外走。

没看路,安糯一个不小心就撞到了正走进打印店的人。手中的文件一松,全部撒在地上。

因为合同分为好几种,一式两份,所以纸张的数量不算少。两份都要签字寄过去,然后那边盖了章再寄回来一份。

安糯匆匆道了声歉,蹲下来一张一张地把文件捡起来。

被她撞到的男人也蹲下身,帮她将散在另一侧的文件捡起,递给她。

安糯用余光注意到,顺势接过来:"谢谢。"

男人捏着文件的手没松,安糯忍不住抬起头,就见面前的人扯起嘴角笑了一下,懒散道:"不用客气。"

随后便把手松开。

安糯瞥了眼上面大字写着"《温柔先生》漫画签约数字版权协议",以及自己的笔名。

清晰明了,底下还有自己的真名签字。

安糯将文件整理好,抱在怀里,继续往外走。

林为跟了上来,好奇地问了句:"你在画漫画?"

安糯的脚步一顿,回头:"你看到了?"

注意到她一脸警惕,林为的眉眼稍扬,否认道:"没看到什么,就看到'漫画'两个字。"

安糯松了口气,对他点了点头,没再多言。

盯着她离去的背影,林为垂下头,拿出手机,饶有兴致地在备忘录上敲打了几个字。

耳东安安,温柔先生。

安糯找了家快递公司,将合同寄了出去。她本想直接回家,又忽地想起自己好像好几天没找陈白繁吃午饭了。

想到他这几天什么都没说,依然任劳任怨地给自己做晚饭,安糯顿时愧疚心四起,给他发了条短信:我去找你呀,我们一起回家。

陈白繁回复得很快:你在外面?

陈白繁:那你过来吧,我剩一个患者,然后就可以下班了。

安糯回复了个"嗯",过了马路,走进诊所里。

这个点来看牙的顾客并不多。此时还撞上工作日,人更是少。前台仍旧只有一个护士站着。安糯经常来找陈白繁,也勉强算跟她认识。

安糯跟她打了声招呼,便坐到一旁的沙发上。

没过多久,其中一间诊疗室里走出一个女生。

安糯抬眼看了看,是陈白繁常待的那间,但里头还在治疗,看来只是陪伴的朋友。

女生走过来,坐在她旁边的位子上,低头看手机。

见她长得好看,安糯百无聊赖地,忍不住多看了几眼。像是察觉到她的目光,女生侧头,与她的视线撞上。

女生的眼睛弯弯亮亮的,看着让人觉得十分好相处。她眨了眨眼,主动问:"您有事吗?"

安糯一下子收回视线,因被发现偷看而感到不好意思。但不回答又不太好,她便随口问:"你朋友牙齿有什么问题?"

对方诚实答:"智齿发炎。"

"噢。"安糯喃喃低语,"那应该快了。"

智齿发炎拔不了牙,应该也检查不了多久。

瞥见女生还盯着她,安糯感觉是因为自己刚刚的注视让对方觉得奇怪,只好又补充道:"里面那个牙医是我男朋友——

"我在等他。"

女生笑了笑:"你男朋友很帅很温柔的样子呀。"

安糯点头,礼貌性地说了声"谢谢"。

提起"温柔"两个字,她想起初见时对陈白繁自带的滤镜,心里舒坦了些。看来陈白繁这张脸和气质,确实对大部分人都是有欺骗性的。

这么一想,她还是客套地多说了句:"你过奖了。"

没多久,女生的朋友出来了。

安糯跟她道了别,起身走进诊疗室里,站在陈白繁的旁边。看着他把东西整理好,而后将手套摘了下来,伸手揉了揉后颈,神情有点疲惫。

见状,安糯也碰了下他的脖子,问道:"脖子不舒服?"

陈白繁垂眸看她,摇头:"没什么。"

安糯皱眉，又问了一遍："脖子是不是不舒服？"

闻言，陈白繁稍稍地弯下腰，背弓着，与她平视。

这样近距离地对视，安糯还是有点不自在，很快就别开眼，弱弱道："你干吗？"

陈白繁扶正她的脸，低着嗓子说："看我。"

安糯只好把视线重新放在他的脸上。

"怎么了？"

他没再多说什么，把身上的白大褂脱了下来，情绪低落地换回了自己的衣服。

不知道发生了什么，安糯莫名又有了一种自己"渣"了他的感觉，忐忑不安地问："到底怎么了？"

陈白繁沉默着，牵着她往外走。

两人出了诊所。

安糯被他扯着往超市的方向走："今天还做饭吗？要不就在外面吃吧，我刚交了稿子，请你吃。"

"好。"然后他很重地叹了口气。

安糯："……你干吗叹气。"

陈白繁停下脚步，侧头看她："今天我同事都说我变憔悴了。"

安糯蒙了下，盯着他的脸看了几秒，有点纳闷。

"我看着还是挺精神的啊。"

陈白繁无多情绪地望着前方："因为你这几天中午没有来找我。"

"……"安糯觉得她有必要为自己辩解一下，"我是因为要画稿子。明天！明天一定找你吃饭。"

得到这个回答，陈白繁的心情一下子就好了。他捏了捏安糯的手，又开始问："这几天是不是都熬夜了？"

"唔，就晚睡了一点点。"

"想吃什么？"下一秒，陈白繁的眉头皱了起来，"怎么感觉瘦了点。"

安糯抬眼，有点好奇："你怎么感觉出来的？"

她这两天确实瘦了半斤。

陈白繁嘴角一扯："感觉手上的肉没之前多了。"

"……"

"不过也可能是我太久没握了。"他补充了句。

"昨天才……"

"哦,我还以为过了一年。"

"……"

陈白繁牵着她走进一家川菜店,找了个角落的位子坐下。他没坐在安糯的对面,而是坐在她的旁边,脑袋黏人地靠在她的颈窝处。

安糯看着菜单,推开他的头:"点菜。"

"我脖子不舒服。"陈白繁抓起她的手,放在自己的后颈处,"老低着头,我的脖子好酸好僵。"

安糯很吃这套,顺势揉了揉,担忧道:"等会儿去买点膏药?"

陈白繁没动,慢条斯理道:"你给我揉揉就好。"

安糯妥协地捏了几下,重新把视线放在菜单上。回想起今天的女生,她故作随意地提起:"我今天在你们诊所看到一个很漂亮的女生。"

陈白繁很配合:"你说安糯吗?"

安糯十分好哄,醋意稍减,又不想轻易饶过他:"你每天都能看到那么多好看的女生吗?"

"没见过比安糯好看的。"

"……"安糯瞬间满意,没话问了,低头弯起嘴角。

她把点好的菜单递给服务员,又推了推陈白繁的脑袋。

"起来。"

陈白繁还是没动。

见怎么推都不管用,安糯也没再抗争,又开始扯着话:"我还听到那个女生跟她男朋友打电话,感觉像是在热恋期,叫对方还用叠字。"

听到这话,一直黏着她不动的陈白繁坐直起来,一字一句道:

"原来我们没有热恋期。"

"……"

"你不也是喊我全名吗?"安糯的眼皮一跳,硬着头皮反驳,"你不要每次都表现出一副是我的问题的样子。"

陈白繁端起杯子喝了口水,无端冒出了句:"我从小脾气就不好。"

安糯疑惑地瞅他。

突然说自己脾气不好干吗?虽然他小时候的脾气确实差。

不过现在……现在好像也没好到哪里去。

"你想说什么?"

陈白繁笑了下,手肘支在桌子上,厚颜无耻道:"所以,你要多宠着我点。"

CHAPTER. 7

情侣头

"……"

他是觉得脸皮厚到天际都没关系了吗?

安糯眉角一抽,懒得搭理他。

下一刻,陈白繁又开口解释:"其实我觉得'安糯'很好听。而且,你喊我'繁繁'的话,我可能会误解成你在说我烦。"

安糯抬眼看他,问:"那……"

"我也过了那种肉麻地喊叠字称呼的年龄了。"

"所以,"安糯没懂他的意思,"你到底想说什么。"

"不如,"陈白繁挑眉,"你直接喊我'老公'?"

"……"

"老婆,你觉得怎么样?"

"……你闭嘴。"

回到家后,安糯脸红耳赤地洗了个澡,准备睡觉。但因为前几天都睡得晚,又因为刚才陈白繁的称呼,她在床上翻来覆去了好一阵子都没睡着。

安糯打开手机。

一小时前,她就跟陈白繁说自己要睡觉了,那边也没再给她发消息。而且现在已经晚上十一点了,他肯定也睡了。

挣扎了一会儿,安糯百无聊赖地起身,裹着被子走到客厅。她坐到沙发上,打开电视,翻出一部少女动漫看。

几乎快把第一季看完,安糯才蜷缩成一团,睡了过去。

第二天,安糯七点钟就无故惊醒。

想到陈白繁会来送早餐,她吸了吸鼻子,打着哈欠回到房间里继续睡,脑袋昏昏沉沉的,连电视都忘了关。

八点半的时候,安糯被旁边手机的振动惊醒了一次。她半眯着眼,迷迷糊糊地看着对方发来的消息。是陈白繁习惯性给她发的消息,问她醒了没有。

一开始,他都是一起床就给她发消息,后来发现她好像起得没那么早,也不想吵到她,每次都等到了诊所才会问她。

安糯前几天为了赶大纲,这个点她基本就已经醒了。现在完成了任务,精神松懈下来,只想补觉。

这会儿困得睁眼都费劲。

安糯大脑不清醒,脑海里第一浮现的就是,何信嘉说的陈白繁不让人睡懒觉的话。她有些恐慌,与困意抗争着,勉强回复了句:醒了。

然后把手机的振动关掉,调成静音,继续睡。

安糯睡得昏天黑地,完全没注意到手机已经随着她翻身的动作掉到了地上,屏幕不断闪烁着。

陈白繁打开了安糯家的门,把早餐放在桌子上。他侧身,瞥了一眼还开着的电视机,疑惑地喊了声:"安糯?"

没有人回应他,他迟疑着走过去把电视关掉。

陈白繁走回玄关处,回头看了眼安糯紧闭着的房门,想着她应该还在睡觉,还是没过去,直接出了门。

回到诊所,陈白繁给安糯发了消息。收到她的回复后,他弯了弯唇,又发了几句话过去。

——豆浆冷了的话,你可以放在微波炉里热一下。

——今天你中午十二点再下来吧,我可能会晚。

之后陈白繁开始工作,忙到十二点十分的时候才拿起手机。意外的是,安糯没有回复他。而且也没有像往常一样在前台旁看到她的身影。

陈白繁给安糯打了好几个电话,她都没接。他开始担忧,想到今天早上安糯家的异常,干脆动身到她家。

拿着钥匙打开门,陈白繁看到早餐还好好放在桌子上,没有人碰过的迹象。他皱了下眉,抬脚往安糯的房间走。

敲了三下门。

没回应。

陈白繁犹豫着，低声道："我进来了啊。"

他缓慢地拧开门把手。

房间里的窗帘紧闭，阳光被其遮挡住，屋里很暗。但他还是一眼就看到床中央的被子鼓成一团。

安糯还躺在床上睡觉。她整个人陷在被子当中，头发乱糟糟的，脸蛋被遮得若隐若现。手机在不知不觉中掉到了地上。

陈白繁走过去摸了摸她的额头。

没发烧，看来就只是困。

不知道没跟他在一起之前是不是都这么晚起。

陈白繁把落在她脸上的发丝捋到耳后，盯着她看了好半响。

面前的人终于有了动静，费劲地睁眼。看了他一眼之后，重新合上。很快，她再度把眼睛睁开，软软糯糯道："你怎么在这儿？"

表情还呆滞着，像是脑子宕了机。

陈白繁摸了摸她的发丝，低哄道："睡吧。"

安糯很顺从地合上了眼，眉间全是疲态。

陈白繁的眉眼柔软，唇角忍不住弯了弯。

很快，像是在说梦话，安糯含混不清地吐了句：

"我再睡一会儿，你别打我……"

陈白繁："……"

温馨的场面一下子碎裂。他脸上的笑意僵住，皱着眉问："谁打你了？"

接踵而来地，安糯说出了一个让他始料未及的名字：

"陈白繁……"

陈白繁又猝不及防地接下了这盆脏水，纳闷道："我什么时候打你了？"

安糯没再回答，重新沉入睡梦当中。

所以，他就这样随随便便地被这睡得没神志的小姑娘污蔑了吗？

陈白繁真想把她晃醒，教导她东西不可以乱吃，话也不能乱说。

但理智阻止了他这样的行为。

陈白繁叹息了声，如细羽般轻轻吻了下她的额头，呢喃着：

"别胡说。"

安糯再醒过来的时候,已经是下午两点了。她一动不动地盯着手机屏幕上的时间,呼吸几乎停滞,连忙跳起来查看陈白繁发来的消息。

——中午给你叫了外卖,记得吃。

——我先去上班了。

安糯非常惶恐,坐立不安地回复:我睡过头了。

安糯:我不是故意放你鸽子的。

安糯:我睡过头了……

安糯正纠结用哪个姿势跪下的时候,陈白繁又发来了回复。

——没关系。

还没来得及松口气,安糯就看到对方继续道:虽然很不开心,但是没关系的。

"……"好虚伪。

安糯想了想,问道:你是不是来过?

感觉好像在半醒半睡时见到他了。

那头回:嗯,一个人孤零零地在客厅坐到一点二十分你都没醒。

又补充:然后我就去上班了。

想象到那个画面,安糯良心非常不安。

她思考了半分钟,下定决心回道:以后你中午下班没看到我的话,基本就是我睡过头了。你自己去吃饭就好了,不用等我也不用管我。

安糯:然后我晚上去找你。

安糯等了几分钟,才等到陈白繁的回复:好。

她这才彻底松了口气。

安糯坐在床上发了会儿呆,忽然抬手摸了摸自己的额头。

感觉刚刚他是不是亲了她这里……

安糯起身去洗漱,然后把餐桌上的午饭解决了。

她回到书房里,把漫画的第二话发了出去。看了下评论,都是些友好的评论。虽然数量不多。

安糯反复看了几遍，才重新拉到页面的最上面，看着漫画的名字。

《温柔先生》。

感觉这名字跟现在的陈白繁似乎没什么关联，她思考着，要不要把这个名字改了。

但最后安糯还是放弃了。

回忆起今天隐隐约约听到他轻声的呢喃，她感觉，还是挺符合的。

另一边，陈白繁在诊所重新遇到了林芷。

其实他也不太记得她的模样。

等她躺在牙科椅上，陈白繁开始检查她牙齿的时候，才稍稍有了点印象。再看到她的表情的时候，才确定下来。

但陈白繁也不太在意，毕竟牙医都是认牙不认人。只是他有点惊讶，她还会来这里找他看牙。

小女生拿着陈白繁开的单子，弱弱地跟他道了声歉。

陈白繁也没来得及说什么，她就转身快速往外走。他收回眼，没太在意，疲惫地转了转脖子，余光注意到门口站着一人。他望了过去，瞧见男人略微眼熟的脸，很快就猜出是谁。

陈白繁没搭理，低下头整理东西。

再抬眼时，门口已经没人了。

陈白繁摘下手套，从口袋里拿出手机。想起中午安糯无意间说的梦话，纠结了几秒，还是把话问了出去。

——我什么时候打你了？

打开大纲，安糯稍稍思索了下，准备开始画第四话。先把这话的场景和所有台词都构思好，才把分镜勾画出来。

设计完分镜之后，安糯慢慢地打草稿，细化线条。

不知不觉就过了大半个下午。

可她也只画了一页。

安糯觉得她这个速度不太行。

如果周更的话,一周发一话,一话二十页。那么她一天至少得画三页。她在这儿都差不多折腾一个下午了,才画了一页。

安糯抿了抿唇,心想只能多画少睡了。

估摸着是因为第一次画漫画没有经验吧,画多了速度就上来了。

把漫画保存好,安糯反思着自己除了昨天下午去寄合同,顺带跟陈白繁在外面吃了饭,之后都没有出过门了。

她起身,琢磨着先去把菜买了,再去诊所找陈白繁。

这个时间好像差不多了。

安糯化了个淡妆,换身衣服便出了门。她走进电梯,拿出手机瞄了几眼,恰好看到陈白繁给她发来的消息:我什么时候打你了?

安糯一头雾水:什么?

陈白繁:你今天睡觉的时候说我打你了。

安糯:"……"

她愣怔地盯着屏幕上的话,连门开了都忘走出去。直到楼上有人按下行键,电梯顺势向上升,她才懊恼地拍了拍头。

安糯觉得也没有隐瞒的理由,老实回:你表弟说的。

安糯:你表弟说你很看不惯别人睡懒觉。

安糯:他每天都是被你打醒的。

无端感觉这话似乎让他名声受了损,安糯试图不露声色转移话题:对了,你今天不用上网买菜了。

安糯:我去买就好了。

发完之后,电梯也重新回到一楼。

安糯稍微松了口气,把手机放回兜里,走了出去。

另一边。

陈白繁看着屏幕上的内容,毫无情绪地扯了下唇。

安糯近期见到何信嘉的时间,好像就只有他们在一起那天,安糯去他家拿早餐。

每天的食材都是送到安糯家里的,陈白繁也就直接在她家里做了。

何信嘉则像只被抛弃的流浪狗,基本都在外面解决自己的晚饭。

陈白繁的眉心一跳。

所以安糯一直不敢在他面前睡懒觉是因为这个?

可他从来没有做过这种事吧?

就算何信嘉那样说了,他也没做过一丝一毫要……打她的行为啊。

她怎么就这么怕他的样子。

越想,陈白繁的气越不太顺。他也想给始作俑者找点不痛快,拿起手机,发了条短信:你追到那个女生了吗?

过了一会儿。

何信嘉回:没。

何信嘉:怎么?

陈白繁默不作声,流畅且不犹豫地输入了一大串。

——哈哈哈哈哈哈哈哈哈哈。

何信嘉:……

何信嘉:滚。

出了小区,安糯向右直走。

附近的大型超市在马路对面。过了马路之后,左转走个十五分钟差不多就到了。

所以刚好要路过温生口腔诊所。

这个时间点,太阳还半挂着,阳光穿过树枝的缝隙洒在地上。温度不高不低,让人感觉十分舒适。

安糯瞥了眼温生的方向。

恰好看到林为两兄妹从里头走了出来。

上回出了那种事,两人还会出现在这个诊所,让安糯有些疑惑。但她也没想太多,收回视线,突然注意到不远处的单车道开来一辆三轮车。

车上放了很多木板,交错杂乱地摆放着。好几块还很突兀地横了出来,上面布了些许长而粗的钉子。

安糯站的位置离单车道有点近,她怕被撞上,下意识地就想往后退。

她向后挪了一步。

忽然间,有人从后面拉了她一把,力道没轻没重,像是有些着急。

安糯措手不及,随着惯性退了几步。她的脚后跟踩到了一颗小石子,脚一歪，险点摔倒。身后的人连忙扶住她，安糯也因此整个人都靠在他的怀里。

她不自觉挣开，转头看身后的人。

见是林为，安糯神情不悦，仍带着反感。

她不太理解林为为什么要拉她一把。

虽然安糯离单车道近，但和那辆车还是有些距离的。就算她再迟几秒，退几步的话还是能躲开的。

林为这么突兀且大力地拉扯她，还让她差点摔了，反倒像是推波助澜。

但人家的目的肯定是不想让她被撞上，所以不道谢好像也不对。

安糯深吸了口气，还是道了声谢。

"没事吧？"林为收回手，吊儿郎当道，"也不看路，着急着去哪啊。"

安糯随口答："超市。"

林为半开玩笑："去超市干吗啊，我刚刚救了你啊，怎么着你也得请我吃个饭吧。"

没想到他会说出这样的话，安糯皱了眉。她也不知道该说什么，只好重复了一声："谢谢。"

随后便转身，继续往前走。

"就一顿饭而已，"林为没完没了，"不然我请你也行。"

"你这样有意思吗？"安糯不耐烦了，按捺住脾气问，"刚刚那车离我至少五米远，你觉得我躲不开吗？"

"这我可不敢赌。"他笑。

一侧的林芷有些尴尬，扯了扯林为的衣角道："哥，我们回去吧。"

安糯冷声道："那我先走了。"

这次她没再看他们，快步往超市的方向走。

看着她的背影，林为饶有兴致地笑了声。

林芷对他这样的行为十分不能理解："哥，你干吗啊？"

林为视线微动，对着安糯的方向抬了抬下巴。

"觉得那姐姐好看不？"

"你这话什么意思，"林芷显然还记得安糯，"你喜欢她啊？你疯了吧，妈不会同意的。"

"我喜欢谁跟她有什么关系。"林为嗤笑了声,随后又叹了口气,"好看吧?但性子太冷了,也不理人,加了她几十次微信都没通过。"

"你那样追人哪个女生会喜欢啊。"

林为沉默下来,露出个自嘲的表情。

就是因为以前完全不敢主动出现在她的面前,所以现在才不想再错过。

尽管他也清楚,自己这样的方式会令人生厌。但就是想在她眼前,能生出一丁点存在感。

他喃喃低语:"你不是很喜欢一个插画师吗?还买了她的签名版画集。"

"你说糯纸啊?"

林为点头,平静说:"就是她。"

这事也是之前,他不经意间听到应书荷跟安糯打电话的时候知道的。之后他还特地注册了个号,逐条回复她的微博。

每天私信给她道晚安,却从来没被"翻牌"过。

林芷瞪大了眼,激动道:"真的假的?"

"真的。"林为也不甚在意,"还有,你艺考成绩都过了重本线,文化课好好考。不是也想当插画师?别再闹出那种事情了。"

林芷瞬间心虚:"知道了。"

很快,她又因这个消息继续感叹:"天哪!糯纸原来长这样……"

见她那么兴奋,林为有些好笑,干脆也将之前看到的告诉她:"她还用了个小号画漫画,笔名好像是'耳东安安'。"

"真的吗?为什么用小号啊!我要去看!"

想起了漫画的内容,林为没再说话,他看了眼手机,鼓起勇气,给应书荷发了条微信:安糯是不是有男朋友了。

那边回得很快:是啊,怎么了?

他盯着这几个字看了半晌,随后把手机放回了口袋,自言自语:"那就算了。"

想拥有的东西,大概率都很难拥有。

那就算了。

买了些陈白繁常做的菜所需要的食材,又买了些日用品,安糯这才返程，走进了诊所里。

等了没多久，陈白繁便换衣服走了出来。

安糯没提前跟他说，他也没想到她会来。陈白繁愣了下，走过去捏了捏她的脸。

"怎么来了？"

"买菜，刚好跟你一起回去。"

陈白繁的手心贴着她的后背，往自己的方向推，下巴蹭了蹭她的发心。

"我真高兴。"

很快他便退开来，弯腰一只手提起旁边的袋子，另一只手牵着她。

"我女朋友今天来接我回家。"他的声音带了笑意。

两人过了马路，走到小区门口。

路上，安糯一直望着小区旁边的那家奶茶店。

陈白繁注意到，低声问："想喝？"

安糯点头。

陈白繁直接把她扯了过去："那就买。"

两人推开门，走进奶茶店里。

店里的人还是像上次一样少，前台基本没有排队的人。

点完单后，等待出品的时候。

陈白繁眼尖，没多久就发现离前台最近的桌子旁，坐着自己朝夕相处的人。而那个人的对面，还坐着一个白白净净的小女生。

不知道在聊些什么。

想起不久前安糯在睡梦中给他凭空捏造的脏水，陈白繁不假思索地要牵着她走过去。

正好，店员把装着奶茶的袋子递给她，安糯连忙接过，一头雾水地跟他过去，瞬间注意到何信嘉和江尔。

陈白繁看着何信嘉，喊了声："信嘉。"

何信嘉也没想到会在这里遇到他，呆愣道："哥。"

下一秒，陈白繁问道："家里停水好几天了，你怎么不找人来修？"

何信嘉满脸疑惑："啊？没吧，家里停水了我怎么会不知道……"

更何况他出门前还洗漱过啊。

陈白繁意味深长地"啊"了一声:"也对。

"你都不用水的,几天都不洗澡,应该也发现不了停水。"

何信嘉:"……"

陈白繁:"那我去联系一下物业吧,你们继续聊,我们先走了。"

看着表情僵硬的何信嘉,安糯硬着头皮跟江尔点了点头,当作打招呼,随即便跟陈白繁往外走。

出了门,安糯有些莫名:"你干吗啊?"

陈白繁漫不经心地:"嗯?"

安糯觉得不妥:"你怎么能当着别人的面这样说你弟弟。"

"因为他污蔑我了,"见安糯还帮着何信嘉,陈白繁神情略显阴沉,"他让我在你心中扣了分——"

"……啊?"

"变成了一个不完美的男朋友。"

"……"

安糯脱口而出:"你本来也不算——"

剩下的话被他略带劝告似的眼神止住,安糯话锋急转直下:"你确实是个很完美的男朋友,在我心里没有扣一点分。"

陈白繁称心了些,略微满意地摸了下她的脑袋。

因这举动,安糯刚松口气。

下一刻,陈白繁皮笑肉不笑,似乎还是没想放过她:"本来我以为,造谣我看不惯别人睡懒觉,甚至还到了上手打人程度的这件事,是不会有人相信的。"

安糯咽口水:"我也没怎么相信。"

陈白繁瞥了她一眼:"可明明了解我温柔本性的女朋友,在潜意识里就相信了他人的话。"

"温柔"两个字还咬重了音。

安糯:"……"

谁了解了?

"不过你是我女朋友,我不能跟你计较。"

"……"

"我只能,"陈白繁叹息,愁眉不展,"报复一下我的表弟。"

"……"

盯着他这副模样,安糯沉默了几秒,莫名觉得好笑。

闻声,陈白繁的眉心舒展开来,侧头看她。

"笑什么?"

她继续笑,没说什么。

就是一开始其实挺不适应这样相处方式的。

但突然觉得,陈白繁现在这个样子,只在她面前才会表现出来的这个样子,好像让她更加、更加喜欢了。

隔日,陈白繁轮休。

两人约好了一起去商业街那边看电影。

等待进场前,陈白繁牵着安糯走到卖品部,只买了一杯可乐和一桶爆米花。

见状,安糯有种被落下被遗忘的感觉,忍不住握住他的手腕。

"我也想喝。"

注意到两人的互动,服务员忍不住多看了陈白繁几眼。

陈白繁也不太在意别人的目光,看到安糯这副着急了的模样,他的嘴角翘了翘,把吸管插入瓶口,递到她的面前。

"喝。"

安糯就这样就着他的手喝了两口。

下一刻,陈白繁把那一大桶爆米花塞入她的怀里。

"抱着这个。"

安糯傻乎乎地抱住,随后,垂下头抓了一颗放进嘴里。她便咬着抬眼,刚好看到陈白繁移过来的视线。

不太明确是不是收到了暗示,安糯又抓起一颗,试探性问道:"你吃吗?"

陈白繁把头低下,眼睛亮晶晶地盯着她,表情不言而喻。

她眨了眨眼,抬手把爆米花凑到他的嘴边。

安糯的骨骼很小,也因此手小脚小。她的手指纤细,却带了一点肉,牵着感觉柔若无骨。指甲盖粉而有光泽,格外好看。

陈白繁顿了下，动作很慢，张嘴舌头一卷，将爆米花含进嘴里，还故作不经意地碰到了她的指尖。

安糯条件反射把手收了回来，盯着自己被他舔到的食指，面无表情地看着他。

陈白繁眉眼一挑，神色做作地说：“好吃。”

安糯很直白地问：“你是故意的吗？”

他也很直白地回答：“是啊。”

“……”

两人走进放映厅里，找到位子。

陈白繁订的是情侣座，中间有扶手挡着，两侧有两道屏障，将他们与周围的人分隔开来。

陈白繁把可乐放在扶手的杯托上。

安糯拿起来喝了一口，随口问了句：“你不喝吗？”

因为职业的问题，陈白繁很久没喝过碳酸饮料了，也因为年纪不小了，对这种刺激性的饮料没有什么兴趣。

听到安糯的话，他侧头看她。

安糯的目光刚好也放在他的身上。

两人的视线撞在了一起。

电影已经开始播了，周围的光线暗了下来，只有屏幕亮着光，场景不断变换着，斑驳的色彩映入两人的眼中。

安糯忽地有些紧张，垂下眸，被眼睫毛遮住了眼中的情绪。她把可乐放回杯托上，转移注意力：“看电影吧。”

与此同时，陈白繁又开了口。他嗓子喑哑，声音低得宛若是气音，带了点调情的意味：“我也想喝。”

安糯没懂他的言外之意，指了指可乐的杯子：“那你喝。”

像是默许，又像是推动。

陈白繁往她的方向凑了过去，右手虚撑着扶手，左手捏着她的下巴。她能很清晰地感受到他铺天盖地的气息。

安糯的呼吸几乎停滞了下来，盯着他越凑越近的眼睛。

像是一团浓墨，带着漩涡，不断将她卷入其中。

安糯听到陈白繁的声音沙哑微沉，似乎也有点紧张。他的指尖力道不算轻，带给她的存在感很重，难以忽视。

"那我喝一口。"

话音刚落，陈白繁的嘴唇便贴了上来，温热的触感。

安糯下意识捏住衣服的下摆，顺从地闭上了眼。他的舌头顶开她的牙关，舔了舔她的舌尖，很快便退了出来。

影片刚好播到过渡的时候，只有轻弱的纯音乐。

陈白繁用指腹抚了抚她的下唇，眼眸暗沉，带着浓浓的笑意。

"还挺好喝。"

他缓缓地坐了回去，轻声道："看电影吧。"

后知后觉地，安糯的脸颊瞬间充了血，所有的热气一鼓作气地往上涌。她连忙抓起可乐喝了几口，想把温度降下来。

明明只是被他碰了一下，嘴唇却像触了电，此刻还带着麻意。

安糯窝进椅子里，只想遁入地下，将自己埋起来。她脑袋空白地盯着屏幕，反复回想着他刚刚说的那句话。

——"那我喝一口。"

以及他带着亮光的眼、温热的唇瓣。

安糯的手刚碰过可乐，还沾着冰水。她抬手摸了摸自己的脸，想把刚刚的画面忘掉，想心无旁骛地看电影。

半响，安糯垂头丧气地放弃。

看什么电影啊……

安糯不情不愿地偷看了眼旁边的始作俑者，想看看他是什么反应。就见他歪着身子，手肘撑着扶手，托着腮，时不时会抚一下唇。

安糯收回了眼。

原本降了温的脸突然又烧了起来。

两人出了电影院，找了条小吃街解决晚饭。

路上，陈白繁注意到安糯一直沉默的模样，忍不住开了口，声音带着浅淡的笑意："在想什么？"

安糯抿了抿唇："没什么。"

他继续问:"想什么?"

"说了没什么。"

陈白繁的心情看起来格外好,十分有耐心:"安糯在想什么?"

安糯咬着牙,破罐子破摔:"在想你亲我的事情行了吧!"

得到想要的答案,陈白繁笑出了声:"行,那你继续。"

"……"

几天后,编辑给安糯发了QQ消息,告知她资料准备录入了。

只要资料录入系统,合同盖章之后,她的漫画就会成为网站的VIP作品。

网站那边会根据数据给她安排好的榜单,曝光度会越来越高。也因此,看到这部作品的人也会越来越多。

安糯已经把第二话发出去了,现在只剩下第三话和第四话的草稿。她现在每天的心思就放在这部漫画上。

不像从前那般懒散,偶尔接一个商稿,或者只画自己想画的东西。

两者是完全不一样的感受。

安糯变得忙碌了起来。持续一周之后,她也渐渐地上了手。不再像之前那样,大半个下午只能画出一页。

但比起前段时间,安糯陪伴陈白繁的时间也少了一点。

主要因为画画,她总是日夜颠倒的,中午根本起不来跟他一起去吃饭。而且以前她画插画的时候,陈白繁总会安静地在旁边陪她。

现在进行的这部漫画,安糯并不想这么早让他发现。

安糯想等出了单行本的时候,再当作他的生日礼物送给他。

如果时间赶不上,那就等一周年纪念日。

就是,想送给他。

虽然陈白繁已经大概能猜到安糯为什么不让自己进她的书房了,但他也没主动戳破。只是对她这种晚睡少睡糟蹋自己身体的行为很不满,不过他也管不住她。

不是住在一起的,而且各有各的生活,总不能一直限制她。

只能在吃的方面多给她补一下。

前些天，安糯画漫画的速度上来了，怕陈白繁真的不高兴，她便调整了作息，重新过回早睡早起的生活。

这天，安糯正准备出门找陈白繁吃饭。她边套着鞋子边看了眼作品的评论区，越看心情越好。

这个漫画平台的流量很好，安糯在上面的粉丝也因《温柔先生》这部漫画攒了不少。

漫画发表四个月之后，安糯终于上了周榜第一，她微博小号的粉丝量也渐渐涨到了二十万。

比她的大号还多。

安糯也不担心会被陈白繁看到。她知道他不看漫画，也基本没看过他刷微博。

走进电梯，安糯恰好看到编辑给她发来了消息。

安糯垂眸看了一眼。

——《温柔先生》的反响很好，但按照你之前的大纲，应该还剩不到半年就要完结了。建议加点内容。还有，男主角跟女主角在一起之后，性格的转变最好有个过渡，不然太突兀。如果你觉得剧本的编写再加上绘画很吃力的话，我可以帮你找个编剧。

看到这段话，安糯犹豫了下，斟酌着回：好，我回头想一下怎么改。另外，编剧就不用了，没觉得吃力。谢谢编辑啦。

这部作品，她还是想自己一个人完成。

编辑：成吧。

编辑：二十一话你画完没？

耳东安安：差不多了，明天发给你。

安糯把手机放进兜里，走进了诊所。

里头的人不少，安糯也懒得找位子坐下，直接站在角落。

旁边是一个镜面装饰，她不自觉地照了照镜子，盯着已经长到胸前的头发。染成茶色的头发跟新长出来的形成了鲜明的对比。

有点丑。

安糯皱了皱眉。

明天交了稿去染个头发吧……她想。

诊所里的人陆陆续续地离开。

安糯刚找了个位子坐下,陈白繁便从诊疗室里走了出来。她立刻站了起来,往他的方向走,拉住他的手。

陈白繁像乖狗狗似的被她牵着往外走,半天都不说一句话。

安糯忍不住回头看他:"你怎么了?"

"高兴到说不出话来。"陈白繁一本正经道。

安糯:"……"

看着他总是一脸平静地说出这样的话,安糯抬手掐住他的脸。

"还高兴?"她故意加重了力道。

陈白繁嘴角一抬,忍不住笑出了声。

两人的身高差距有点大,他微微低下头,问:"这样捏会不会轻松点?"

"……"

安糯松了手,重新站好,继续往前走。她想了想,随口扯道:"我画画的速度提上来了,作息也调整过来了,以后都来找你吃饭。"

"你这几个月接了这么多商稿吗?"陈白繁问。

闻言,安糯心虚地点头:"唔,想赚多点。"

陈白繁还是忍不住叮嘱:"那也要量力而行,整天憋在一个小房间里,保持同一个姿势画画,也不怕熬出病来。"

安糯反驳:"你不也是整天憋在一个小房间里,保持同一个姿势给病人看病。"

"……"这下陈白繁无法反驳了。

倒是可以讨是寻非。

他侧头看了她一眼,毫无情绪道:"那你怎么不关心一下我。"

安糯抬头看着他,古怪地问:"你要我怎么关心?"

"你帮我揉揉。"

大庭广众下,安糯不太好意思,但还是妥协地抬起了手……

与此同时,陈白繁抚了抚她的唇,调笑道:"用这儿。"

安糯:"……"

她不满地收回手,眉间皱起,反过来教训他:"你好烦。别老在大街上说这些,别人听到了怎么办。"

突然被骂了，陈白繁缓慢地眨了下眼。他唇边的笑意渐渐收起，声音低不可闻地问："你说我烦？"

反应过来说错了话，安糯内心一紧："不是！你别误会……"

"我误会什么了，"他模样像是被抛弃了似的，有些苦涩，"什么都没有。"

听着他的语气，安糯的大脑急速转着，极其生硬地辩解："我说的 fan，是陈白繁的繁。"

似乎没想过安糯能憋出这一句，陈白繁稍愣。半晌后，他忽然笑了，轻声道："这样吗，所以你说的是'好繁'？"

"……"安糯不想说话了。

陈白繁用手背抵着唇笑："还有这种说法。"

也觉得自己这个说法有点牵强，安糯恼羞成怒道："你别笑了行不行！"

"好。"他还在笑，重新牵回她的手。

安糯忽然就没了脾气，微鼓着腮帮子，喃喃低语："你怎么老敷衍我。"

这下陈白繁终于把笑容收起："不笑了。"

安糯瞅他，十分准确地将他内心的话剖析了出来，咕哝道："你一会儿又得说我才跟你在一起四个月，就看腻了你的笑容。"

陈白繁厚颜无耻道："那这次我不说了。"

"没说不让你说。"安糯揪着他的手指，也莫名笑了出声，重复了一遍，"我没说不让你说。"

这样整天像只大金毛一样黏着她，动不动就在她面前博同情找存在感；看不惯她总糟蹋自己的身体，经常唠叨让她改改这些破毛病。虽然有时候会感到不知所措，但安糯还是——

很喜欢很喜欢。

两人走进了一家面馆，点了两份排骨面。

安糯百无聊赖地观察周围的环境，打了个哈欠。

陈白繁倒了杯水放在她的面前，说道："我明天轮休，陪你去逛街好不好？你是不是很久没买衣服了。"

安糯正想点头，突然想起些什么，抓起一小束头发给他看。

"你看我头发，这样好丑。我明天想去做头发。"

陈白繁伸手抚了抚:"把不一样颜色的剪掉?"

"剪短一点,然后把发尾卷一下。"安糯思考了下,"我还想染头发。"

听到这话,陈白繁眉眼一抬:"染什么颜色。"

察觉到他的反应,安糯有点郁闷:"你不会不让我染吧。"

没等他回答,安糯拿出手机,翻了几张图给他看:"我在这几个颜色里纠结。"

陈白繁垂眸快速看了两眼:"不好。"

"……"安糯想跟他讲道理。

还没等安糯开口,陈白繁便道:"选个特别一点的颜色吧。"

安糯蒙了:"……啊?"

"我也染。"陈白繁漫不经心道,"咱俩情侣头。"

听到"情侣头"那三个字,安糯差点被口水呛到。

安糯完完全全被他这句话吓到了:"什么情侣头,什么特别的颜色,你个医生难道还能染花花绿绿的颜色,多不稳重啊。"

"也对。"陈白繁思忖着,指了指其中一张图,"那这个颜色吧。"

安糯真怕他因为她染头发,故意道:"可我喜欢你黑色头发的样子。"

"那我不染了。"他妥协了,看起来像是有些遗憾。

服务员恰好把面端了上来。

安糯拿起勺子喝了口汤,偷偷看他。

……她真的没想过他会说跟她一起染头发。

陈白繁刚好注意到她的目光,轻声问:"怎么了?"

安糯咬着勺子,憋出了一句:"我以为你不会让我染头发。"

他疑惑地瞥她:"你想做的事情我为什么不让。"

安糯眨了眨眼。

好像也对。

过了一会儿。

安糯咬着排骨,想让他听见,又不想让他听清似的,含糊地说:"其实你什么样子,我都喜欢。"

吃完饭,陈白繁远远地看着安糯过了马路才走进了诊所。他坐在沙发上，给安糯发了句"到家了跟我说一声"。

随后便把手机放下，合上眼睛，准备睡觉。

陈白繁还是不大习惯在前台的沙发上午休。很快，他站了起来，走进其中一间诊疗室，躺在牙科椅上。回想起安糯刚刚说的话，不由得弯了弯唇。

陈白繁顿时一点困意都没有了，翻了翻手机，安糯还没回复他。而后，他注意到屏幕角落许久没打开过的微博。

陈白繁确实很少用微博。

以前何信嘉嘲讽他的时候，他为了反击，便注册了个微博上去斗争。再后来就是给安糯私信的时候会用到。

这么一想，自从跟安糯在一起之后，他好像就没上过微博了。

一开始他还会去看安糯的微博，但发现她基本不发微博就没了兴趣。

陈白繁点开，打开主页看了看，置顶博还是那一条。他在心里数了数日子，时间好像还剩不到三个月了。

陈白繁的眼眸一抬，突然察觉自己屈指可数的关注数少了一个。

他疑惑地点进去，发现少了安糯。

陈白繁在搜索栏输入"糯纸"，看到最上方跳出来的那个名字，按了"关注"。

下一秒，屏幕里跳出一个黑色的透明框。

上面写了一行字。

——由于用户的隐私设置，您的操作未成功。

陈白繁："……"

什么情况？

陈白繁皱了皱眉头，上网页搜索了下这是怎么回事。看到词条弹出的第一个问题，他戳进去看了眼回答——

您好，您说的这种情况，应该是对方把您拉入黑名单了。

陈白繁："……"

他盯着那句话，不可置信地、反反复复地看了三次，像要看出个洞来。

最后陈白繁接受了现实，低垂着眼，像中了弹似的捂着胸口，把手机放下，决定先把这件事情抛之脑后。

他闭上了双眼，准备午休。

过了一会儿，无法安睡的陈白繁重新坐了起来。上微信，给安糯发了一条消息：你知道微博怎么拉黑人吗？

看到这句话的时候，安糯刚进家门没多久。

她好奇地回：你还玩微博吗？

陈白繁：嗯，不过平时不怎么用。

安糯也不太记得怎么拉黑人了，便上微博看了眼，很快就给了他答复：你点进你要拉黑那个人的主页，然后按右上角的键就能看到了。

安糯：你要拉黑谁啊？

陈白繁回复速度很快：没有，我就问问。

陈白繁：你有试过拉黑人吗？

安糯拉黑的人确实还不少。

一开始接商稿的时候，偶尔会有人无事找事，前言不搭后语地骂她画技差，骂完之后便立刻把她拉黑。安糯憋着一口气，无法反击，也只能把对方拉黑。

再后来，喜欢她的人变多了，自然讨厌她的人也就多了。

为了不影响自己的情绪，安糯干脆连私信都不看了。偶尔心情好了，看到一些可爱的私信，也会点进去回复几句。

她知道，这世上无奇不有。

隔着一个屏幕，会遇到多正常、多普通，抑或多古怪的人，都是自然的。

安糯诚实答：有啊。

陈白繁：为什么拉黑？

安糯：肯定都是有原因的啊，基本都是黑粉吧。

安糯：不过之前我拉黑了一个人，虽然他没骂我，但那人很奇怪，反正让我觉得有点毛骨悚然，我就直接拉黑了。

那头沉默了一瞬。

陈白繁：你现在点开你的黑名单。

安糯不知道他想干吗，但还是乖乖照做。她不太记得黑名单在哪了，翻了半天终于在"屏蔽设置"里找到。

安糯重新打开微信：点开了，你要干吗呀？

陈白繁：截个图我看看。

安糯一头雾水，快速地截了图，发给他。

很快，陈白繁也发了一张图过来。裁剪了刚刚她发的那张图，只显示着最上面那个人的微博昵称：二十八岁前娶到糯纸。

安糯有了不好的预感：……怎么了？

下一秒，陈白繁发了一个微笑的颜文字后回复道：这个是我。

安糯："……"

她的指尖顿住，把刚刚发的那张图撤回，而后把陈白繁从黑名单里拉了出来。

陈白繁事先有准备地存好图，再度发了过来。消息如同炮轰似的。

陈白繁：你把我拉黑了。

陈白繁：安糯把我拉黑了。

陈白繁：安糯把陈白繁拉黑了。

他重复了一遍：安糯把陈白繁拉黑了。

陈白繁：你敢相信吗？

安糯理直气不壮地解释：我又不知道那个是你，拉黑很正常啊。

陈白繁完全不听她的话：我女朋友把我拉黑了，我女朋友认不出我来。

安糯："……"

陈白繁：可我什么都不能说，也不能抗议。

陈白繁：我只能哭给你看了。

本来安糯还面无表情、心无波澜地看着他发来的话。看着最后一句的时候，猛地就笑出了声。

安糯回：那你别光用文字哭啊。

过了会儿，陈白繁又发来十来个流泪的表情包，不带重样的：这些行不？

安糯勉强算他合格。

重新点开微博，安糯看着陈白繁的微博昵称，嘴唇弯了起来，却嘟囔了句："什么破名字。"

她戳了下"关注"，把他放在了特别关注的列表。

很久没登上这个号看了,安糯下意识地点开最新一条微博,瞥了眼下面的评论。

——糯纸好久没发微博了啊……失踪人口!

——大大!超喜欢你的画!

——糯纸怎么都没画新作品了?三次元中很忙吗?

安糯的视线停在了最后一条评论上,手指飞快地在屏幕上敲打着回复。她第一次这么厚脸皮地回复。

——有点,忙着谈恋爱。

安糯给陈白繁发了一个"卷纸"的表情,示意给他擦眼泪。

安糯:我去画画了,今天要画完。

安糯:你快睡会儿吧,下午还要上班。

陈白繁费尽心思地掰扯了那么多,却没得到想要的反应。他扶额,心塞到差点吐血。但也不想再打扰她,致使她又熬夜到很晚。

再度打开微博,陈白繁注意到自己个位数的粉丝多了一个。

陈白繁点进去看。

是糯纸。

他的眉眼稍扬,也把她关注了回来,戳进她的主页看了看。

安糯已经两个多月没更博了。

陈白繁翻阅了下她最近的一条微博,一眼就看到她刚刚回复的话。他忽地一愣,盯着看了半分钟。

随后,陈白繁笑出了声,截图发微博,配字:那我也很忙啊。

安糯这一话的末尾刚好是男主角跟女主角告白的那一幕。

男人蹲在自己家门前,抬着头看女人。脸部曲线被光晕染得格外柔和,眼里一片璀璨。随后,他轻轻地说了句:"喜欢你啊。"

安糯伸了个懒腰,把图保存,发给编辑。

想起编辑的话,以及下一话就要开始画在一起后的日子,她有些烦躁。

按照漫画的剧情发展,安糯完全想象不到自己跟刚遇见时的那个陈白繁在一起会是什么模样。

什么过渡啊,没有过渡。

没有过渡好像也不觉得突兀啊……

安糯抿了抿唇,点开漫画的评论来看。

——是不是要在一起了啊啊啊啊!

——怎么这么甜啊!

——唉我怎么没有帅帅的牙医住我隔壁?

——呜呜呜呜前几天去看牙真的也遇到个好帅好帅的牙医啊!

——这真的是真的?剧情好假啊。流汗……

看到最后一条评论,安糯也没太在意。

她这部漫画能火的原因,安糯很自信地觉得,有一方面是画风讨喜;另一方面则是网站的宣传,声称这是一部作者真实恋爱回忆录的漫画。

虽然大部分内容画的是两人之间发生的事情,但人设方面,安糯肯定会有美化。而且,很多多余的关系她都去掉了,比如信树那方面,也比如两人小时候认识。

她自己添加了一些内容,没有什么起起伏伏的剧情,就是一些小日常。

跟她的画风配合起来,也十分合适。

安糯没有回复。

从粉丝渐渐多起来的时候,她就收到了很多这样的评论,甚至还有追到微博来跟她要照片的人。

所幸,安糯在里面画的牙科诊所不是照搬温生来画的。很多小细节她也都尽量不让人发现她画的地方是泊城。

三次元和二次元,她还是想将二者分得清清楚楚。

隔天,安糯跟陈白繁到市中心的购物广场买衣服。

安糯家里还囤着一大堆没穿过的衣服,所以也没怎么买,兴致缺缺的,半天只看上了一条裙子。

路过男装店的时候,安糯反而来了兴趣。

跟打扮洋娃娃似的,安糯扯着陈白繁走了进去,东挑西选,在他身上比画着,最后选了件简单的白色衬衫,让他去试试。

由于陈白繁职业的缘故,安糯每次给他买衣服都偏向于买白色的。

陈白繁挑了挑眉,顺从地到试衣间去换上。

等他出来的时候，就见安糯背对着他，还在给他挑衣服，完全没有转过来看他的意向。

陈白繁抿唇，对这待遇极度不满，凑过去站在她的旁边。

"好看？"

闻声，安糯侧头仔细地观察着。

衬衫很合身，简单的剪裁，将他的身材显得高大笔挺。

安糯眨了眨眼，挪开了视线："好看，买吧。"

她的手翻着一旁的衣服，轻声说："我再给你看看别的。"

陈白繁的眼睛微微睁大了些，对于她这种轻描淡写的反应不太满意，又问了一遍："好看不？"

安糯点头："好看啊。"

陈白繁单手扶着她的左脸，往自己的方向挪，让她把视线放在自己的身上。

安糯莫名其妙："你干吗？"

陈白繁再问了一次："好看吗？"

安糯觉得自己真的耐心十足："说了好看呀。"

"那你怎么回事？"

"怎么了？"

陈白繁："你刚刚怎么才看了十秒？"

"我还要……"给你看衣服啊。

"而且你的表情，"陈白繁鸡蛋里挑骨头，"没有让我觉得你在心动。"

安糯："……"

没有气氛烘托，安糯也无法自然做出心动的模样，只好象征性地盯着他看，在心底默数了半分钟才挪开。

陈白繁总算满意了，没再找碴儿，准备换回自己的衣服。

下一刻，安糯把刚刚挑好的几件抱在怀里，说道："走吧。"

陈白繁顺口问："不用试？"

安糯抚了抚有些皱痕的衣角，漫不经心道："别试了，好几件呢，浪费时……"

场面又沉默了下来。

安糯抬眼，注意到他的表情，及时挽回道："我全部都拿了刚刚那个码数，反正你穿什么都好看。"

闻言，陈白繁站在她的面前，身后像是有条无形的尾巴正在摇晃着，心情很不错："那我这件穿着走？"

安糯摇头："去换掉吧，洗了再穿。"

"行。"他乖顺地走到试衣间去换衣服。

抱着衣服在旁边等他，安糯垂眼看手机。

这黏人精虽然总是没事找事，但也……异常地好哄啊。

随意找了个店解决了吃食后，安糯带陈白繁到自己之前常去的美发店。

进门前，安糯犹疑着再度问了一遍："你真要染？"

陈白繁毫不犹豫："染啊。"

见他这副无所谓的模样，安糯也不再在意，踮起脚抓了抓他额前的头发："唔，那顺便剪短点吧，都快遮住眉毛了。"

陈白繁弯下腰，笑了下："好。"

两人选了两个相邻的位子坐下。

跟陈白繁身后的那个发型师嘱咐了几句，安糯才开始与自己相熟的发型师小李聊天。

明白了安糯想要的造型，小李边给她剪着头发边闲聊："你男朋友？"

安糯弯了弯嘴角："是啊。"

陈白繁离她俩不远，能很清楚地听到她们说话。他侧了头，挑着眉补充："是要结婚的那种男朋友。"

"……"安糯差点噎住。

给陈白繁剪头发的人被他突然转头的动作打了个措手不及，差点剪偏，她急忙收回了手，说道："欸！欸！你别动啊。"

小李在后边起哄地笑。

安糯脸颊莫名烧了起来。

修剪完后，小李建议她烫完之后过两周再来染，不然对头发伤害大。

安糯看着镜子，思考着干脆不烫直接染。她的发质细软，自然地向内卷，其实不烫也很好看，看着就减龄了不少。

安糯又嘱咐:"我们两个染的是一个颜色,就刚刚我跟你说的那个,不要染太亮,暗一点。"

小李做了个"OK"的手势:"明白。"

发型师将染膏调配好后,用染发梳一片片地染,随后用蒸汽加热。

以前陈白繁都是到理发店剪个头发,剪完就走,全程不超过二十分钟。他显然很不适应染发的过程,漫长又无趣。

安糯头发比陈白繁长不少,所以速度也比他慢了不少。

等她的染膏上完之后,安糯才注意到陈白繁闭着眼,看起来似乎睡着了。

安糯拿过自己的手机,眼睛弯了弯,光明正大地给他拍了张照片。她不加考虑地就发了朋友圈,这次没再屏蔽安父安母。

果然,不到十分钟,安母就给她发了微信。

安母:你发的那个是不是陈家那小子?

安糯:是啊。

下一秒,安母就打了电话过来。

安糯直截了当挂了电话,给她发微信:我在染头发。

之前不想告诉父母就是怕他们知道之后就会立刻来泊城了。

安糯不想让他们来回奔波,当然也有才在一起没多久,不想这么早就见家长的原因。

但现在,安糯觉得两人的关系已经挺稳定了,让他们知道好像也没什么关系,也可以趁着国庆的时候带陈白繁回去见见二老。

不过也不知道他愿不愿意。

一会儿问问他?

她思考完毕,垂下眸,恰好看到安母发来的问号"炸弹"。

安母:???????

安糯:"……"

安母发了一长串的语音过来。

"你和白繁?在一起多久了?

"我之前让他陪你去买车的时候你不是说不要?上次回家不也说没对象吗,你陈阿姨知道吗,不行,我得去问问。"

安糯只挑选了一个问题回答:四个月吧。

安母又发了一条语音。

"你陈阿姨也知道……"五秒的安静之后,"我跟她这几个月,没有一天不聊天,她居然不告诉我。"

安糯略显惊讶地眨眨眼:陈阿姨也知道吗?

安糯:那她怎么不告诉你?

安母:不知道,没问,不想跟她说话。

安母:我要去跟你爸说。

安糯好声哄:好好好,但你们别过来啊,我国庆就回去了。

安母怒道:还有两个月。

安糯:那也快了,我以前国庆都不回去!

安母想先组成小团队来占理:反正我先跟你爸告状去。

安糯:"……"

良久,两人染完头发,付了款后,往外走。

安糯被陈白繁牵着,两人一前一后地走,她思考着怎么开口。

注意到她的沉默,陈白繁回头看了眼:"你怎么了?"

安糯也不再纠结:"你爸妈都知道咱俩的关系吗?"

"知道。"陈白繁没隐瞒,诚实答。

"什么时候知道的?"

陈白繁仔细回忆着:"我们第一次去约会那天吧,发朋友圈他们就知道了。"

"嗯?"安糯好奇,"那阿姨她知道怎么没告诉我妈?"

陈白繁低哼了声,表情古怪,语气也显别扭:"你不是不想让你爸妈知道吗?"

"我哪有说……"安糯也不太确定,小心翼翼道,"我没说过这话呀……"

话音落下,安糯同时想起来。

陈白繁发朋友圈的时候,自己刚好在他旁边。看到时,她慌忙地脱口而出:"你应该没加我爸妈吧?"

话里话外都在暗示着不想让这段关系被曝光。

这天差地别的对比，让安糯心虚瞬起。她磕巴地坦白："嗯……我爸妈，他们今天刚知道我俩的关系。"

安糯又急忙补充："我不是说不想让他们知道，只是怕他们会过来，而且……"

"安糯。"陈白繁打断她的话，沉静地问，"你是不是怕我会对你不好。"

把嘴里的话都咽了回去，安糯呆愣片刻，摇了摇头。

当然不是这个原因。

不是怕他对她不好。

只是怕他，不会喜欢她那么久。

安糯自知自己是个很无趣的人。不喜欢外出，一个人在家里待多久也不觉得闷，日常生活大部分都是翻来覆去的空白。

她担心，他这样好的人，跟她待久了，会不会觉得十分无趣。

他的喜欢来得很奇怪，也很突然，让她猝不及防。也让安糯觉得，很没有安全感。

可现在又不一样了。

现在他所做的所有行为，都跟之前完全不同。

热烈地、悄然无息地，在无形中给她自信心。

——"有跟他说，你已经拥有一个很喜欢并且也很喜欢你的男朋友吗？"

——"你刚刚要是没牵我，我可能已经哭出来了。"

——"今天我同事都说我变憔悴了，因为你中午没有来找我。"

——"我也染，咱俩情侣头。"

不管是他的性格使然，还是他的刻意为之。

比起从前，安糯觉得现在在他的心里，自己肯定是有一定地位的。

还是不容置疑的那种。

想到这儿，安糯的心情渐渐明朗起来。

陈白繁却因她的迟疑而感到有些不悦，他不再说话，表情僵硬，嘴唇也轻抿着。看上去一副很不爽却又不敢发火的模样。

他这个样子跟平时反差很大，显得有些可爱。

让安糯莫名想亲亲他。

但两人身高差太多，安糯抬头望了望，感觉自己跳起来都亲不到。

安糯抬手揪住他的领口，往下扯。

这举动让两人的距离拉得很近。

陈白繁的表情瞬间绷不住了，轻声说："你要做什么？"

说着，他很顺从地顺着安糯的力道向下弯腰，动作慢腾腾的。

安糯以行动来回答，直接蹦跶起来。但因为用力过猛，方向也有偏差，额头不小心撞到了他的鼻梁，发出一声巨响。

她的脑袋没怎么撞疼，陈白繁却捂住了鼻子，像受了巨创似的半天没动静。

安糯吓了一跳，连忙扯开他的手，查看他的伤情："撞疼了吗？我看看。"

没流血，就鼻梁处有点红。

陈白繁任由她看，还是没懂她想干吗："你这是——"

他想了想，猜测："要跳起来打我吗？"

安糯："……"

打的话她还是打得到的，好吗？完全不用跳起来就可以，好吗？

连脚都不用踮的，谢谢。

安糯瞬间没了兴致："算了，回家。"

这会儿陈白繁总算反应过来，挑眉："你要亲我？"

"……"

陈白繁低下头，饶有兴致道："你怎么不跟我说？我蹲下给你亲都行。"

听到"蹲下"那两个字，安糯差点心肌梗死。

"……你别说话了吧？"

陈白繁追问："那还亲不？"

觉得受到巨大侮辱的安糯炸了："不！亲！了！走！开！"

"……"

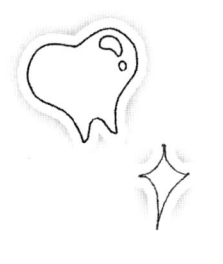

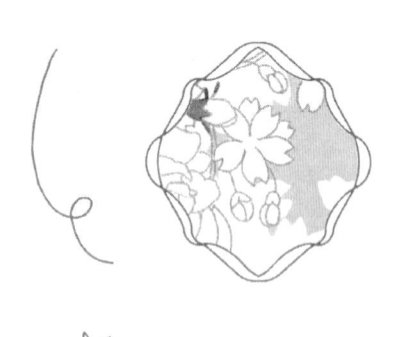

CHAPTER. 8
你把我画成了个女人

陈白繁后知后觉地察觉到安糯生气了。他揉着发麻的鼻子，跟在她身后。

安糯不高兴的时候，走路步伐会不自觉地加快。但她步伐小，陈白繁按自己平常的速度走，两人也没有拉开距离。

陈白繁思索着自己刚刚哪里说错话了。

他好像就只说了跳起来亲他这件事情？然后他说自己可以蹲下……

蹲下……

陈白繁："……"

他总算反应过来，想加快脚步追上去哄她的时候，她也同时停下了步子，转头看他。

陈白繁的呼吸顿一下，及时停了下来。

不然两个人就撞上了。

安糯的嘴唇抿成一条线，咕哝道："你怎么——"

她忍住没说完，转了回去，继续往前走："算了，回家。"

陈白繁立刻明白她想说的话。

——你怎么不哄哄我啊。

陈白繁扯住她的手往怀里揉，唇角扬着，失笑道："你没听懂啊？"

"你干吗啊，别抱我。"安糯挣扎了下，没挣开，语气十分不爽，"没听懂什么？"

"这是夸张手法，"陈白繁捧着她的脸，亲了下她的唇瓣，"我说蹲下只是想告诉你我有多想被你亲而已。"

被他胆大的举动吓了一跳，安糯震惊地用手背捂着唇，压低了声音："这在大街上呢！这是街上！"

两人走的这条路虽然人流量不多，但还是陆陆续续有几个人经过。

不知是幻听还是什么，安糯似乎还听到了其中一个行人的揶揄声，脸涨得通红。

闻言,陈白繁扬眉,低头自然地又亲了一下,理直气壮道:"我们是正当的情侣关系。"

……谁说不是了吗?

"所以在街上接个吻怎么了,又不是偷情。"

安糯:"……"

好像很有道理。

到水岸花城后,陈白繁习惯性地跟着安糯进了家门。

安糯脱了鞋,直接趴在沙发上,拿出手机来玩。

注意到一旁往下陷的沙发,安糯抬眸,看到陈白繁手上拿了两个苹果,坐在她旁边开始削皮。她原本晃荡着的双脚一下子停了下来。

她不自觉地将姿势端正些,点进微信,发现安父半小时前给她发了微信。

安糯想到一件事,坐了起来:"你国庆放假多久?"

陈白繁刚削好一个苹果,切了一小块塞进她的嘴里。

"七天。"

安糯咀嚼着,含混不清地问:"那你国庆要不要跟我回去见我爸妈。"

仿若没想到会受到这样的邀请,陈白繁的动作停了下来,侧头看向她。眼底光亮璀璨,带着浓浓的笑意。

"嗯?你是要带我见家长了吗?"

安糯没搭理他,直接抓过他手中的苹果咬。

"不过也是时候了,国庆——"陈白繁笑了下,"等你有空了先见见我爸妈,他们想见你很久了。"

安糯想了想:"那就等你下次轮休的时候吧。"

陈白繁用纸巾擦了擦手,提醒似的:"还记得我的微博名字吗?"

想起那九个字,安糯呼吸一滞,结结巴巴地答:"什、什么,不记得了,我不太看微博名,不怎么注意。"

陈白繁也不大介意。他忽地凑过去吻住她的唇,卷住她的舌尖,感受到残余的苹果清甜味道。

摸了摸她的眼角,陈白繁哑着嗓子说:"那你记得别去看。"

安糯撒了谎,心底有点忐忑,正想坦白,告诉他自己记得一清二楚,根本不可能忘记的时候,他继续开口,一字一句道:

"等我以后亲口告诉你。"

安糯愣怔地看着他,注意到他的神色难得认真,也同样认真地点点头。他揉了揉她的脑袋,看起来似乎很满意。

"那我回去了,别熬太晚。"

两人选在隔周的周四去见陈氏夫妇。

安糯和陈白繁在晚饭饭点之前就到了。

陈白繁一家十多年都没搬家,还住在原来那个老旧的小区。楼梯间翻新了一遍,看起来不像之前那么破旧。

陈白繁用钥匙开了门。

两人来得早,陈氏夫妇还没下班,陈白繁翻了翻冰箱,准备先把晚饭做好。

安糯不好意思干坐着,主动抱起他刚买的菜,说:"我去洗菜。"

陈白繁把她手中的东西接了过来:"我先帮你把菜根切掉,你一会儿直接把最外一层剥掉就好了。"

"……我知道怎么弄。"

陈白繁抓住她的手,盯着看。还是选择抱起她,将她放到离料理台一米远的位置。

"算了,细皮嫩肉的。等我爸妈回来了你再过来帮忙。"

安糯不太乐意:"这不是装模作样吗?"

"那你过来。"

安糯乖乖过去,问:"要干吗?"

陈白繁指了指挂在一旁的围裙,说道:"帮我穿上。"

"……"

安糯拿好围裙,走回他面前,沉默地踮起脚,把围裙的带子挂在他的脖子上,又到他身后帮他绑了个蝴蝶结。

"安糯帮了大忙啊。"

陈白繁揉了揉她的脑袋，哄小孩似的："没有这围裙我还真做不了饭。"

"……"

没被分配到任务，安糯百无聊赖地在厨房里逛了一圈，随即凑过去看陈白繁动作熟稔地切着肉，好奇道："你怎么那么会做菜，因为一个人住所以特地学的吗？"

"从小就做。"陈白繁漫不经心道，"你小时候我还给你炒过饭，不记得了？"

安糯回忆了下，摇头："真的不记得了。"

"小没良心的。"陈白繁低哼了声。

安糯坦然接受了这个称呼，猜测道："所以是因为陈阿姨太忙了，你干脆自己做？"

"不是，是我自己要学的。"陈白繁把肉装进碗里，半开玩笑道，"会做饭好娶到老婆啊。"

安糯："谁跟你说的。"

他歪歪头，随口道："安糯？"

"我哪有说过。"

陈白繁没说什么，低着头笑。

他身穿黑色T恤，围着一条纯白色的围裙，站在料理台前面，露出精壮的手臂，修长的手指拿着调味瓶，正调着料。

安糯又扯了个话题："不过，你怎么会当牙医？是随便选的专业还是其他原因？"

"不是。"陈白繁顿了顿，用了和先前同样的答复，"当牙医好娶到老婆。"

安糯："……"

这个回答明显比刚刚那句"会做饭好娶到老婆"扯多了。

她开始怀疑陈白繁是因为不想跟她聊天而敷衍她。

"这又是谁告诉你的？"

他再度重复，尾音上扬："安糯？"

安糯内心开始动荡，犹疑道："又是我？我小时候说的吗？"

他没回答。

安糯心情瞬佳:"所以,你因为我才当的牙医啊?"

"也不是,"陈白繁强调,"主要是好娶到老婆。"

安糯:"……你对娶到老婆这件事情是有多执着。"

而且他的老婆,不就是未来的她吗?

怎么就不是了……

陈白繁动作停了下来,回头看她,一脸认真。

"你想想,我小时候多胖。"

"……"她完全没想到是这个原因。

"只能从别的地方找找优势。"

"……"

安糯忍不住道:"你就不能想想减肥吗?"

陈白繁的眉眼一抬,吊儿郎当道:"所以,我这不是瘦下来了。"

"……"

他完全没有表现出这事跟她能有丝毫关系的模样。

不过,确实也跟她没什么关系。虽然并没有那个必要,安糯却还是有点小失落。她默默玩起了手机,独自生闷气。

陈白繁把手洗干净,走过去失笑地捏她的脸。

"像个小包子。"

安糯把他的手拍掉,把鼓着的腮帮子收了回来。

陈白繁无辜道:"你怎么打我。"

安糯争辩:"我就碰一下,哪有打。"

他厚着脸皮:"反正打人的是你,心痛的也是你。"

安糯无言以对,情绪一下子就被他带没了:"你想太多了,我完全不心痛,完全没有心痛的感觉。"

陈白繁:"真的假的?"

安糯生硬道:"真的。"

陈白繁:"我感受一下。"

安糯瞅他:"你怎么感受?"

陈白繁调笑道:"你的心在我这儿啊。"

被他这副没皮没脸的模样弄得耳根有些发烫,安糯不再理他。

她背过身，继续看着手机，陈白繁也没再逗她。

小傻子。他心道。

当时彼此年纪都才多大啊，哪里会懂那些心思，也哪里会去想那些心思。

但至少也是因为她的话，他才会想变成那个样子。

每周周四，是《温柔先生》的漫画更新日。

安糯这周要更新的这一话是两人正式在一起的场面。

她听取了编辑的意见，让男主角的性格转变先有个缓冲，设计好在日后的某个事件发生之后，再彻底将他原本的属性暴露出来。

所以安糯现在画的还是一个温柔的"陈白繁"。

所幸先前画了二十几话这样的他，安糯这一话画下来也算流畅。

比较费劲的就是想台词和场景，但构思整理好之后也都没什么大的问题。

今早七点就更新了，安糯一直没去看评论。

安糯点开 App 看了眼，这话的评论已经快破万了。

——啊啊啊啊终于在一起了！！

——大大的画风真的巨好看啊！

——作者是编不下去了吗？这也太假了。

——为什么……我觉得这话很奇怪啊……男主角和女主角在一起了怎么反而像陌生人一样，还不如之前了。

——楼上，你是跟你男朋友在一起之后就立刻过夫妻生活了吗？

本来因为差评而感到低落的安糯，被这条评论逗得笑出了声。

陈白繁闻声问道："看什么笑得这么开心？"

安糯收敛："没事，就看到个笑话。"

安糯的指尖无意识地飞快向下滑动着，没注意到被她错过的一条评论，被淹没在不断增加的评论区里。

——这真是真实的啊。我认识男主角和女主角的原型，还有照片。

把手机放进兜里，与此同时，安糯听到门锁开启的声音。

安糯身体一僵，克制着的紧张情绪一下子就涌了起来，无措地看向陈白繁。

陈白繁觉得好笑,用围裙擦干手上的水,安抚般地牵着她往门走。

"出去打声招呼。"

回来的人是陈母,她刚换好鞋子,一抬眼就看到了两人。

安糯站在陈白繁的旁边,神色局促内向:"阿姨。"

陈母有些惊讶,也没太生分,像小时候那样喊她:"啊,糯糯怎么来得这么早。"

安糯腼腆地笑了笑:"反正也没事,就早点过来。"

陈母的性子跟当年没差多少,对她仍旧很热情,走了过来,牵过她的手,盯着她的脸看:"欸,长得真好,跟小时候一模一样。"

"……"

听到这话,安糯也不知道是该高兴还是不高兴,被陈母牵着往沙发处走,安静地听着她说话。

陈白繁也跟了过去,给两人倒了杯水。

"那时候看你们关系好,还想跟你妈提一下给你们两个定娃娃亲。"陈母瞥了眼陈白繁,"可这小子小时候胖得没法见人,我也不好意思开口。"

陈白繁:"……"

陈母感叹:"然后你们一家子就搬走了,现在还能见面也是巧。"

安糯乖巧回:"我高考志愿报的是泊城大学,毕业之后也待在这边工作。"

"我知道的,你妈跟我说了。"提到这个,陈母开始忧愁,"你妈最近,唉——"

安糯被这声长叹息吓了一跳:"怎么了?"

下一刻,陈母拿出手机,给安糯看最近自己跟安母的聊天记录。

陈母:糯糯明天要过来了。

陈母:她喜欢吃什么?我准备一下。

安母:她过去干吗?

陈母:白繁带她过来见个面,嘿嘿。

安母:哦。

安母:我女儿跟你儿子在一起了啊!

安母发了一个"微笑"的表情:你都没告诉我呢。

话里话外无不透露着记仇的意味。

安糯："……"

惦记着厨房煮的东西，陈白繁站了起来，主动道："我继续去做饭，你们聊吧。"

陈母也站了起来，把他按回了原处："你就坐着吧。"

"糯糯多久没吃阿姨做的饭了。"陈母兴致勃勃，"别装模作样了，平时回来也没见你主动做一次饭。"

被拆台的陈白繁："……"

安糯也跟着凑热闹："阿姨，我帮您吧。"

陈母摆了摆手："不用，跟阿姨客气什么啊。"

不等她再说些什么，陈白繁把她扯了回来："没关系，我都做得差不多了，不用去了。"

她只好坐了回去，也不知道干什么好。

趁着陈母忙碌的时候，陈白繁又偷偷跟她黏糊，往她的身上靠，一副全身没劲儿的样子。

"好累，想喝水。"

安糯侧头看了他一眼："水不就在那儿。"

陈白繁坐直了起来，皱着眉看她："你跟我在一起那么久了，还不明白我的意思吗？"

安糯老实本分地拿起水杯，递到他面前。

陈白繁就着她的手，喝了一口，而后又似没被理解般地别开脸："你真的没懂？"

安糯耐着性子问："……你要干吗？"

他再度把身子全靠在她的身上："我说我累，很累。"

"……"

"你都不关心我累，就只注意到我想喝水。"

安糯眉角一抽，不理他了，自顾自捧着水杯喝水。

察觉到她情绪上的紧绷，陈白繁忽地意识到了些什么，打趣道："怎么了，你很紧张？"

安糯沉默了下，诚实地点了点头。

陈白繁眉眼一扬,理所当然道:"是该紧张。"

以为会得到他安抚的安糯:"……"

"你不紧张,就说明你不在意我。"陈白繁缓和氛围般地、慢条斯理地坦言,"幸亏你给了我一个满意的答案,不然你男朋友就要跟你大闹三百回合了。"

安糯完全不给他面子:"你哪天不在闹。"

听到这话,陈白繁认真地想了想,厚颜无耻地接下她的话:"说得也是。"

"……"

没过多久,陈父也回来了。

因为安糯对他的印象就是一个不苟言笑、很有威严的男人。以及因为她而打了陈白繁两次的事情……

安糯更紧张了,连忙站了起来问了声好。

可出乎意外,陈父看她的眼神很和蔼,声音低低沉沉的,习惯性地带了些生硬:"糯糯来了啊,都长这么大了。"

下一秒,他便道:"你阿姨是不是在厨房?"

安糯:"阿姨在厨房。"

"行,我去帮帮她。"随后,陈父便往厨房的方向去了。

安糯越发坐立不安:"这不好吧,我们两个就在这儿坐着?"

注意到安糯的表情,懒散的陈白繁终于良心发现,抬了抬眼:"那起来吧,我们去把菜端出来。"

两人刚走到厨房门口,安糯听到了里头传来陈父和陈母的对话——

"你今天怎么亲自下厨了?"

"糯糯来了呀。"

很久没吃过自家老婆做的饭的陈父很是忌妒:"那臭小子是不是太不要脸了?要我老婆做饭给他老婆吃?"

"……"

安糯忍不住看了陈白繁一眼。

陈白繁毫无反应,像是没听到一样,平静地往里走。

陈父继续道:"那你明天还做不做?"

陈母:"不做。"

幸灾乐祸似的,陈白繁嚣张地低哼了声。

陈父闻声望了过来,看到是陈白繁,表情微怒,刚想说话,同时注意到他旁边的安糯。陈父立刻转了话锋:"今天买的虾很新鲜。"

"你们出去等吧,快好了。"

两人拿了四副碗筷走到餐桌旁。

安糯觉得有点神奇:"叔叔平时是那个样子的吗?"

陈白繁点头:"他很黏我妈,所以从小就看不得我妈对我好。"

"……"

"见到我妈骂我,他反而开心,然后对我好。"

"……"

"而且从小总是想尽理由揍我。"

安糯愣了下,有点同情:"那你岂不是被打了很多次……"

闻言,陈白繁侧头,神色微妙地看着她。

"也没有。"

"啊?那你——"

"就两次。"他补充道。

安糯:"……"

菜都已经做好了,陆陆续续地被端上桌。

餐桌是圆形的,陈家没有规定谁坐特定的位子,都是随意坐。陈父和陈母靠在一起,安糯则坐在陈母旁边的位子,再旁边是陈白繁。

陈母给安糯夹了块肉,随意问道:"你们两个是不是国庆时要过去川府那边?"

陈白繁点头:"对,已经订了二号那天中午的机票。"

陈母弯眼笑:"我也打算国庆时过去川府一趟。"

没听陈母提过,安糯的表情有点诧异,她的视线一偏,注意到陈父表情更诧异,摆出一副被隐瞒欺骗的模样。

陈母:"应该去个两三天吧,找你妈逛逛街。"

213

陈父也顾不得晚辈在场了,忍不住问:"什么街要逛两三天?"

"那难得去一趟总不能只去一天吧。"

感觉他们似乎就快吵起来了,安糯紧张地在桌子底下掐了掐陈白繁的大腿,示意他赶紧说几句话。

陈白繁又咬了几块肉,咽进肚子里,火上浇油道:"那干脆去够七天吧。"

安糯:"……"

闻言,二老同时开口——

"也行。"

"这怎么行!"

安糯提议道:"要不叔叔也去吧。"

陈父的表情这才好看了些,顺着台阶下:"也好,很久没出去走动过了。"

陈母瞥了他一眼:"你不是跟老张他们约好去钓鱼?"

"临时有事,不去了。"

"几个人全部有事?"

陈父憋闷地看了她一眼:"不是,就我有事。"

融入了他们的相处模式,安糯渐渐也不紧张了,饶有兴致地听着两人一来一回的话。

觉得这种相处格外可爱。

在他们说话期间,陈白繁默默吃完饭,起身把碗放进厨房里,洗了手,拿了个空碗出来给安糯剥虾,剥好了才放到她旁边。

看着她还剩大半碗的饭,陈白繁皱眉,压低声音道:"快吃。"

安糯收回思绪,低头吃饭。

另一边,陈父终于获得同意,对陈白繁说:"给我们两个订三号的机票。"

陈白繁点头,抽过两张纸巾擦手:"知道了。"

一桌人都吃完后,安糯把餐桌收拾好,跟着陈白繁到厨房洗碗。陈父和陈母则到客厅聊天,声音不大不小,听不清在说些什么。

想到菜基本都是他备的,安糯把他从洗手台前推开,积极踊跃道:"我洗吧。"

陈白繁也没拒绝,站在旁边看她。

安糯很少做家务，笨手笨脚的。大大的盘子在她手里摇摇欲坠，仿若随时要滑落，水龙头里的水打在盘子上，水花些微地溅在她的身上。

陈白繁帮她把水关小了一些。

同样察觉到自己不灵活的安糯忍不住道："你出去吧，我洗碗的时候不喜欢有人看着。"

陈白繁挑眉，没半点动静："又不是洗澡。"

"……别胡说八道，"她的耳根红了一块，"你快点出去。"

"你为什么总赶我。"陈白繁刻意提醒，"我刚刚给你剥虾了，给你剥了二十只，毫无怨言，不求回报地帮你剥虾。"

"……"

"可你却对我没有什么表示。"

安糯默不作声地看他。

默契地接收到了暗示，陈白繁弯了下唇，配合地低头，安糯同时踮起脚，做贼般飞速地亲了下他的脸颊。

目标达成的陈白繁没再得寸进尺，抓过她的手冲洗干净。

"行了，一旁待着。"

"看看现在几点了。"陈白繁边熟练地冲洗着碗筷，边说道，"我们晚上八点左右就回去。"

安糯从口袋里拿出手机看了看："七点了。"

陈白繁应了声："以后我过来你也跟我一起过来。"

见安糯没说话，陈白繁又道："我一般一周回来一两次吧。"

安糯知道他回家的频率。以往他如果要回家，也会先帮她准备好晚饭。

连说两句，依然没得到她的回应，陈白繁也不说话了。

三秒后，陈白繁硬撅撅地威胁："你要是不同意的话，就得再给我点表示。"

还在思考中的安糯听到他的话直接笑出了声。

"我没说不来呀。"安糯说，"在想事情而已。"

她只是想起了之前想学做饭的计划一直都没去实行。

陈白繁的工作也挺辛苦的，让他每天下班回来还做饭……

安糯开始愧疚。

过两天她就去报个烹饪班吧……

跟陈父陈母在客厅聊了会儿天,两人待到了八点,便准备回去了。

陈氏夫妇把他们送到门口,陈母牵着安糯的手,和蔼道:"你们路上小心点,回去早点休息。糯糯记得经常过来看看阿姨啊。"

安糯眨眨眼,点头:"以后会经常过来的。"

老旧的房子,楼梯很窄,陈白繁牵着安糯走在前面,把感应灯一一点亮。

两人没有聊天,安安静静地往下走。

走出楼下的大门,往停车位走的时候,安糯才出了声:"叔叔阿姨很可爱呀。"

陈白繁挑了挑眉:"是吗,跟我比呢?"

"……"

安糯的步子小,虽然陈白繁已经刻意放慢了步伐,两个人的位置仍是一前一后。安糯低头踢了踢路上的小石子,冷不丁冒出一句:"我们以后也会那样吗?"

就是生活在一起很久很久了,却依然很相爱。

像他们一样。

陈白繁听出她话里的隐喻,思索了下父母的相处方式,很快便得出结论:"不会。"

这个回应让安糯有些怔住,失落感渐渐涌上,她停下了步伐。

察觉到她的反应,陈白繁回过头看她,继而道:"我爸还是太顾及其他人的目光了,做不到像我这样旁若无人地秀恩爱。"

"……"他到底为什么这么骄傲。

安糯心情逐渐恢复,觉得好笑。

给她开了副驾驶座的门,陈白繁扬眉,绅士道:"你觉得,你风度翩翩的男朋友帅不帅?"

安糯配合地盯着他看:"很帅。"

"那我平时不帅吗?"

安糯点头:"对。"

陈白繁:"……"

他唇边的笑意一僵，站在她旁边不动了。

安糯及时顺毛捋："但情人眼里出西施呀。"

"……"

好像挺有道理。

可就算她这样说了，他也还是没有很高兴是怎么回事。

瞥了她一眼，陈白繁坐上驾驶座。他也没急着发动车子，坐在位子上，不知道在想些什么。

沉默的氛围来袭，安糯瞬间怂了："我跟你开玩笑呢。"

陈白繁没说话。

安糯只好硬着头皮指责："你一大男人怎么这么注重外形？"

"我有什么办法。"陈白繁叹息了声，"女朋友是外协（外貌协会）的啊。"

安糯被他逗笑，凑过去摸了摸他的脸，眼睛亮晶晶的，盯着他看。

她这热切的眼神，难得将陈白繁看得不好意思，他稍稍移开眼："听出你在开玩笑了，我在想事情而已。"

"想什么？"

陈白繁随口扯："我可能要搬家了。"

安糯一愣："为什么搬？"

"我表弟有女朋友了，他需要点空间。"陈白繁闲散道，"其实我很早之前就要搬了，因为你住对面才一直搁置。"

"那你打算搬到哪？"

"北苑。"

从北苑过来这边虽然也就十五分钟的路程，但肯定没有住对门那么方便。

他还没搬走，安糯就开始感觉到不适应。其实他们两个也不是整天都待在一起，不会有多大的影响。

"什么时候搬？"

"下周吧。"

安糯点头："知道了。"

沉默一瞬。

像是发现不直说她肯定不会明白,陈白繁还是选择主动邀请:"你要不要跟我一起?"

安糯蒙了下,反应过来他的意思,手足无措道:"……这、这不太好吧。"

她还要画漫画啊!住一起的话肯定很快就会被发现的。

不过好像只要让他不要在她工作的时候打扰她就好了……

而且她的东西好多好多,搬家很麻烦。

那要不少带点……

不对,这都不是重点。

重点是不能婚前同居!!!

陈白繁故作不明:"为什么不好?"

安糯的内心还没抗争完,随意扯了个理由:"就感觉有点麻烦。"

"是有点麻烦。"陈白繁赞同,"那——"

安糯转头看他,又矛盾地担心他会直接说"那算了",刚想打断他的话,陈白繁紧接着道:"那我搬你那儿去吧。"

安糯瞪大眼睛看他。

陈白繁慢缓缓道:"这好像不麻烦了。"

一时间,安糯也不记得自己刚刚在纠结什么了,挠了挠头:"好像是不麻烦了。"

陈白繁得寸进尺:"那我今晚就搬吧。"

"不是下周吗?"

"安糯,"陈白繁皱眉提醒,"我们不要老是麻烦别人。"

"哦。也对,那你开车吧。"

车子开动了一阵子,安糯看向窗外,后知后觉地反应了过来。

所以他们要同居了吗……

把车子开进了水岸花城,停在了停车位上,陈白繁正想下车的时候,安糯扯住他,结结巴巴道:"你、你一会儿真就搬过来了啊?"

"怎么?你想反悔?"陈白繁平和道。

"不是!"安糯摆摆手,"就是,我那儿没有新的床单——"

安糯的房子是四室两厅,除了书房、衣帽间和她的房间,还有一个空房间用来放杂物。

之前有一次陈白繁在这里午休，隔天安糯便把里头的杂物整理干净，该扔的扔了，而后装修了一番。

风格跟他在何信嘉那边住的房间差不多。

安糯不好意思跟他说，所以陈白繁完全不知道这个房间是什么样子的，只听她含混不清地提过是应书荷的房间。

虽然安糯早就已经买好配套的床单了，但还没洗过，而且还放了几个月。

她思考着，想说让他过两天再搬的时候，陈白繁直截了当地打断她的话："没事，我跟你睡一个房间。"

闻言，安糯阴森森地盯着他。

陈白繁及时改口："没事，我有床单。"

"不过我住哪？你那个朋友来的时候住的那个房间吗？可我不想霸占别人的房间。"陈白繁一脸正气凛然，"所以我还是跟你挤挤吧。"

安糯很无语，直接下了车。

陈白繁也跟着下车，三步并作两步跟上她。

很快，安糯停下脚步，还是忍不住解释："你没有霸占别人的房间。那个房间本来就是给你的，书荷来都是跟我一起睡的。"

"安糯还给我准备了房间啊，"陈白繁温声道，"真好。"

"也不是特意准备的。"安糯神色别扭，声音低若蚊蝇，"而、而且我还没做好准备那什么……"

小姑娘确实不经逗。

陈白繁揉了揉她的脑袋，调侃道："嗯？我也没做好准备呢。"

安糯恼怒瞪他："你怎么可能！没有！"

"是。"陈白繁承认，弯腰抱住她，鼻尖在她颈窝里蹭了蹭，"看你胆子小，所以暂时先不逗你了。"

到 5 楼之后，安糯边往家门走边说："那你先去收拾一下东西吧，我也把那个房间收拾一下。"

与此同时，她听到对面门锁开启的声音，伴随而来的是行李箱轮子滚动的声音。

安糯回头一看，陈白繁正拖着一个行李箱往她的方向走。

"……你好了？"

"嗯，缺了再过去拿。"

安糯又看了他一眼，把门打开，带他到那个空房间。

房间里很长时间没住人，也没打开门窗通风，里边一股霉味。

陈白繁把窗户打开，用指尖滑了一下桌面，薄薄一层灰，他快速收拾了一番，接过安糯手中的拖把拖地，很快就有了些干净模样。

见他额间渗了汗，安糯指着浴室："你先去洗澡吧，明天还要上班，床单我帮你铺就好了。"

安糯动作缓慢地把床单铺好，还有被套，她折腾了半天才弄好。

等她大汗淋漓地从陈白繁的房间出去的时候，他也刚好从浴室里出来。

陈白繁身上只穿着一条短裤，光着上半身，头发湿漉漉的，水珠顺势往下流，从脸颊流到下巴、喉结、胸前……

安糯猝不及防别过脸，非礼勿视般地说："你怎么不穿衣服啊？"

陈白繁顿了顿，安闲自在地往她的方向走。

"我洗完澡不喜欢穿衣服。"

"……"

"安糯，我不反对你也不穿，"陈白繁走到她的旁边，身上带着她常用的沐浴露的味道，低沉道，"所以你也不要反对我，好吗？"

安糯："……"

对他的发言感到震惊万分，她瞪大眼，用力掐了掐他的脸，试图让他这孔雀开屏的模样收敛些。

陈白繁也不躲："怎么？"

"检查一下你的脸还在不在。"安糯一本正经道。

她后退了一步，走到陈白繁背后，双手贴在他腰椎的位置往房间里推。

陈白繁刚洗的冷水澡，身上还冰凉凉的。她温热柔软的手掌贴上时，他身体轻微一颤。他的喉结轻滚，生硬道："你不要碰到我。"

这语气听起来不算好。

他的眼睛黝黑深沉，里头像是在克制着什么情绪。

基本没听过陈白繁用这种态度跟自己说话，安糯愣了下，一脸莫名其妙,也不高兴了:"不碰就不碰。"

说完她便往自己房间的方向走。

因这忍耐而不受控的情绪,陈白繁有些懊恼。

刚想把她揪回来,安糯已经重新走了回来。她站定在他的面前,用力戳了下他的腹肌,眼里多了几分挑衅,语气十分不爽:"凭什么你叫我别碰我就不碰。"

虽然她还没洗澡,但他也不用因为自己洗了澡就这么嫌弃她吧。

陈白繁注视着她,视线缓慢地上下移动着。

他感觉自己的理智像是一个气泡,被她的指尖轻轻一戳,就破掉了。他不再隐忍,抓起安糯的手,放在自己的身上:"你碰。"

没想到事情发展会变成这样,安糯的气焰瞬间熄灭:"算、算了,我、我回房间了。"

"等会儿,让我亲一下。"陈白繁单手托着她的后脑勺,把她压在墙上。他鼻尖抵着她的鼻子,哑着嗓子道,"不碰你别的地方。"

刚刚铺完床,安糯出了一身的汗,此时实在不想让他亲。她抬起头,强行定下心神拒绝:"你快点睡吧,亲什……"

还没说完,他的唇便落了下来。

这次比以往任何一次都要火热,陈白繁卷着她的舌头,温柔细密地横扫过每一寸地方,像是要吞咽进去。最后他还轻咬着她的舌尖吮了下,才退了出去。

陈白繁向后靠了些,不知餍足地轻吻了下她的唇。

他的声音沙哑又低,一字一句地开口。

"你知道的,我已经到了那种——"陈白繁稍顿,像是在思考着该如何形容,"如饥似渴的年龄了。"

安糯还因刚刚的吻脑袋缺氧着,很快反应过来他的话是什么意思。脸红得一下就烧了起来,因为他这过于直白又恬不知耻的话。

她忍不住看向他。

陈白繁的头发还湿着,衬得那双眼睛像是带了水汽,又黑又亮。脸颊难得地晕染上了几分血色,嘴唇还红艳艳的,像是个勾人一块儿沦陷的妖孽。

安糯极为不知所措,下意识把黏在他身上的视线挪开。

"你怎么——"

"这不关我的事。"怕她生气,陈白繁提前撇清关系,"这种生理反应,都是因你引起的。我也只是一个无辜的人。"

安糯:"……"

他勾着唇,理所应当道:"罪魁祸首是你。"

被他这副完全不讲理的模样噎住,安糯忍着"家暴"的冲动,回了房间,以气势无声发泄,重重地摔上门。

结果陈白繁一晚上都没怎么睡好,第二天一大早就起来了。有几分认床的原因,但更多的都是在想着睡在他隔壁房间的安糯。

他洗漱完,翻了翻冰箱,最后还是选择出门买早餐。

陈白繁到附近一家早餐店买了两杯豆浆和四根油条,路过隔壁蛋糕店的时候,他的步伐一顿,走了进去。

他瞥了几眼,挑了一个抹茶红豆小蛋糕,到前台去付钱。

前台站着两个年龄不大的女生,其中一个见到他的时候愣了下,低低弱弱地跟他打了个招呼:"陈医生。"

陈白繁抬起眼睑,在脑海里搜寻了下,但已经记不起她是谁了,只能微笑回应。

等他走了之后,另一个女生好奇地问:"林芷,那个男的是谁啊?"

"我的牙医。"林芷整理着收银台的钱,小声回答。

女生"哦"了一声,半开玩笑:"哪个医院啊?牙医长这么帅,我也去看看。"

"就隔壁那诊所。"林芷的动作停顿了下来,跟她聊起来,"最近有个很火的漫画,你有没有看啊?"

"什么。"

"《温柔先生》。"

"没有,我不怎么看漫画的,怎么了?"

林芷一下子就没了兴致:"……没什么。"

回到家里,陈白繁把早餐放在餐桌上。他正思考着把安糯的那一份油条放在哪的时候,安糯刚好从卫生间里走了出来。

陈白繁扬眉,不太相信道:"怎么起这么早?"

"起来上厕所,"安糯打了个哈欠,往他的方向走,"你出去买早餐了吗?"

"嗯,过来吃吧。"他摸了摸装着豆浆的杯子,"等会儿就凉了。"

因为晚睡,安糯的眼睛有点水肿。她懒洋洋地坐在他旁边,一副睡不醒的模样。

陈白繁到厨房里去拿了两个碗,把豆浆倒了进去,又把油条撕成一段一段的,浸泡在豆浆里,放在安糯的面前。

陈白繁:"又熬夜了?"

安糯含混不清地"嗯"了一声。

看她完全不想说话,陈白繁的声音放低了些:"那快吃吧,吃完回去补觉。"

闻言,安糯抬了抬眼,古怪地问:"你睡得很好吗?"

"是啊。"陈白繁半真半假道,"做了个春梦。"

安糯:"……"

因他的话又回想起昨晚的事,安糯拿脚去踹他,瞬间被他握住了小腿,感觉他用带着薄茧的指腹在上面轻轻摩挲了下。

陈白繁低笑了声:"早上的安糯这么热情吗?"

安糯把腿收了回来:"吃饭!别说话!"

"安糯,你不要刚看过我的裸体就对我这么凶。"陈白繁眼皮耷拉下来,低叹道,"你这样会让我对自己的身材有了怀疑。"

安糯不吭声。

陈白繁:"你认真回答,满意不?"

安糯:"……你可不可以闭嘴。"

陈白繁顺从地闭上了嘴,神色略显颓丧,安静地继续吃早餐。

很不适应他这副模样,虽然知道他大概率是装的,安糯还是忍不住妥协:"我很满意!超级满意!满意到找不到可以挑剔的地方!"

闻言,陈白繁的眉目舒展开来。

他追问:"对我的哪?"

感觉他得不到准确回应就不罢休了,安糯硬着头皮,声音低若蚊蝇道:"你的身材。"

"什么?"

安糯忍了忍,咬着牙说:"你的身材!"

陈白繁总算满意,他扬眉,礼尚往来道:"谢谢,虽然我没看过你的,但很清楚,我肯定也满意到找不到可以挑剔的地方。"

安糯:"……"

时间还早,陈白繁吃完也没急着出门。

到卫生间里把手洗干净,他坐回原处,看着安糯还在小口地吃,便拿出手机,随手点进了微博。看到她的微博还是没有更新,自己的粉丝倒是多了几十个。

置顶博还多了好几条评论。

——糯纸关注你了,你的愿望要实现了。

——莫名就吃了一嘴的狗粮,手动再见。

陈白繁嘴角勾了勾,装模作样地问:"你最近怎么不更新微博了?"

清楚他肯定看到了自己的微博回复,安糯不想回答。

陈白繁耐心十足:"你好久没更新微博了。"

"……"

"你为什么不更新微博?"陈白繁一副苦思冥想的模样。

安糯的脸热辣辣的,又踹了一脚过去:"你管我。"

陈白繁任她踹,忽地捂着只是被她轻轻碰了下的腹部,淡淡吐了句:"重伤了。"

"……"

陈白繁:"你碰碰,好像出血了。"

安糯:"……"

见她还是没反应,陈白繁只好换种方式套话:"你告诉我为什么不更新微博,我可能下一秒就不治而愈了。"

不太想在他面前重复自己在微博上回复的话,安糯英勇赴死般地挑事:"因为我男朋友巨麻烦,让我没时间上微博。"

说完她把最后一口豆浆咽进肚子里,逃亡似的起身,像兔子般地蹦回了房间里。

陈白繁："……"

他抿着唇，给自己灌输着不能跟小姑娘斤斤计较的道理，突然注意到放在一旁的白色袋子，里面装着他刚买的抹茶蛋糕。

陈白繁动作一顿，立刻就转了心思，气定神闲地拿出手机，给安糯发了几条消息。

——我给你买了抹茶蛋糕。

——一分钟不出来我就把它吃了。

安糯："……"

安糯不敢出去，但也不想放弃她的蛋糕：你放着吧，我一会儿出去吃。

陈白繁慢条斯理地回复：还有三十秒。

安糯：我现在还有点饱，你放冰箱吧。

陈白繁：十秒。

安糯几乎要给他跪下了，噼里啪啦地在屏幕上敲打着。

——因为我男朋友巨帅巨可爱，因为他我有时候连厕所都忘了上，更别说微博了。

过了半分钟，那边才有了回复。

——帮你放冰箱了。

"……"

前后态度差别之大，不免让安糯觉得有些好笑。她弯了弯嘴角，把手机丢到一旁，嘟囔了声"真好哄"。她重新倒回床上，睡了过去。

这一觉，让安糯又像是梦回小时候。

一间不算大的教室里，光线有些昏暗，周遭空荡安静。

只有安糯一人坐在角落，沉默翻着眼前的绘本。放在桌子上的水满当当的，她想喝，却怎么都拧不开瓶口。

下一刻，身后伸出一只小小的手，用力地扯住她的头发——

安糯睁开双眼，有些心悸。这梦境真实到头皮都隐隐发疼，她摸了摸自己的心脏，起身到卫生间，平复着呼吸。

怎么梦到的内容像鬼片一样……

安糯打开手龙头，捧了把水洗脸，试图让自己清醒些。她拧开门把手,刚想往外走的时候,突然又转头看向镜子,扬着眉,像小狗似的龇了龇牙。

现在她才不是当初那个一米出头、牙齿丑到炸的小矮子了。

也不会像那个时候任人欺负了。

安糯盯着镜子里的自己,认真点评,给自己底气:"素颜挺漂亮,牙齿整齐干净,脾气——"

她停顿了下,想到自己如今如此迁就陈白繁,果断道:"脾气很好,工作能力不错,家境良好,有几个关系很好的朋友,个子虽然不高但也没有矮到让人难以接受的地步。"

最后,安糯抿了抿唇,有些不好意思。

"还有,男朋友也很喜欢我。"

安糯和陈白繁订的是十月二号中午的机票,而陈氏夫妇则是三号才过去。

回川府的前一天,两人一大早便到陈家。吃过午饭后,陈母翻出许多安糯和陈白繁小时候的照片,摊在餐桌上给她看。

照片上的她,个子矮矮小小的,看向镜头的时候还很刻意地把唇抿着。

掩藏了牙齿的缺点,这样看倒也挺可爱的。

旁边的陈白繁又胖又高,安糯才到他胸前的位置。不知因为什么,他侧头睨着她,看起来一副很不高兴的模样。

脸蛋虽然肉乎乎的,但依稀能看出五官轮廓跟现在十分相似。

陈白繁刚从厨房出来,路过她们两个旁边的时候,恰好注意到照片上的自己,忍不住把相册合上:"别看了。"

陈母重新翻开,满不在乎:"又不是没见过你胖的样子,害羞什么。"

安糯这段时间经常跟着陈白繁来陈家,现在也不像第一次来的时候那样放不开,她重复着陈母的话,一副笑嘻嘻的模样:"又不是没见过你胖的样子,害羞什么。"

陈白繁捏住她的脸蛋,皮笑肉不笑道:"皮痒了吧。"

从房间里拿出象棋的陈父刚好察觉到他的举动,伸手拍了下他的背,冷声道:"我看你才是皮痒得快掉了。"

"……"

瞥见眼前三人同一阵线的模样，陈白繁慢慢松手。

安糯也没当回事，无辜地收回眼，继续翻阅着照片。

陈白繁戳在她旁边不动。

见他还不过来，坐在沙发上等陈白繁跟他下棋的陈父催促道："还不过来？"

陈白繁这才抬起脚，阴恻恻地抛下了四个字：

"第三次了。"

安糯："……"

陈母就坐在旁边看着两个人的互动，笑眯眯道："唉，年轻真好。"

安糯笑笑："阿姨现在也很年轻呀。"

陈母看向沙发的方向，不自觉扯到别的事情上："白繁虽然跟他爸总是一副很不对盘的样子，但他跟他爸最像，也最黏他爸。"

安糯回忆着，笑了："是挺像的。"

"是吧。"陈母也笑，又翻出最老旧的一本相册，"给你看看我和他爸年轻时候的样子。"

安糯低头望去，照片上，女人和男人并肩站着，中间隔了一小段的距离，看起来有些陌生。男人的表情冷硬，像是很不耐烦，女人则羞怯又温柔。

和两人现在的模样差别不大，就是神态差了很多。

"你叔叔这样看是不是很可怕？"陈母半开玩笑。

安糯中规中矩道："看着很严肃。"

陈母叙述起了两人的往事："我跟他是别人介绍认识的，吃过几顿饭自然而然地就在一起了。不过他的话一直都很少，对我也很冷淡，当时我的朋友还一直劝我，跟我说这个人不是良人。

"后来他不知道从哪知道了这件事，也只是很轻描淡写地跟我说他的话本来就少，之后还是一直那副模样。但我最后还是跟他结婚了。"

安糯安静听着，对这个故事十分感兴趣。

"那时候我朋友都说我会后悔，但我其实就是看上了他那副成熟稳重的样子。"陈母不知不觉就打开了话匣子，神情恍惚，"我印象最深刻的一件事情就是，我怀白繁的时候我姐夫在外面有了别的女人。我姐那时候才生了孩子，而我姐夫给的解释就是，他跟我姐结婚就是因为她身材好，现在她身材走样了，是她变了，不是他变心。"

不敢相信真有人能说出这样的话，安糯心里不太舒服："这……"

"见完我姐回家后，我每天都在想这件事情，几乎要得产前抑郁症了。"说到这里，陈母话里带了笑意，"然后你陈叔叔发现了，性格慢慢就变成现在这个样子了。"

每天一下班就回家黏着她，就算她不耐烦也依然好脾气地待在她的旁边。毫不介意她因为怀孕而变得水肿的脸和身材，看到她和别的男人说话还会别扭地套话。

那个严肃话少，看起来十分刻板的男人，变得会在每天睡前跟她说一句"我爱你"。虽然他每次都很不好意思，但一直坚持了那么多年。

到现在依然如此。

只为了给她充分的安全感。

"变化可真大啊。"陈母叹息了声，声音里依然含着笑。

安糯也说："白繁跟我刚认识他的时候，差别也挺大的。"

"是吧。"陈母收回了思绪，"白繁那孩子很黏人，对喜欢的人尤其严重，你没觉得他烦人吗？"

安糯立刻摆摆手："没有的。"

闻言，陈母有些忧愁："我怎么每天都觉得他爸很烦。"

"……"安糯失笑。

"你觉得他烦人别理他就好了。"陈母回想着刚刚看到两人的相处方式，叮嘱道，"别总被他欺负得死死的。"

安糯摇摇头，认真道："他没有欺负我呀。"

一直一直都对她很好，毫不吝啬地表达对她的喜欢，无时无刻不在她面前找存在感，都是想让她也像他喜欢她那样，那么喜欢他。

都是一样的。

一开始安糯喜欢他的原因，也许只是他表现出的模样跟自己心中的幻想重叠在一起。

就比如，陈母喜欢稳重的陈父，她喜欢温柔的陈白繁。

到最后，就算发现他跟自己心目中的那个样子有了差别，不会因为有了一丝一毫的变化就不再喜欢。

只是喜欢的原因，早已有了变化。

只有一个。

他是她的陈白繁。

过了一会儿，二老回房间睡午觉。

安糯和陈白繁把客厅的东西整理好，随后出门到市中心去给安父安母买礼物。

果然，一出门陈白繁就开始跟她算账："我爸刚刚打我你看到了吗？"

"……就轻轻拍了一下吧。"

"他每次打我，你都是亲眼见证的。"

安糯看了他一眼："你想说什么？"

"我没什么意见。"陈白繁"舍生取义"道，"区区皮肉之苦，我怎么舍得就因为这个生你的气。"

"……"安糯默默地走在前面。

陈白繁："不过我爸刚刚真的说对了。"

安糯已经想不起刚刚陈父说什么了："啊？"

"他说我皮痒得快掉了。"

"……"

他做作地抬起手臂："我真的很痒啊。"

"……"

"你帮我挠挠吧，全身都很痒。"

安糯眉角一抽，平静提议："那我们去医院吧。"

陈白繁面不改色："不用，我也是医生。"

"你只是个牙医，治不了——"皮肤病。

没等她说完，陈白繁打断了她的话："你为什么要强调'只是个牙医'？"

"……"他真的能随时随地找到兴妖作怪的渠道。

陈白繁淡声指出："你是不是嫌弃我只是一个牙医。"

挣扎片刻，安糯觉得斗不过他了，妥协道："你哪里痒？"

其实也没什么必须买的,两人就是买些泊城的特产。

虽然在泊城住了五年,但因为很少出门,安糯也不清楚这边的特产是什么,所有东西都是陈白繁带她去买的。

接过老板手中那沉甸甸的袋子,安糯探头往袋里看,没多久袋子就被陈白繁一只手接了过去。他心情甚佳地用另一只手牵她,问:"还要买什么?"

瞥见他掩饰不住的灿烂笑容,安糯脑子断了线,下意识回:"不用了,回去吧。"

两人上了车,安糯垂头系着安全带。

等陈白繁发动了车子,安糯缓过神来,才想起自己刚刚想说什么:"我们好像买太多了,带不了。"

陈白繁没太在意:"带不过去的都给信嘉吧,他什么都吃。"

安糯"哦"了一声:"那我等会儿整理好,你拿过去给他吧。"

"晚点吧。"

"啊?为什么?"

"有事。"

闻言,安糯愣了:"你一会儿还要出去?"

恰好遇到红灯,陈白繁停下车子,侧头看她:"没。"

"那你——"

陈白繁旧事重提:"你不是说回家之后给我挠痒吗?"

"……"

"全身。"

"……"

"我挺着急的,别的事情等挠完再说吧。"

"……"

进门之后,陈白繁随手把东西放在鞋柜上,正想找安糯履行承诺的时候,就见她重新抱起那袋特产往房间走。

他顿了下,也没作声,乖乖地跟在她的后面。

安糯认真地把特产塞进行李箱里,又在陈白繁的帮助下将之合上。

她拿了一个新的袋子,把剩下的特产装进去,递给他:"你拿过去给你表弟吧,然后我要画稿了,你不要打扰我。"

此时,安糯还坐在地上。陈白繁则蹲在她旁边。

听到这话,陈白繁唇角的笑意僵住。随后,他整个人靠在她的身上,脑袋在她颈侧蹭了蹭:"糯糯我皮痒。"

"……"

这完全就是一副讨打的样子。

安糯忍着打他的冲动,劝解道:"如果要我来挠,你可能真的会皮都掉了。"

"没事。"陈白繁挑眉,拖腔调笑道,"多用力都行。"

安糯:"……"

下一刻,陈白繁被突然变得力大无穷的安糯扔出了房间。

他还没站稳,差点被眼前重重摔上的门撞上。很快,房门再度开启,里头的人将那袋特产也扔到他身上。

陈白繁摸了摸鼻梁,在门口站了一段时间。

没等他默数到三十秒,眼前的门再度打开。看到他,安糯愣了下:"你怎么还没走?"

还以为她是出来哄他的陈白繁:"……那你怎么出来了。"

"去书房画画。"她诚实道。

陈白繁强行扯了个笑容,故作无所谓地"哦"了一声。

听到门铃声,何信嘉把门打开,看到门外的陈白繁,懒洋洋地挑了下眉:"难得,有何贵干。"

陈白繁提了提手中的袋子:"带点吃的给你。"

"吃剩的?"

"是啊。"

"……"

何信嘉懒得理他,重新坐回沙发上,看着 iPad 上的漫画。

陈白繁扫视着整整齐齐的客厅,居高临下点评:"可以,终于看见你过成个人样了。"

"一直是人,不用你来鉴定。"恰好把漫画翻到最后一页,何信嘉把它丢到陈白繁的眼前,随口告知,"这玩意儿好像是你女朋友画的。"

陈白繁漫不经心瞥了眼,视线停住。

"今天凑巧翻到的,感觉主角挺像你俩。"何信嘉困倦地打哈欠,"最近安糯微博下面也有一堆人在问她'耳东安安'是不是她的小号。"

陈白繁接过平板,仔细看。

画风确实跟糯纸的十分相似。

陈白繁来了兴致,认认真真从第一话看起。脸上渐渐浮起沉溺其中的笑容,惹得一旁的何信嘉一阵恶寒。

何信嘉忍不住开始从中作梗:"但后面就不太像你了啊,你俩在一起之后的相处方式不是那个样子的。"

陈白繁全身心依然放在漫画中,对他的话毫无反应。

习惯了他旁若无人的态度,何信嘉也不在意,自顾自地下了个结论:"看来你是一个,在一起之后,就完全没了吸引力的男朋友。"

"……"

"可能安糯现在已经开始嫌你烦了。"

陈白繁终于看向他,收起刚刚的表情,脸上毫无情绪。很快,他的嘴角向上一勾,缓缓地露出一个笑容。

他这诡异的反应让何信嘉瘆得慌,点到为止:"我就跟你开个玩笑。"

陈白繁把iPad丢回他怀里,站起身,趾高气扬道:"看看这话。"

何信嘉垂眼一看,是《温柔先生》最新更新的一话。

那是两个主角刚在一起没多久的阶段。

女主角因为是第一次谈恋爱,也不懂得该如何做,为此还特地去翻阅了一些关于恋爱的书籍。总之得出了一个结论:一段感情必须双方同时维系才能长久。

所以第二天,女主角便约了男主角中午一起吃饭。

男主角欣然接受。

那天刚好是情人节,一路上都是情侣,亲昵地牵着手走。只有主角两人中间隔着一段距离,看起来像是两个陌生人。

女主角完全不好意思主动去牵他,也有点气他这副一点都不想亲近自己的样子。况且女主角从小被父母宠到大，脾气也有些躁。

一路上她就一直低头，皱着眉，情绪看着就很不好。

结果两人过马路的时候，男主角趁着人多牵住了她的手，温和地笑："别低头，看路。"

女主角这才顺势开口："你怎么才牵我。"

男主角一愣。

她抬头看他，一本正经："幸好你牵我了。不然你刚刚要是没牵我，我可能已经哭出来了。"

何信嘉一目十行地把内容看完，也没觉得哪不妥："怎么了？"

"最后那句台词，"陈白繁浅浅勾起嘴角，"是我说的。"

何信嘉："……"

因为国庆要回家，安糯前一周就把国庆要更新的那一话完成了一半，此刻也不想画画，心思全放在陈白繁身上。

但她想起陈白繁说的话，立刻又不自在地红了脸。

"气就气吧。"她低喃着。

怎么可能挠全身啊……天天无理取闹。

安糯百无聊赖地看了眼漫画的评论，注意到最新的几十条评论。

——听说这是糯纸画的，我来瞅一眼。

——怎么都在说这个名字……糯纸是谁啊？

见状，安糯的呼吸滞住。

其实她发表这个漫画至今，不是没有收到过这样的评论——说她的画风跟哪个画手的像。但也都只是少数，安糯也没太在意。

像现在这样统一说她是糯纸的情况，是真的从来没出现过。

安糯没有刻意去改变她的画风，因为她也不怕让人发现自己是糯纸。

但这样的话……惊喜就没有了啊。

怎么突然就都发现她是糯纸了……

安糯皱了下眉，上微博看了一眼。

一大堆未关注人消息，问她耳东安安是不是她的"马甲"。她没切换账号，猜也猜得出来小号大概是一样的状况。

安糯哀号了一声，起身想看看陈白繁回来了没有。她刚打开房门，与此同时，陈白繁也从何信嘉那边回来。

两人的视线撞上。

陈白繁神色自若地把大门关好，往她的方向走去。

他走到她面前，完全没有藏着掖着发现了她在画漫画的想法，单刀直入道："听说你最近在画漫画。"

"……"

"作者真实恋爱经历改编。"

"……"

"很愉快的。"陈白繁微微一笑，"你把我画成了个女人。"

安糯："……"

CHAPTER. 9

男版小公主

他的话,让安糯联想到自己最新发的那一话内容。她有些心虚,又莫名想笑,死鸭子嘴硬:"我不知道你在说什么。"

陈白繁利落地拿出手机,在网页上搜索了那部漫画,放到安糯的面前给她看。

余光瞥见屏幕上那个跟自己"朝夕相对"的漫画,安糯假作不知,疑道:"这漫画画的是牙医呀?"

盯着她的表情,陈白繁默不作声地扯她一块儿坐到沙发上。

安糯内心越发不安:"你要干吗?"

陈白繁单手撑着扶手,懒洋洋道:"你看看这漫画。"

在他面前看自己的作品,安糯莫名有种羞耻的感觉。她果断拒绝:"我看这漫画干吗?我还要画稿子。"

"你就陪我看看。"

"我要不陪你看电影吧,你不是说想看那个什么——"还没说完,安糯注意到陈白繁的表情,瞬间改口,"唔,那就看看这漫画吧。"

像只黏人的猫,陈白繁满意地靠在她肩上,跟她一起再看了遍。

虽然安糯时常会反复回顾之前的内容,但还没试过像今天这样从第一话看到最新一话。渐渐地,她便入了神,很快翻到了最后一话。

两个主角在一起之前,安糯确实还是按照他们的经历画的。

但编辑建议男主角的性格转变有个过渡,安糯憋了许久,也只憋出了两人相处成了相敬如宾的那种模式。

后来安糯灵机一动,干脆把女主角的性格变成陈白繁的。结合漫画里女主角之前的所作所为,这样的转变也不算奇怪。

安糯是真的考虑过把陈白繁变回男主角……

就是需要个转折,过渡一段时间。

可现在她还没找个那个时机。

安糯眼观鼻，鼻观心，中规中矩点评："这漫画画得还行。"

陈白繁瞥她："这就是唯一的感想？没其他的了？"

安糯沉默片刻，含混不清道："男主角有点像你。"

"还有吗？"

"……女主角也有点像。"

陈白繁拖着腔"噢"了声："那你评价一下男主角吧。"

为了哄他开心，安糯只好绞尽脑汁，尽量给出能让他满意的答案："帅、性格好、专一，大概是所有人心目中的男神吧。"

越听，陈白繁原本略显傲慢的模样越不自在。

"我也没你说得那么好。"

"……"

虽然她确实是在夸他，但并没有承认这部漫画是她画的啊。

"不清楚为什么你后面要给咱俩转换性别，不过这里，"陈白繁翻回漫画的第二话，指了指其中一个场景中的"她"，低喃道，"你不是戴着围巾的。那时候，你是抱着围巾。还有这里……"

"你把你变成我之后，性格也不对。你一般都会跟我奓毛一下再妥协。"陈白繁的语气带了些惋惜，"你现在的内容改得太柔和了，原本那样多可爱啊。"

安糯："……"

因为她发现，把她转换成男生，倒真有点陈白繁说的那种……渣男的感觉。

安糯只好多次修改她的台词，改到最后，就变成了一个性格几乎毫无缺点的男人。

"如果你想给我惊喜，不要觉得惊喜就这样没有了。"陈白繁的声音忽地变得柔软，语气认真，"因为不管我什么时候知道，只要是你给的，对我来说都是一样的。"

一样高兴，一样惊喜。

甚至更甚。

安糯内心触动，开始动摇，也不知道该不该承认好。

237

见到她这副模样，陈白繁不自觉打趣："我不知道你想不想让我知道。既然你不说，那我就装作不知道吧。"

"……"这还叫装作不知道吗？

感觉自己被耍弄，安糯瞬间变脸，不乐意了："你怎么这样。"

陈白繁扬眉："我怎样了。"

"你很烦！"

"你怎么又觉得我烦了，我哪烦了？"陈白繁无奈道，"你说，我哪里烦。我看看我能不能改，改不了的话——"

"你看看能不能喜欢上我这一点。"陈白繁沉吟，吊儿郎当地重复她先前的话，"看在我大概是所有人心目中男神的分儿上。"

"你别说了，"安糯忍受不了般捂住他的嘴，"是，我不想让你知道。"

"好，"陈白繁很听话，"那我不知道。"

安糯："……"

隔天下午，两人到达川府。出了机场便直接拦车回家。

陈白繁摸了摸她的肚子，关心道："饿了没有？"

安糯不想理他，轻轻哼了一声。

见她还在因为漫画的事情生气，陈白繁叹了口气："最近糯糯的脾气有点臭。"

听到这话，安糯瞬间炸了，刚想骂他，下一秒就听到他补充说："但还是比不上繁繁的万分之一。"

安糯："……"

她有些措手不及，抿着唇，忍着嘴角上扬。

想了想，安糯不再计较，只是提醒："我完结之前，你不要去看了。"

陈白繁很识时务地故作疑惑："看什么？"

安糯没说话。

过了半响，陈白繁还是忍不住，非常做作地问："我最近看了一个漫画，你说那个作者怎么知道没谈过恋爱的人会特地去看关于恋爱的书籍？"

安糯也非常做作地答："……可能因为那个作者也没谈过恋爱。"

"我之前想追你的时候，还特地去问过我表弟怎么追。"陈白繁慢慢回忆,"后来我还特地去看了他写的几本追女生的小说。"

安糯好奇:"然后呢?"

"然后?一点用都没有。"

"……"

陈白繁想起何信嘉的小说,乏味地摇了摇头:"他写男人追女人的姿态都是一副矜持高冷的模样。"

"这样追可不行。"陈白繁不以为然,语气带着骄傲,"安糯只喜欢我这种,脸皮厚到她心里去的。"

"……你闭嘴。"

两人到安家时,安母刚好把饭做好,安父则过来给他们开了门。

陈白繁礼貌弯了弯唇角,喊了声"叔叔",这才换了双室内拖鞋。

安糯的家是一套复式房,主人房和安糯的房间都在二楼,一楼有两间客房。安糯带着陈白繁走到其中一间客房,顺便把两个行李箱都推了进去。

二老还都在外边等着,想着陈白繁这段时间要在家里住,安糯安抚道:"你不用紧张,我爸妈人也很好。"

"知道,我还记得他们。"陈白繁笑道。

突然想起些什么,安糯将其中一个行李箱放倒,拉开,把给父母带的礼物和特产都拿了出来:"明天叔叔和阿姨过来,是不是也是住家里?"

陈白繁摇头:"他们住酒店。"

注意到他的话确实变少了,安糯忍不住嘲笑他:"你还真的紧张了呀?"

陈白繁沉默了几秒,语气有些懊恼:"我觉得自己可以表现得很好。"

"那你——"

"可我还是紧张。"

安糯弯了弯唇,坐在行李箱旁边看他:"没关系。"

"嗯?"

"如果你表现失常了,我帮你收拾烂摊子。"

陈白繁一点都不想出师不利,扯起安糯往外走,重燃斗志:"不会出现那种时候。"

觉得自己情话超常发挥的安糯:"……"

出了房门，看到他俩，安母立刻喊："快过来坐。"

两人到餐厅坐下，安父坐在餐桌的主位，他的两侧是安母和安糯，陈白繁顺势坐在安糯的旁边。

安母盯着陈白繁和安糯看，突然叹息了声，转头问安父："你说别人家的小孩怎么都长得这么好。"

安糯："……妈你什么意思。"

陈白繁笑了笑："阿姨，我妈看到安糯时也这样说。"

听到这话，安母的神色明显愉快了不少。她浅浅扯起嘴角，嘴上却不留情："你妈妈也是，跟小孩说什么客套话。"

"……"

知道安母还在气自己找了对象却瞒着她的事情，安糯忍了忍，没吭声。

安父适时出面，扯开话题："白繁，你爸妈明天过来是吧？让他们来住家里吧，也别浪费那个钱出去住酒店了。"

"他们已经订好酒店了。"陈白繁犹豫了下，也不太确定，"我一会儿再问问吧。"

"行，你先问问。"安父笑，"那你们赶紧吃完去洗个澡吧，回来一趟也累了。"

饭后，陈白繁和安糯被安氏夫妇两人赶去洗澡。

安糯到他房间，给他递了新的洗漱用品，才回到二楼。

陈白繁洗完澡，把头发吹干，整理了下仪表，拿着礼物和特产走到客厅。

安糯似乎还在洗澡，安母也上了楼。客厅里只有安父一个人，陈白繁把东西放在了茶几上："叔叔，这是给你和阿姨的。"

安父皱眉："怎么还带那么多东西来了。"

"也不多，都是糯糯想给你们买的。"陈白繁坐到他旁边，解释道，"她说你们喜欢吃泊城的特产，买了一大堆，装不下，这还是少部分。"

之前安糯回来可没带过这些。

安父也没拆穿他，问："怎么不去休息会儿？"

"这么早也睡不着，干脆出来跟您聊聊天。"

两人有一搭没一搭地聊了起来。

不知不觉就聊到了从前，安父叹息了声："以前我和你阿姨工作都太忙了，幸好有你照顾糯糯。"

陈白繁摇头，没轻易认下这个功劳："也谈不上照顾，就小孩子之间的玩闹。"

安父苦笑："我那时候也觉得只是小孩子的玩闹。"

陈白繁沉默，也不知道该说什么。

安父回想起小时候的安糯。

有一天晚上，他循着哭声走进她房间里，就看到她躲在被子里哭。被发现了之后，她也不敢冒出头来，可怜巴巴地问——

"爸爸，我为什么长不高啊？

"爸爸，为什么没有人跟我玩？

"爸爸，妈妈叫我道歉，我没有道歉，是不是我错了？"

又想起了那时候的陈白繁，小而稚嫩的脸上是严肃又是愤怒："叔叔，安糯在学校被欺负了，他们不是开玩笑的，是真的欺负她。"

安父拍了拍他的肩膀，声音低不可闻道："好孩子。"

见时间不早了，陈白繁没多打扰，很快就回到房间把行李箱整理好，这才准备睡觉。他刚爬上床，门便被人从外边推开了。

安糯穿着睡衣走了进来，看到床上的他，愣道："你要睡了吗？"

陈白繁盘腿坐着，懒洋洋地问："你要跟我一起睡？"

"不是，"安糯走过来把他的头发揉乱，"我看看你还有没有什么缺的东西，没有的话我也回去睡觉了。"

他任由她揉："缺个安糯陪我睡觉啊。"

安糯面无表情地看他，毫不留情："以往都没有安糯陪你睡觉。"

"你觉得我是这么没有追求的吗？"陈白繁古怪地看着她，"我以前也没有个安糯给我当女朋友啊，现在还不是有了。"

安糯推开他的脸，红着脸道："行了你快睡吧。"

陈白繁将她拉回来，抱在怀里，没再开玩笑："安糯，你该好好想想了。"

安糯疑惑道："什么？"

"以后你想待在哪？"

安糯想了想，很配合地回复："你心里。"

被她这突如其来的情话弄得一愣，陈白繁没憋住笑："我是说——

"你以后是想待在川府这边，还是泊城？"

安糯没反应过来："啊？你紧张得想回泊城了吗？"

"当然不是。"陈白繁无可奈何，"我是问，以后你要不要回川府这边住。"

"……"安糯倒真没想过这个。

她其实待在哪里都无所谓……

工作没有固定限制的地点，安糯也不喜欢外出，况且从泊城到川府也不远，她想回家的话什么时候都可以。

注意到她的表情，陈白繁一本正经道："你不用因为我的工作将就自己跟我待在泊城，反正换份工作也没多——"难。

剩下的话没说完，陈白繁顿住，改了口："不过，我找不到工作，好像也没什么。"

安糯没懂他想表达什么，但还是很认真地给他信心："你肯定不会找不到呀。"

"找不到的话，就有更多时间陪你了，就是吃穿住行有点问题……"陈白繁设想着这个情景，反而期待了起来，"你包养我吧。"

"……"安糯沉默了下，"我能拒绝吗？"

"可以啊。"陈白繁淡声说，"反正我沦落到独自一人在深夜里无处可去，被寒冷折磨得麻木不仁的时候你是不会看到的。"

"……"

"我饿到头昏脑涨、呼天抢地的模样你也不会看到。"

"……"有那么严重吗？

安糯没作声，迟疑着用两只食指把他平直的嘴角向上提。

陈白繁瞥她，猜测道："你是要我坚强吗？"

这举动的意思不就是，遇到再不好的事情，也要微笑面对。

"没有。"安糯被他这歪到八百里外的想法逗笑了，"我只是感觉你说这种话的时候，笑着好像更有感觉一点。"

"行。"陈白繁欣然接受了她的建议，"那我下次注意点。"

"……"

"你为什么摆出一副这么无语的样子。"陈白繁理所当然道,"我要听取你的建议,才能有更深层次的进步。"

"……"作妖也那么有讲究的吗?

安糯还想说什么。

下一刻,陈白繁站了起来,低头吻了吻她的唇。随后像个达到了目的就转眼无情的人,立刻扯着她走到门口,赶客。

"好了,亲了,回去睡吧。"

他这语气就像是,自己这趟前来,就是为了他的一个吻。

安糯蒙住,恼怒道:"谁、谁要你亲了!"

陈白繁光明磊落地承认:"我。"

我。

我要我亲你。

安糯:"……"

"你别在我这里待这么久。"见她待的时间有些长了,陈白繁意有所指道,"我如饥似渴可能是不分场合的,希望你能明白。"

她感觉自己就像只招之即来,挥之即去的小狗。

安糯有些不爽:"你是不是就是想睡觉了。"

"不是。"说着,陈白繁也没再开玩笑,诚实道,"我怕你在我这里待这么久,你爸妈会想多。然后对我的印象变差。"

他不自在地挠了挠头,看起来像个大男孩。

倒是没想过这个,安糯因他的话,嘴唇也隐隐发烫了起来。她站起身,做贼心虚地说了句"睡觉吧",便跑回了二楼。

安糯钻进被窝里,想着陈白繁刚刚的问题。

——"以后你想待在哪?"

她不由自主地弯起唇角,不知不觉就睡着了。

陈父陈母到川府后,两家人约着在外面吃了顿饭。

几位长辈的聊天内容虽然大多围绕着他们两个,但两人也不太插得上话,只默默地吃着饭。

安糯还是晕乎乎的。

怎么就突然双方见家长了……

他们好像也还没到那种谈婚论嫁的时候。

唔,也才在一起半年。陈白繁应该也会觉得还早吧。

反正没看出他有那种意思。

想起陈白繁的微博名字,安糯思考着。

那样的应该不算吧。

面前这样的场景,让安糯渐渐地回想起了许多年前。她忽然用手肘碰了碰陈白繁的手臂,压低了声音道:"你以前为什么老欺负我?"

陈白繁咽了口中的饭:"我什么时候欺负你了?"

"反正就记得小时候你对我特别不好。"安糯很记仇。

陈白繁一脸冤枉:"我对你哪里不好了?"

安糯对这件事印象很深刻:"我第一次见到你的时候就被你骂哭了。"

"嗯,你哭了。"陈白繁的嘴角扯了扯,平直叙述,"然后我被我爸打了一顿,从此之后把你当作祖宗一样供着。"

"……哪有。"安糯眨了眨眼,不服气道,"你还老骂我啊,对我进行人身攻击。"

"你说我骂你'矮子'的事?"陈白繁垂着眼眸,帮她挑掉鱼刺,"这不是好玩点吗,有来有回的。不然就你单方面骂我多没意思。"

安糯严肃声明:"我不觉得没意思。"

陈白繁无奈:"那行。你现在都骂回来,我不还口。"

安糯张了张嘴,一时间完全无从骂起:"那我骂你什么?"

陈白繁停下了手中的动作,服务周到地帮她想:"玻璃心,黏人鬼,做作的男人,男版小公主,一天不闹仿佛天都会塌下来的傻……"

见陈白繁几秒内就能这么流利地说出一大串他的缺点。

安糯觉得足够了,打断了他的话,满脸犹疑:"你真的不骂回来?而且之后也不会生气?"

陈白繁很包容地点头:"当然。"

"玻璃心。"

"是我。"

"黏人鬼。"

"也是我。"

"做作的男人。"

"嗯。"

忽然感觉周围气压骤低，安糯硬着头皮，艰难地继续："男版小公主。"

为什么明明是她在骂他，却完全享受不到骂人的快感？

陈白繁仍微笑着："是我啊。"

安糯决定不再折磨自己："算了，到此为止。"

过了片刻。

"先强调一下，我没有生气。不过，"陈白繁的嘴唇依然扬着，看起来却有些瘆人，"我没有想过自己在你心目中居然是这个样子的。"

安糯："……"

怎么还开始倒打一耙。

陈白繁温和地说："再强调一遍，我没有生气。"

安糯侧头，看着他这副装腔作势的样子，破罐子破摔："知道了。"

"……"

"我就喜欢你这么大度量的人。"

陈白繁："……"

饭后，安父安母两人先回去。

陈白繁开车把父母送到酒店，跟他们道了别之后，他才发动了车子，带着安糯往安家的方向开去。

陈母被陈父牵着手，站在原地看着车子渐渐远行。这场景显得有些萧瑟，她纳闷道："我怎么感觉嫁了个女儿出去。"

陈父决定帮陈白繁说句话："不是，是我们的儿子选择'入赘'。"

"……"

第二天，安母和陈母约好一起出去逛街。陈父不太想动弹，也不想一人待着，便到安家来跟安父下棋。

安糯不想陈白繁到这里一趟也只是整天窝在家里，带着他在附近逛。

川府是一线城市，国庆长假的时候，市中心的人流量更大。

安糯逛了一会儿就觉得烦，扯着他走进一家奶茶店，点好饮品后，找了个位子坐下。她双手捧着一杯奶茶，低声嘟囔着："以后还是待在泊城吧。"

陈白繁没听清："嗯？"

"我大学毕业的时候没回川府，就是觉得，"安糯思考了几秒，继续道，"川府的生活节奏好快，路上的人好像都不会走路，全部都在跑。"

陈白繁不是很在意："他们跑他们的，我们走我们的。"

"我还是喜欢泊城这样慢节奏的城市。"安糯抿了抿唇，垂着眼没敢看他，"感觉很适合我这样的人长久定居在那儿。"

她的余光看到他似乎怔了一下。

很快，陈白繁伸手捏了捏她的脸，声音带了笑意。

"是啊。"

适合他们两个，一起长久地定居在那儿。

陈父和陈母坐五号的飞机回泊城，送他们到机场后，两人返程。

安糯想起一件事："我们回去的机票你订的是什么时间的？"

"七号早上九点吧。"

安糯犹豫着问："你是不是八号要上班了？"

闻言，他的嘴角浅浅勾了起来，反问道："怎么了？"

"我爸妈说让我过完生日再回去，他们说我好几年没在家里过生日了……"安糯小心翼翼道，"你看看机票能不能改时间，我晚一点再回去吧。"

陈白繁沉默下来。他开着车，良久后才开了口，语气听起来有点低落："嗯，回去再看。"

察觉到他似乎不太高兴，安糯不安地揉搓手指，补充说："我也不会晚多久，应该生日后过两天我就回去了。"

见状，陈白繁也没再摆谱，略显无奈："看来我在你心中确实是一个十分小家子气的男人。"

安糯无辜道："我明明前几天还夸你大度量了。"

"是。所以你大度量的男朋友同意了，"陈白繁难得没跟她计较，"你想什么时候回来都可以,只要高兴就行。但记得每天给我打十通电话。"

"……"安糯被那个数震撼到。

陈白繁挑眉:"需要我告诉你具体什么时间打吗?"

安糯满脸无语:"你说。"

他像是背书一样,很顺畅地说出了十个时间点:"早上起床后,吃早饭前,吃完早饭,午饭前,午饭后,午睡醒来后,晚饭前,晚饭后,画完稿之后,还有睡之前。"

虽然勉为其难能接受,但安糯不太能理解:"为什么吃饭前也要打?"

陈白繁理所应当道:"饭前饭后听到你的声音,就可以假装跟你一起用餐。"

"……"

"别的时间你想打也行,但不算在这十个时间里,你少打一个——"陈白繁顿了顿,威胁道,"第二天你就得给我多打十个。"

安糯心里不太平衡:"怎么不是你给我打。"

陈白繁沉默了一瞬,自然而然道:"我打的话就不是十个了。"

能猜到他接下来想说的话,安糯表情无语:"你太夸张了。"

陈白繁左侧眉梢向上扬,平常道:"大概是一千个吧。"

"……"她原本以为他会说一百个,"知道了。"

七号下午,陈白繁独自一人回到泊城。跟安糯通完电话,他坐在沙发上,忽然叹了口气,随后拿着钥匙出了门。

陈白繁开车到自己在北苑买的那套房子。

原本的装修风格偏冷,所有一切都以简单舒适为主。但跟安糯在一起之后,陈白繁再度联系了装修公司,重新画了设计图装修。

前阵子就已经装修完毕。陈白繁只来过一趟,检查了下房子有没有什么问题,顺便放了些东西在这边,之后再也没来过。

房子现今的色调偏粉,灯光偏暖色。空间虽然没有在水岸花城的那间大,但看起来温馨又精致,是安糯会喜欢的风格。

走进卧室里,陈白繁蹲在床头柜的旁边,拉开柜子。

里面放着一个红色的戒指盒。

用指腹抚摸了下戒指盒,陈白繁没有拿出来,很快便把柜子关上。

过了一会儿,已经走到客厅的陈白繁又回到卧室,把戒指盒拿了出来,放进口袋里。

另一边,安糯百无聊赖地刷着微博。

不知不觉就点进了陈白繁的主页,发现他的关注列表里只剩下"糯纸"一个人,粉丝量倒是多了好几百。现在都快破千了。

安糯疑惑地点进他置顶微博的评论里看了眼。

@二十八岁前娶到糯纸:现在二十七岁半。

——博主是温医生的原型吗?

——啊啊啊天哪!所以你们结婚了吗?

——糯纸和安安到现在都没发微博澄清……感觉应该就是同一个人了……那他肯定就是原型啊!!!

——好羡慕啊!好想知道你们两个长什么样!

刷下去全是这样的评论。

安糯抿唇,有些纠结地挠了挠头。很快,她打开了备忘录,很正式地打了几段话,截了图,发在自己的两个微博号上。

很抱歉,在这里承认,@糯纸和@耳东安安,确实是同一个人。起初只是因为不想把自己的心思放大来给别人看,所以注册了小号。但后来,我突然想把自己所有的想法,所有表达不出的东西都让他知道。想让他清楚,我的视角里的他是什么样的。不是有意欺瞒,再次抱歉。

另外,我绝对不会曝光照片。我和他都是普通人,也会有争吵和磨合不好的地方,但因为喜欢,那些都显得微不足道。所以我画出来的内容,也就显得十分美好。

我并不希望因为这个影响到我和他的生活,希望各位理解。

祝大家生活愉快。

林芷就读的大学就在本地,是泊城的一家艺术学院。离家就一个小时的车程,所以她来回十分方便,每回放假总是在家里耗到很晚才出门回学校。

七号晚上，林芷吃完晚饭才坐车回到宿舍。

正在卸妆的舍友小文随口道："林芷，回来啦？"

林芷点头，叹息道："假期真的过得好快啊。"

"你多幸福啊，家就在这边，什么时候回都行，我下次回去可就是寒假……"

她的话还没说完，躺在床上的另一个舍友小余突然坐了起来，兴奋地叫了一声："啊啊啊啊！我喜欢的两个大大真的是同一个人啊！"

林芷来了兴致："你喜欢谁呀？"

"糯纸和耳东安安啊！"小余捂着胸口，尽量平静地答，"糯纸我很久之前就喜欢了。那时候喜欢耳东安安也是因为她的画风跟糯纸很像，而且刚好糯纸好久没出作品了，我就……就变了一会儿的心，但没想过她们两个会是同一个人啊！"

听到自己知情的事情，林芷有些得意，语气不自觉地夸张起来："你怎么才知道？"

"之前都在怀疑啊，但糯纸今天才承认了。"小余不太喜欢她的语气，但因为高兴也不想计较，"怪不得她之前都不发博了，原来跑去画漫画了。"

林芷靠在梯子旁边，感觉自己认识到了名人，控制不住地嘚瑟："我认识漫画里的温先生，糯纸也见过，所以我早就知道她们两个是同一个人了。"

小文大笑："你别吹牛了。"

林芷不高兴了："我怎么就吹牛了？我还有照片。"

听到这话，小余好奇了："你真认识啊？"

不想被她们质疑，林芷拿出手机，翻了半天才翻出照片。

安糯的照片是她从她哥的手机里找来的，陈白繁的则是她偷拍的。

有一次她路过温生的时候，恰好看到安糯和陈白繁走了出来。她还偷偷摸摸地拍了一张他们的合照。

林芷把手机递给小文。小余也顺势从床上爬了下来，凑过来看。

见状，林芷勾了勾嘴角，虚荣心一下子就膨胀了起来："温医生的原型是我的牙医，糯纸是我哥的朋友，是她亲口跟我哥说她是糯纸，耳东安安是她注册的小号，所以我早就知道她们是同一个人了。"

小余羡慕道:"你哥跟糯纸很熟啊?"

林芷面不改色地撒谎:"是啊,不然她怎么会跟我哥说这些。"

小文不怎么相信:"你随便给张照片就能说明是他们了啊?这样的照片我在网上也能找几百张不重样的。"

说什么她们都还是怀疑,林芷也觉得火大,又大声给了个解释:"糯纸本名叫安糯!温医生本名陈白繁!耳东安安,你自己想想吧,这不就是两个人的姓吗?"

"哦,这样啊。"见林芷这模样,小文勉强相信了,她又看向照片,忍不住犯花痴,"这牙医真的好帅,啊啊啊太帅了吧。"

小余凑过来一起看:"确实好帅!这是你偷拍的?随便拍一下都好好看……"

小文啧了一声,开始点评旁边的安糯:"但这女的长得一般啊,而且好矮,像豆芽菜。"

因为喜欢了许久的画手大大被喷,小余不高兴地顶嘴:"我觉得她很漂亮。而且漫画里画的就有身高差,看起来很搭。"

小文冷哼,没再说话,把这三张图发到自己的手机上。

林芷愣了,皱眉道:"你干吗?"

小文晃了晃手机:"发微博啊。"

小余瞪大眼,立刻扯住她的手机:"你疯了吧,糯纸刚刚才发微博说不想曝光自己的三次元,你这种行为不太好吧?"

"这有什么。"小文不爽地拿回自己的手机,"而且她画这种漫画不就是想红吗?我发微博给她炒热度她还指不定多高兴呢。"

小余气死了:"林芷你说句话啊!"

林芷也开始惶恐。安糯那张照片是林为偷拍的,发出去后,林为肯定就知道是她生的事了。她伸手去抢小文的手机:"这不好吧……"

小文一下子站了起来,恼火道:"你们干吗啊?我就想发,你们管我。"

说完她便起身出去,用力地把门摔上。

小余还想说些什么,林芷拉住她,小声道:"唉,算了,随便她吧,反正她发了别人也不一定看得到。"

小余着急道:"怎么可能!她微博粉丝几十多万啊!是个大V号!"

林芷愣住了："不是吧……"

"我之前关注了她，给你看看。"

小余翻出小文的主页，一瞬间就看到她一分钟前发的微博。

@文文文文的八卦日常：哈哈哈哈我的天啊，发现《温柔先生》的作者以及原型居然跟我在一个城市，我舍友认识他们！给你们看！女生叫安糯，男生姓陈！所以作者才叫耳东安安，牙医真的好帅啊啊啊啊！

微博正文下面还附着三张图片。

林芷呼吸一滞，把小文的手机抢过来，点开那条微博来看。

才发了这么短的时间，就已经有几十条评论了，但大多数都是在发问号，问《温柔先生》是什么，剩下的都持着半信半疑的态度。

林芷拿起自己的手机拨通了小文的电话，那边直接掐断。她气急了，直接爆了粗："她是不是有病啊？"

小余也很不知所措："……她一直那样，很烦的。"

"现在怎么办啊，也不知道她跑哪去了……"林芷边说边给小文发短信，一副抓狂的样子，"怎么办啊！"

林芷：快点把微博删掉！

林芷：你是不是脑子有问题啊？我给你看不代表同意让你发微博啊？

那边没半点回应。

林芷再刷新的时候，评论量和转发量都已经过百了。

——真的假的啊？温医生好帅！安安好阔（可）爱！

——这女的有一米五吗……

——《温柔先生》是啥？最近的剧吗？

——博主有毛病吗？糯纸刚刚说了不想曝光自己的三次元吧？举报了。

——诶，这医生好像是我家附近那个牙科诊所的……

——博主删微博行吗？想红想疯了吧？

——@耳东安安，大大！真的是你吗！

林芷咬了咬牙，破罐子破摔，再度给小文发了条短信：反正我不管了，你爱发就发吧，后果你自己承担。

吃完晚饭,安糯照常想给陈白繁打电话时,应书荷给她来了电话。她瞥了眼时间,猜测到对方的来意,接了起来。

正想指责对方记错了她的生日,应书荷的声音顺着听筒传了过来,带着急切和不知所措:"糯糯,你快看微博……天哪,怎么有这种人啊!"

安糯愣了:"怎么了?"

应书荷飞速道:"你去看看,有个博主发了你跟陈医生的照片。我已经私信过她了,让她把微博删了,但她没听,直接把我拉黑了。"

安糯还有点没反应过来:"为什么发我和陈……"

还没说完,她突然意识了些什么,把剩下的话咽了回去,轻声说:"好,我先去看看。"

安糯挂了电话,登上微博。

她在圈①她的人里扫视着,很快就找到了那条微博。安糯的表情冷了下来,翻阅着那三张照片。

她的那张照片大约是她大二的时候,是在教室里被人偷拍的,还留着披肩的黑发。出门的时候连妆都懒得化,看起来像个初中生一样。

也猜不到陈白繁是什么时候被人拍的,照片上的他头发还没有染色,就像是她一开始见到他的那个模样。

还有两人的合照,是从背后拍的,安糯站在陈白繁的旁边,被衬得十分矮小。

安糯没有翻评论的心情,她完全克制不住自己的火气,思考着如何让影响力达到最低,直截了当地私信了那个博主。

——我不知道你是怎么找到这些照片的,但请你现在立刻把微博删掉。并且重新发一条微博,解释之前的图都是虚假的,否则我绝对追究到底。

几乎同时,安糯发过去的话就显示了"已读"。

那边回复得很快:哇,本尊?

文文文文的八卦日常:哈哈哈哈大大承认这些照片确实是你们的吗?

安糯皱眉:这跟你有什么关系?

等了一会儿,对方都没回复。安糯随手点开对方的主页,这才注意到

---

① 网络用语,通知某人,提醒某人。——编者注

这个博主又发了一条微博。

@文文文文的八卦日常：证明一下！本尊都来找我啦，肯定是真的！博主带的图片是跟她对话的截图，用马赛克把后面的话都涂掉了，只留下了一句：我不知道你是怎么找到这些照片的。

完全不敢相信对方能做出这种无耻的行径，安糯越发恼火，冷笑着再度发了句话过去：你觉得隔着一道屏幕我就找不到你是吗？

她把微博关掉，拨通了一个相熟的律师的电话，询问了一番之后，才冷静下来。

半晌，一直没等到她电话的陈白繁总算忍不住，主动打了过来："你怎么还没给我打电话，这才第一天你就没遵守，是想等明天给我打双倍的？"

听到他的声音，安糯的眼眶不由自主地红了："陈白繁……"

陈白繁一愣："怎么了？哭了？"

安糯抬手揉着眼睛，愤怒地把旁边的枕头扔到一旁："气！死！我！了！呜呜呜呜真的气到我想哭……怎么有这种人啊呜呜……"

虽不知道发生了什么，陈白繁只觉得是自己的问题，立刻低头认错："对啊怎么有这种人，哪有人每天要别人打十个电话，黏人还有道理，脑子有问题。"

安糯心里的难受感因他的话消散了几分。她呆呆地眨眼，豆大的眼泪掉了下来："我、我没说你。"

那头顿了一下，随后长长地松了口气："那你怎么了？"

"微博有人发了我们两个的照片，说是我画的那个漫画的原型。我让她删掉她还不删。"安糯简单说了事情的原委，把眼泪擦干净，"不过你别担心，我会解决的。"

陈白繁沉默了会儿，很快便继续安抚道："别哭了，不是多大事。"

"我不是怕。"安糯皱了下眉头，很认真地澄清，"我完全是被气哭的。"

"……"陈白繁忍不住笑了声。

"早知道这么麻烦，我就不发出去了。"想到微博上一些网友对他长相的恶意攻击，安糯真的好生气，也很后悔。

陈白繁眉眼一挑，不悦道："你后悔了？"

"嗯。"安糯低声道，"如果知道会这样，我就只画给你一个人看了。"

这答案陈白繁还算满意，神色瞬佳："不用后悔。毕竟我也挺喜欢这种，所有人都知道安糯对我深爱无比的感觉。"

"……"

"别哭了，我没觉得困扰。"陈白繁没再逗她，轻声安抚，"那些人喜欢说就说，嘴长在他们身上，说什么都跟我们没关系。你不要因为这个影响心情。"

安糯"嗯"了声，心情不知不觉就平静了不少。

陈白繁："先去洗澡，别再哭了。"

挂了电话，陈白繁上微博看了眼，盯着那些难以入目的不堪言论，他的表情瞬间变得十分难看。随后，他走出家门，按响了对面的门铃。

何信嘉一个人在家，似乎刚回来，身上还穿戴整齐着，纳闷地看了他一眼："你这么晚来找我干吗？"

陈白繁把手机递给他："帮我查查看这个博主的 IP 地址。"

何信嘉也不知道发生了什么，但实在懒得重操旧业，提醒了句：

"我只是个写小说的。"

"既然如此，我也把你的照片发出去吧。"陈白繁站在原地，微笑道，"今天，我们就来个鱼死网破。"

何信嘉："……"

这么严重的吗？

陈白繁把手机递给他，示意他直接拿过去看。他思忖了下，十分相信何信嘉的能力："你看看能不能把这条微博黑掉。"

何信嘉瞥了他一眼，平静地说："你太看得起我了。"

陈白繁冷眼看他。

"不过查个 IP 地址应该还是可以的。"他自信道。

一小时后。

用余光注意到旁边面色越来越冷的陈白繁，何信嘉清了清嗓子，从容镇定道："嗯，微博的程序员太厉害了……我只能查到终端的服务器。"

陈白繁没吭声，只默默拿起手机对着他拍了张照片，一脸淡然。

见状，何信嘉立刻挽回："不过！我朋友！我朋友肯定可以！"

陈白繁傲慢地点头，默示再给他一次机会。他慢条斯理地欣赏着刚刚拍的照片，略显失望地摇了摇头。

这是何信嘉把自己收拾得人模狗样的时刻，并不是他真实的模样。

那就没有了用处。

陈白繁干脆地删掉了照片。

何信嘉却没有注意到他的举动。像有人把刀抵在他的脖子上，他夹着尾巴做人，谨小慎微地远离了陈白繁一些，给大学舍友打了通电话。

"喂？"何信嘉给陈白繁比了个手势，示意他不必再担心，"找你帮个忙成不？"

"你能通过一条微博查到对方的IP地址吗？"听到对方的回答，何信嘉松了口气，表情重现得意，扫了陈白繁一眼，"能啊，那你能帮我——"

何信嘉的话还没说完，就被对方打断了，他唇边的笑意僵住："什么……等等——"

对面已经挂了电话。

何信嘉愣愣地把手机放下，提议道："我们别查了吧。"

陈白繁皱眉："你朋友说什么了？"

"他的意思大概是，他能查到，但这种事情不道德，他不会做的。"

"……"

"不过你为什么非得查IP地址。"何信嘉翻了翻这个博主下面的几条微博，指给他看，"这里不是有显示地址吗？泊城西区艺术学院。"

"说得有道理。"陈白繁勾了勾嘴唇，"那你是要我拿着手机，去这学校见一个问一个，问认不认识这个博主，然后观察他们的微表情，以此分析对方是否在撒谎，是这样的吗？"

何信嘉："……"

感觉这些都不是办法，陈白繁烦躁地"啧"了声，回想起刚刚的评论，轻声道："算了，先采取别的行动。"

"啊？"

"我要回去'战斗'了。"

"……"

255

林为蹬着自行车,口里还嚼着口香糖,单手接起了电话:"干吗?"

"哥,"林芷故作平静,试探性地提,"今天微博那个热门内容你看到了吗?我的天啊——"

林为打断了她的话:"没看,你就说这事?"

"我跟你讲讲嘛……"

"别烦我,骑车呢。"

挂了电话,林为把车子骑到一家便利店的门口。想起林芷反常的语气,觉得奇怪,便再度拿出手机。

林为已经很久没登录过微博了,连App都卸载掉了。现在他只能用网页登录进去,一下子就看到安糯发的那条声明微博。

林为下意识地点进去看了眼。

最新的几条评论,其中一条带了图:大大,有人说这个是你啊,真的假的呀?

点开那张图片看了眼,林为的视线凝滞了。

这是大二的时候,他跟安糯上同一节选修课的时候偷拍的她。

联想起刚刚林芷打来的电话,林为立刻有了答案。他按捺着火气,又打了通电话回去:"是你把安糯的照片发上去的?"

"……"还是被发现了,林芷连忙解释,"不是,我就给我舍友看看……她自己要发的!我拦过了,真的,如果我要发早就发了。"

林为气极反笑:"那你倒是让她删掉啊。"

林芷小声说:"她不知道去哪了,还没回宿舍。"

"你把她的联系方式发给我。赶紧的。"

说完他果断地挂了电话。

林为闭了闭眼,从通信录里翻出那个从未拨通过的电话,想给对方发条短信,却在编辑内容的时候犯了难。

洗完澡后,安糯心情依然不太好,怏怏地拿起手机。

鼓起勇气点开微博看了眼私信,虽然大部分都是在问她照片的事情,但也有不少粉丝在安慰她,安糯的心情也好了些。

安糯往下翻,恰好看到她一个很眼熟的微博号。以往她用糯纸的号发微博的时候，基本每次都能看到这个人在前排回复。

也算是陪她很久的死忠粉了。

安糯点进去看了眼对方私信的话，愣了愣。

——对不起，糯纸。

——不知道你能不能看到，真的抱歉，刚刚那条微博是我舍友发的，我没能拦住她，呜呜呜呜对不起啊。

——我现在也联系不上她，等她回来我一定让她删掉！！你别着急啊！！！

虽然不知道这个人的舍友是怎么找到她照片的，但安糯犹豫了下，问道：你能把你舍友的联系方式给我吗？

对方回复得很快：可以啊。

随即，她十分热心地把小文的照片、名字、联系方式发了过去，问道：不过你要做什么呀？你要过来找她吗？

提及此，安糯的火气又起来，噼里啪啦敲字：我要干她。

小余：……

小余：你这么猛的吗？

小余：好！冲啊！干她！

"……"

安糯弱弱地改正：打错字了，我要告她。

小余：……

气氛陷入尴尬，陈白繁刚巧来了电话。

他的声音低沉和缓，令她的心情随之安定了下来："洗完澡了？"

安糯趴在床上，轻轻"嗯"了一声，揪着发尾，把刚刚的事情告诉他："刚刚我有个粉丝来告诉我，说她跟那个博主是舍友，我一会儿确认一下是不是。"

陈白繁也应了一声，便不再开口，像是专注在做着什么事情。

安糯隐隐能听到那边传来敲打键盘的声音，疑惑道："你在干吗？"

"打字。"

"知道你在打字，我问你在干吗。"

"我在'战斗'。"

257

"啊？"

感觉似乎对她态度敷衍了，陈白繁停下动作，认真回答她："我在跟网上这群键盘侠，'战斗'。"

安糯："……"

她一天的坏心情瞬间就被这句话打散了。

安糯闷笑着："战什么斗啊，快点去洗澡。"

又跟他扯了几句，安糯挂了电话。

盯着小余给的号码，她慢条斯理地拨通。可能看到也是泊城的号码，小文没有挂掉，接了起来。

安糯平静地问："请问是李文吗？"

"是啊，你哪位？"

"你的微博名是文什么的八卦日常？"

"……你怎么知道？你谁啊。"

察觉到对方逐渐慌张的声音，安糯心情大好，虚张声势道："我刚刚不是跟你说了吗，你以为隔着一道屏幕我找不到你？"

说完她便挂了电话，看到对方再打来也不接，直接拉黑。

"吓死你。"安糯嘟囔着。

安糯小出了口气。正想跟陈白繁分享这件事情的时候，有个陌生号码给她发了条短信：我是林为。很抱歉，那几张照片是我妹给她舍友看的，但没想过她舍友会发到微博上。这个是她舍友的联系方式。有需要帮忙的地方可以找我，再次抱歉。

这么看，这几张照片大概就是林为和林芷两人拍的了。

安糯勉强能把前因后果想出来了。无非是林为知道了她的笔名，然后告诉了她妹，她妹又告诉了她的舍友。

虽然源头在林为这儿，但实际上也是这个李文惹出的事。

想清楚后，安糯也没多的精力去计较了：你把我的照片删了就好。

这边，还在跟网友战斗的陈白繁听到了门铃声。

这个时间能过来找他的只有何信嘉，陈白繁也不着急，磨蹭了一会儿才慢悠悠地到玄关开门。

何信嘉靠着门框，也没因他冷冷的态度生气，直接道了来意："我那朋友说，因为是校园网，查不到具体的 IP 地址，但他可以帮忙把微博删了。"

陈白繁没再说什么，但也没直接同意："我问问安糯吧。"

与此同时，何信嘉的手机振动了下，他垂头看了眼："啊，我朋友说那个博主自己把微博删了。"

想起刚刚安糯说的话，陈白繁大概能猜到是怎么回事了。

事情总算解决了，何信嘉懒洋洋地打了个哈欠："你还记得我之前被朋友爆照片的事情吧。不过我发现得早，所以也没多少人看到。"

"……"

"这种事感觉告了也没什么用，你还不如以其人之道还治其人之身，"何信嘉不道德地怂恿，"把那个博主的照片发出去。"

"这不好吧。"陈白繁推辞道。

何信嘉随口提："听说那个博主挺招人烦的，总在微博里分析哪个明星整了容，还老是吐槽一些歌手的五官什么的——"

下一刻，似是因他的话改了主意，陈白繁问："你有那人的照片？"

CHAPTER. 10

让你当

安糯洗漱完,正准备睡觉的时候,陈白繁再度给她打了电话。她看着手机,嘟囔了句"还真要打够十个啊"才接了起来。

似乎还在担心她的情绪不好,陈白繁的语气很柔和,安抚地告诉她:"安糯,那个博主把微博删掉了。"

安糯也没太意外,喃喃自语:"看来我确实吓到她了。"

陈白繁没听清,疑问地"嗯"了声。

安糯的心情瞬间就好了起来,也没来得及给他解释,丢下一句话便挂了电话:"我要再去吓她一次。"

陈白繁:"……"

围观了全程,何信嘉看热闹似的问:"安糯挂了你电话啊?"

陈白繁勉强道:"她有事而已。"

"怎么这么惨啊。"何信嘉继续煽风点火,"我追江尔的时候,都没受到过这种待遇。看来你真是一个可有可无的男朋友啊。"

陈白繁忍着揍他的冲动,扯出一个平静的笑容。

"你可以回到你的狗窝里安眠了。"

安糯想了想,翻出刚刚小余给她发的照片,私信发给了那个博主,顺带挑衅地发了个"高兴"的表情。

博主回复得很快:你哪来的?

安糯托着下巴,没回复,盯着她不断用脏话刷屏"轰炸"她。

文文文文的八卦日常:你是不是有病啊?

文文文文的八卦日常:我都删了你还想怎样?

文文文文的八卦日常:你知不知道这样很没道德?

安糯扯了扯嘴角,还是没回复她,把手机扔到一旁。

微博能被删了是好，避免了更大的扩散，但肯定很多人都存了图。想到这里，安糯叹息了一声。

把这个博主的照片传网上，虽是以其人之道，还治其人之身，但也感觉不太好。别人做了不道德的事情，不代表她也要用这种方式回敬。

安糯无趣地打了个哈欠，把李文的微博拉黑。心想着还是乖乖走法律渠道吧。

恰在此时，她手中的手机振动了下。

安糯垂眼一看，是陈白繁给她发了条短信。屏幕上显示着一句话，似有暗潮汹涌。

——你挂了我的电话。

安糯："……"

她全身心在烦恼着怎么对付那个博主的时候，居然忘记了，比起照片被曝光了这件事情，她的男朋友更难对付。

另一边。

小文终于回到了宿舍，指着小余的鼻子，质问道："我的照片是不是你发给的那个画画的？"

小余睨了她一眼，慢吞吞地喝着水："关我什么事情。"

小文的声调扬了起来，怒道："全宿舍我就跟你说过我的微博！你是不是有病啊！在背后捅我一刀！我哪里惹你了？"

"你这话有点好笑。"小余把杯子放在桌子上，回头看她，"刚刚是你自己在这里叫嚣着要把糯纸的照片发到微博上，然后立刻就有个八卦博主发了微博。你声音多大啊，都要传遍整栋宿舍了，谁不知道是你。"

小文哑口无言，沉默了半响后问："所以是其他宿舍的人给她发的？"

"不是其他宿舍的人。"看到网上的评论，小余现在一肚子火，也懒得跟她迂回了，"是我发的又怎样？你不是想红吗？我主动帮你一把你还不赶紧给我磕个头感谢一下？"

小文瞪大了眼，气急了："你是不是脑子有病？我什么时候说想红了？你不要以……"

小余打断她的话，面无表情地问："那糯纸什么时候说她想红了。"

她从来不暴露自己的私生活,低调得连自己居住在哪个城市都不曾说过。唯一的一次,就是在评论区里承认自己交了男朋友。

可现在,无数人都因这唯一泄露的一点,来抨击她——

——有点不太懂陈医生为什么会喜欢上安安了。

——作者是因为自己现实长得丑所以到漫画里找点慰藉吗???

——太矮了吧,我的天啊……

——呃,看到原型,突然看不下去了。

"我知道错了。"小文急得眼都红了,连忙扯住她,"她把我拉黑了,你帮我说几句成不?我都把微博删了她还想怎样啊!要我把命给她吗?"

"哪有那么严重。"小余说,"她能做什么啊,顶多就告你而已。"

与此同时,林芷从小卖部回来,恰好跟小余的视线对上。想起被林为臭骂了一顿的事情,见到罪魁祸首,她忍不住撒气道:"刚刚路过别的宿舍,有个同学问我文文那个八卦号是不是你。"

小文一愣:"然后呢?"

"我说,是啊。"林芷扬眉吐气,"不知道她要干吗,我就走了。"

"谁啊?"

"我为什么要告诉你。"林芷哼了一声,进了厕所。

小文心里突然涌起一阵恐慌,她点开微博一看,看到一条刚发的微博,圈了她和耳东安安,以及许多别的八卦号,还有被她八卦过的明星。

@刚注册用来打蚊子的小号:居然让我发现了这货的真身。这货黑的人全是我的男神女神!气死我了,不知道有没有用,但我一定要"扒"她一次,只要她道歉了,我立刻删微博。

小文立刻私信了那个博主,但微博已经被其中一个八卦号转发了。

——不要告诉我这个就是之前说我家××是最丑的那个傻子?我感觉自己又受伤了一次。

——这人有什么脸说××整容成瘾?她自己才是一张整容失败的脸吧……

——哦我认得,之前我哥生病瘦了,她还说我哥吸毒了,呵呵。

——呃,博主这样发人照片不太好吧。

——赶紧封号吧,看到就恶心。

看着一旁恐惧地哭出声的小文，小余的心也软了些，劝道："赶紧道歉不就好了。"

小余再度打开糯纸的主页，看了眼她关注里的@二十八岁前娶到糯纸，点了进去，置顶微博的评论已经几千条了。

虽然热评大多数是祝福，但也掺杂了很多带着讽刺攻击性的话语。

——耳东安安可能很有钱吧，花钱给你开诊所了？

——看照片也没有漫画里的那么好吧……

——确定不是为了炒热度才搞出来的照片？

——那啥，如果那个照片真的是安安，那个女生是之前我们系第十届的系花啊，泊城大学的。只是那照片拍得不好看而已，本人很可爱很漂亮的。

小余看到博主只回复了最后这条评论，一连三个问号，成了热评第一。

——只是系花？谁评的？看不起我的眼光？

这么一闹，时间也差不多要过零点了。

安糯连忙回拨了过去。

那头的陈白繁秒接，语气硬硬地："有事？怎么还不睡觉。"

"给你打第十通电话啊。"安糯清了清嗓子，正经道，"我刚刚突然有事，事情解决完了，就立刻给你打电话了。"

陈白繁沉默了几秒，忽然低下了声音："看那些评论了？"

安糯抿了抿唇，诚实道："看到了。"

"安糯，不要在意那些话。"想到她受的委屈，陈白繁克制着情绪道，"一切都不必在意，我们只要做好自己就行了。"

安糯"嗯"了声，也问："那你呢，有被那些评论伤害到吗？"

评论里有骂她的，自然也会有骂他的。

陈白繁轻嗤了一声："怎么可能。"

"所以啊，我也没什么感觉。"安糯弯了弯唇，眼里划过几丝暖意，"反正……"

她的声音停顿了下，带着几分骄傲的意味："你也不会因为他们那样说我，就不喜欢我。"

陈白繁像是愣住了,很快又发出一阵笑声。

"也是。"

不远处的闹钟响了起来,新的一天来临。

陈白繁伸手把闹钟关掉,眉眼带笑,他的眸色很深,像是染了浓郁的墨。声音顺着电流过来,听起来有些喑哑。

"生日快乐,宝贝儿。"

那声称呼很轻,低不可闻,却仿佛在安糯心中重重一落。

安糯很少听他这样叫自己,耳根红了起来,低低应了一声。

陈白繁低叹了声:"快回来吧,想你了。"

想把你带回家。

也想娶你了。

帮安糯把航班改签成十号上午,陈白繁提前跟同事调了班。注意到时间差不多了,他出了门,开车到机场接她。

之前的行李大多都被陈白繁先带回了泊城,此时安糯也没什么要带的了,只背着个书包,看起来像是个还未涉世的学生。

泊城的天气渐渐转凉,比川府冷了许多。

外头淅淅沥沥地下着雨,天空飘着乌压压的云。安糯穿着薄卫衣和过膝的格子裙,她把头发全部扎了起来,绑成高高的马尾,蹦跶着小跑到他的面前。

几天没见陈白繁,安糯也有点想他,像个小孩一样缠上来,抱住他的手臂。

陈白繁低下头,盯着她的脸,微微皱了下眉:"怎么感觉你在没有我的日子里,还是过得很滋润很幸福很美好。"

安糯眨了眨眼,留有余地地说:"也没有呀,一般滋润一般幸福一般美好。"

"……"陈白繁目光幽幽的,默不作声地提了提安糯背后的书包,感觉不怎么重就没帮她背,扯着她的手往外走,"你不要总是打扮得那么年轻。"

安糯走在他后面,一脸莫名其妙:"那我难不成要特意打扮得很老吗?"

陈白繁略显忧愁:"你说别人看我们两个会以为是父女吗?"

安糯认真思考了下:"我爸爸比你帅吧。"

"……"他再度幽幽地看了她一眼。

安糯完全没有注意到他的目光,东张西望:"你开车过来了吗?"

"嗯。"陈白繁没让她脱逃,继续把话题扯回来,"我也没有比你老那么多吧?我只比你大三岁,怎么就有你那么大的女儿了。"

安糯想起之前微博他发给自己的私信:"不是四岁吗?"

陈白繁格外计较:"你今天过生日了,但我还没有。"

安糯很无语:"就差两个月。"

"噢,确实。"

"什么?"

陈白繁又投了个眼神过去,忽然就认真起来,一本正经、一字一句道:"那剩下的时间不多了,我得赶赶进度。"

这话暗示得十分明显。

安糯突然懂了些什么,垂着脑袋默默地上了车,绑上安全带。望向窗外,左侧的耳根渐渐烧了起来。

在飞机上睡了一阵子,此刻安糯很精神,没有半分困意。她玩了会儿游戏,随后有一搭没一搭地跟陈白繁说话,跟他提这几天的事情。

没过多久便到了水岸花城附近。

路过温生口腔诊所的时候,安糯恰好看向窗外,注意到诊所门口有十几个女生站在外面,撑着色彩斑斓的雨伞,嬉笑着聊天。

安糯疑惑地问:"那边怎么这么多人?"

陈白繁开着车,没看过去,但也能猜到她说的是什么。他静默了几秒,诚实道:"应该是你的读者。"

安糯顿了顿,喃喃低语:"还找到这儿来了。"

陈白繁把车子停好,淡声道:"也就在外面站着。"

"这几天都有啊?"

"昨天有几个吧,没今天这么多。"

安糯抱臂,故作平常地挑话:"有长得好看的吗?"

陈白繁压根没注意过,下意识地就说了好听的话:"没有一个能比得上你。"

她轻哼了一声:"你还观察得挺仔细。"

闻言,陈白繁望了过去,觉得有些好笑:"你在跟我比赛?"

安糯还没来得及继续撒泼,愣愣道:"什么?"

陈白繁凑过去把她的安全带松掉,嘴唇有意无意地滑过她的脸颊,嗓子低哑道:"比谁更能作。"

"……"

"如果你想赢,我可以让让你。"

听出他的语气好像还带了点骄傲,安糯感觉自己确实被他传染了,直截了当地把他的脸推开,毫不犹豫。

"不用,我认输。"

到家后,安糯先回房间换了套衣服。

回到客厅时,就注意到陈白繁在厨房里捣鼓着,似乎在煮面。安糯没说话,坐到餐桌旁安静等着。

没过多久,陈白繁把面端了上来:"尝尝。"

面有些烫,安糯吹了几下,还是没入口。她放下筷子,明目张胆地瞅他,而后不满地嘟囔:"我怎么觉得你变得好高冷。"

陈白繁眉眼一挑:"我哪里高冷?"

"话没之前那么多。"安糯细数他的罪状,"还有,我生日也没给我送礼物,就、就知道喊句'宝贝儿',给个小红包。"

她越说越气,很不爽地吐了两个字:"敷衍。"

"礼物我准备好了啊,一会儿就给你。"陈白繁身子后靠,摆出一副"你可以很期待"的模样,"吃完就给你。"

听到这话,安糯火气顿消,犹疑地继续吃面,想加快速度又因为太烫无法做到。

十五分钟后,安糯放下了筷子,把空荡荡的碗推到他面前,眼巴巴道:"吃完了,礼物呢?"

陈白繁站起身,扯过一片纸巾帮她擦嘴,随后走到她旁边,像抱小孩似的,将她抱到身前。

这姿势让安糯有些别扭，她蒙了下："你干吗？"

陈白繁很严肃地噤声："别说话。"

感觉气氛不同了，安糯也随之紧张了起来："怎么了？"

他往里走，完全没有开玩笑的意思："你的礼物正抱着你呢。"

空气似乎停顿了几秒。

安糯眉角一抽，忍着给他一脚的冲动："你给我滚！"

陈白繁当没听见，走到两人房间的门口之间，周到地问："你想在哪个房间拆礼物？"

安糯被他这副死皮赖脸的模样弄得羞恼，小力挣扎："我都不想！都不想！"

他亲了亲她的额头，自顾自地说道："那就去我房间吧。"

被他放在床上，安糯抬头看他，只觉得无言以对："生日'献身'这种事情很老套了好不好？"

陈白繁略显不悦："献我的身怎么能算老套，而且你明明也期待了很久。"

安糯不承认，在这种事情上不想让步："我什么时候期待了？"

陈白繁站着，居高临下地看她，慢条斯理地开始解衬衫的扣子："你怎么能不期待？爱一个人要爱他的全部，连我的躯壳都不爱你怎么敢说你爱我。"

"……"

说到这里，陈白繁又问了一遍："你爱不爱我？"

"大白天的。"安糯苦着脸，实在无法在这样清醒的场合说出这三个字，"晚点再说。"

"跟我告个白怎么还要分时间？"

他的唇角逐渐绷直，五官曲线也显得格外僵硬，像是一只不被主人喜爱的小狗。

只是告个白吗……

这样一想，只是告个白，那还要等晚点再说好像是挺奇怪的……

说"喜欢"还好，但说"爱"的话，好肉麻啊……

察觉到他的表情好像越来越凝重，安糯也没了逃避的想法，脱口而出："爱，非常爱。"

269

闻言，陈白繁眉目舒展开来："那来吧。"

"……干吗？"

"拆礼物。"

"……"见他瞬间又恢复了本性，安糯委婉地教育他，支吾道，"还是算了，我觉得现在拆不合时宜。"

"不合时宜"这词让陈白繁愣了下，很快就低头，忍着笑："明白。"

"你说你啊，眼睛都长哪去了。"他也不再逗她，"看看我的脖子啊傻姑娘。"

安糯才发现自己一直没敢往他脖子以下的地方瞧。因他的话，她目光从他的脸往下挪，一眼就看到他戴着一条用红线绑着的钻石皇冠项链。

跟她一开始画的那个封面图上的一模一样。

陈白繁把项链摘了下来，弯着嘴角给她戴上："让你当。"

——"我想当你唯一的公主。"

——"让你当。"

安糯目不转睛地盯着那条项链，显然十分喜欢。

陈白繁也禁不住笑，揉着她脑袋问："这么高兴？"

"也没有很高兴，"安糯小心翼翼摸着那个皇冠，唇角弯起，嘴硬道，"就一般高兴。"

陈白繁也没计较："高兴就好。"

随后，他若有若无地说道："虽然，原本还有另一个礼物。"

安糯疑惑地抬起头，看着他。

"不过我觉得这种事情还是得严肃对待。"陈白繁慎重道，"虽然现在的气氛似乎是挺适合的，但我还是不能随意地将这礼物，在没有精心准备过的这小房间里送你。"

安糯表情无波澜，平静道："……我已经清楚你想要干吗了。"

陈白繁扬眉示意："可我现在不想让你知道。"

安糯"哦"了一下，配合道："那我不知道。"

晚上，安糯在浴室里把头发吹干，不知不觉就回想起了陈白繁今天的话，嘟囔着骂了句："真是个傻子。"

氛围到了就足够了，还挑什么地点。

真不解风情。

安糯抿了抿唇，拉开门走了出去，恰好撞上关了灯从玄关往房间走的陈白繁。

陈白繁顺势抱着她，轻声道："糯糯洗白白了。"

"你要睡觉了？"安糯任由他抱着，问道。

"是啊，要跟我一起吗？"他低下声音，诱惑道，"我也洗白白了。"

安糯从他怀里抬起脑袋，轻轻咬了咬唇，微不可闻地"嗯"了一声。

似乎不敢相信她的回答，陈白繁的目光瞬间沉了下来，喉结滚动，重新问了一遍：

"想拆第二个礼物了？"

安糯的脸颊烧了起来，没那个胆子再应一次。她没说话，正想逃回房间的时候，就被陈白繁拦腰抱了起来。

"别跑啊。"他轻笑道。

"哪能刚说出来就后悔啊？"陈白繁的尾音上扬，挑弄道，"大坏蛋。"

"……"

下一刻，他抱着安糯走回房间，在门口的位置停了下来："把灯关上。"

安糯的呼吸顿了顿，听话地抬起手关了灯。视野随之暗了下来，被一团墨色糊住，看不清眼前的任何东西。感官也随着这黑暗变得更为清晰。

在此氛围下，陈白繁顺着她今天下午的话反问："现在合时宜了？"

安糯没吭声，搂着陈白繁的脖子，力道不轻不重，像是在挠痒痒。吐出来的气息，比温热更为滚烫，近在咫尺。

把安糯抱到床上，陈白繁轻扯了下领口。下一瞬，他整个人虚压在她的身上，侧脸的轮廓影影绰绰，看似柔和，又似占有欲十足。

因为刚洗过澡，安糯身上还冒着微微的水汽，沐浴露的香气格外浓郁，在这黑暗中一点又一点地散发开来，成倍地侵入他的鼻中。

随着对黑暗的适应，顺着窗帘的缝隙透进来的月光，陈白繁渐渐能看清安糯的模样。

脸颊泛着浅浅的红晕，眼里璀璨带着水光。穿着短袖短裤，露出白嫩嫩的胳膊和腿,她似乎有些紧张,整个人显得茫然无比,手脚都不知道该往哪放。

陈白繁弯了下唇,俯身吻住她的唇瓣。她的嘴里全是牙膏的薄荷香气,带着凉意,以及令人忍不住沉沦的生涩。

他的吻缓慢向下挪,安糯呜咽了声,下意识推开他的脑袋:"你是狗吗?怎么咬人啊。"

陈白繁的喉结滚了滚,幽深的眸子注视着她,嗓子哑得像是用气音说话,带着沉而醉人的味道。

"我是你的礼物。"他的手指修长,带着热度,缓缓地将她的上衣向上推,"现在在等你拆开。"

安糯感觉到他的手指继续向上探,触碰到内衣的扣子,安糯深吸了口气,眼睛水汪汪的,像是要掉出泪来。

她的声音带了点哭腔,用指甲抓了抓他的背部,嘟囔着:"你解开……别这样扯,勒着好难受啊……"

陈白繁的手指一僵,捏着那排扣子,半天都没解开。

安糯把脸埋进他的颈窝。她的脸部热辣辣的,恼羞成怒道:"你怎么连这个都不会啊?"

陈白繁像只委屈的小狗:"我又没解过。"

"你用两只手啊……"她闷闷道。

陈白繁按她的话做,这次倒是一下子就解开了。

月光下,安糯白皙的皮肤莹滑如玉,陈白繁再也克制不住内心的欲望。他力道轻柔,将她整个人揉入怀里。

陈白繁再度吻着她的嘴唇,从一旁的柜子里拿出一个小包装袋,用嘴咬开。

安糯迷糊地问:"你什么时候买的……"

"搬进来那天就买了。"陈白繁嘴唇贴在她的耳侧,低厚沙哑的声音带着沉沉气息。

夜色越来越深,窗外是点缀着繁星的天空,刮着冰冷的风,清冷而孤寂。像是被清水洗过,干净又深邃,一望无际。还能听到风的声音,清冷而孤寂。

而屋内，也是漆黑一片，却是温暖而旖旎的。

那是属于他们两个的世界。

安糯醒来的时候，太阳已经高挂天空。

她揉了揉眼睛，下意识坐起身来，顿时感受到一身的酸疼。安糯皱着眼，往四周看了一圈，发现已经回到了自己的房间，身上也换了一套衣服。

印象里，好像是昨天半夜的时候，陈白繁抱着自己去洗了个澡。

安糯觉得有些微的不适，又赖了一会儿床，很快就起身到卫生间去洗漱，随后到餐桌前看了眼，把保温盒里的粥喝完，才重新回到房间里。

她懒洋洋地让自己蜷缩进被子里，开始翻找手机，半天才发现就放在床头柜上。

拿起手机，安糯看到陈白繁发来的一连串话。但也没说什么，只是叮嘱她醒来记得去喝粥，还问她要不要吃点别的。

安糯的不适感还在，此时小脾气上来了，只想把火撒在他的身上：很烦，你不要跟我说话。

陈白繁闲得像个失业游民一样，秒回道：怎么了？

陈白繁：你是对我昨天的表现不满意？

陈白繁：还是夺走了我的贞操，就……

陈白繁：就……

陈白繁：就……

安糯："……"

这人是戏精吗？

安糯满脸无语，把手机丢到一旁，抱着被子缩在里头。忽然，藏在被子里的嘴角又不受控地勾了起来，她重新把手机拿了回来。

傻子。安糯心想。

随后又乖乖回复道：吃完粥了，不用吃别的了。

两人聊了几句之后，陈白繁就去忙了。

安糯也没别的事干，打开微博看了眼，这才发现曝光那个文文照片的微博已经被删了，而"文文文文的八卦日常"这个微博号也搜索不到了。

顺着评论区找，安糯从其中一个粉丝的评论里找到那个博主的 ID，换

273

成了一串不知什么意思的数字，关注也清空了。

大有知道遇到麻烦了就跑路的意味。

不知道那个姑娘是怎么想的。

反正安糯肯定是要起诉她的，虽然对方的年纪还小，似乎刚成年，但已经有了足够分辨是非的能力，也该为自己的行为承担责任。

安糯又躺了一会儿便起身到书房里，打开了电脑，开始画画。

安糯就这样在家里赖了三天。

直到陈白繁忍受不了了，明里暗里地跟她表达自己一个人吃午饭有多惨的时候，她才懒懒散散地拾掇了自己，出了门。

天空黑得快，才下午五点半就已经暗了下来。

走到诊所附近，安糯注意到诊所外面没像前些天那样站了那么多的人。

此时只有一个穿着卫衣牛仔裤的女生站在门口。她像是在等人，一只手抱着一本书，另一只手玩着手机。

安糯莫名松了口气，继续往前走。

本以为是互相都不认识的陌生人，安糯正准备直接从她身边掠过，女生却像一下子就注意到她，眼睛一亮。她鼓足了勇气，看起来却仍显得胆怯。

女生走到她的面前，低低喊了一声："是糯纸吗？"

在三次元中听到自己二次元中的名字，安糯的感觉一下子就不好了。她的表情一僵，脑海里立刻就浮起了之前看到的那些恶毒又令人难堪的评论，防备地向后退了几步。

注意到她的反应，女生慌乱摇手，磕磕巴巴地解释："我、我没别的意思，对不起，我就想让你给我签个名……"

说话的同时，女生还翻开手中那本书，递给安糯看，带着歉意地笑了笑："是不是吓到你了？实在抱歉，我也知道我这行为是有点莽撞了……"

安糯低头扫了眼。

女生手中的是她两年前出的画集，看上去被保管得很好，崭新得像是刚从包装袋里拿出来的，边缘处一点折角都没有。

"不方便也没有关系，我知道你不喜欢三次元中被人打扰，以后不会再过来这边了。但很抱歉，这次还是没忍住过来，就是很想跟你说一下，"

女生的脸颊红扑扑的，眉眼弯起，"我真的真的非常喜欢你，喜欢你画的图，也喜欢你画的漫画。我第一次看到你画的插画之后，就觉得你是个内心非常温暖可爱的人。所以希望你不会被网上那些话伤害到。"

安糯看着她，没说话，也没接过她手里的画集。

她突然觉得，被曝光了现实生活也不是一件那么难熬的事情。那些无缘无故而来的恶意，对于安糯来说，比之与它对立着的善意，都显得微不足道了。

女生也不介意，笑着跟她摆了摆手："那我不打扰你了。"

安糯把她手里的画集拿了过来，轻声问道："有笔吗？"

大概没想过她会有这样的反应，女生先是一愣，而后笑容越发灿烂起来，手忙脚乱地从包里拿了一支笔给她。

安糯在上面签了字，把画集给她，顿了顿，轻声道了谢。

女生显然没反应过来，没理解她的道谢是什么意思。

安糯没解释，对她道了别便走进了诊所里。

坐在沙发上，安糯打开手机屏幕，恰好看到编辑给她发了QQ消息：安安，有家出版社找，想签《温柔先生》的出版版权。

还没来得及回复，余光瞥见一人走到自己的面前。

安糯抬起了眼，与陈白繁的视线对上，她弯了弯唇，重新低下头，回复了一句：好呀。

被她忽视了，陈白繁很不是滋味地问："你跟谁聊天？"

安糯的心情很好："编辑。"

陈白繁没再继续问，把她扯了起来，下意识地揉搓着她略微冰冷的手，不满道："又穿这么点。"

安糯的心情依然很好："还好吧，反正也不冷。"

两人往外走，出了门口，孤独了三天的陈白繁终于爆发了。

"你今天没有来找我。

"我午饭是一个人吃的。

"你为什么不来找我？

"你是不是不爱我了？？？"

安糯："……"

"我午饭也是一个人吃的。"安糯弱弱地辩解。

陈白繁瞥她一眼:"这句话不是重点,重点是——你是不是不爱我了?"

"你好烦。"话是这样说的,但安糯的语气完全没有不耐烦的感觉,"怎么每天都要问一次。"

"哪个 fan?"

"……陈白繁的繁。"

陈白繁叹息了一声:"唉,你是不是觉得我很做作?"

安糯立刻答:"没有。"

"你是不是觉得我很难搞?"

"没有。"

"你是不是觉得我这人很不可理喻,总是无理取闹。"

安糯忍不住了,硬着头皮道:"有一点点。"

像是有受虐倾向似的,终于听到了自己想听的话,陈白繁嘴角微不可察地勾了勾。他低垂着眼,语气带了些控诉:"安糯,我没想到你是这种人。"

安糯眨了眨眼,无辜道:"我是什么人?"

"肉体至上。"他义正词严道,"你夺取了你一直梦寐以求的我的肉体之后,对我的兴趣就丧失了一大半。"

安糯盯着他看了一会儿:"你还要不要脸?"

陈白繁顿了一下,侧头看她,平静地问:"你这是在骂我吗?"

"……"

陈白繁将毛衣的领口稍稍扯开了些,露出前些天被她咬伤的那个部位:"你在我身上留下了这样的印记,现在就是这样对我的吗?"

闻言,安糯抬眼看了下。

肩膀的部位被她咬破了皮,现在已经结了痂,只留下两个暗红色的小点。

安糯下意识地踮起脚,想更清楚看看他的伤口:"你擦药了没有?"

"没有擦。"陈白繁的背脊微屈,弯下腰让她看,"好痛。"

安糯伸手轻轻碰了下,看着那米粒大小的伤口,问:"多痛?"

"肩膀一动就痛,今天可能没办法自己吃饭了。"陈白繁认真道。

安糯"哦"了一声:"那你看着我吃。"

陈白繁:"……"

没再把话题放在这上面,安糯扯着他往另外一条街走,神色愉悦:"我今天心情很好,我们去吃火锅吧。"

没得到她的安抚,陈白繁浑身难受:"安糯,你不用再看看我的伤口吗?"

安糯扭头看他,直截了当地认了罪:"你的伤口是我咬的。"

"就是你咬的。"

"我已经咬了。"

"那你不用……"补偿点什么?

比如亲他一下,再比如喂他吃晚饭?

"那你现在想怎样,我咬都咬了。"安糯打断他的话,破罐子破摔,"你想拔掉我用来咬你的牙齿吗?"

陈白繁:"……"

安糯指责他:"你现在仗着自己是牙医就想欺负我?"

陈白繁被她的话弄得有点想笑:"你怎么扯那儿去了。"

安糯冷哼:"偶尔也要让你见识见识,我平时都在承受些什么。"

陈白繁挑了下眉:"我平时在你面前这么可爱?"

安糯:"……"

他好像对自己有很深的误解。

天色已晚,气温也越发低,霓虹灯和路灯交错,映出斑驳的色彩,像是多了几丝温度。街道上,有熙熙攘攘的人群,看起来格外热闹。

两人刚要走进一家火锅店的时候,安糯突然注意到不远处有个老奶奶正卖着小糍粑。

她的脚步停了下来,对着陈白繁指了指那边:"你想不想吃那个?"

最近很少见到附近有这个小吃,安糯也好些年没吃到了。

陈白繁顺着她指的方向望去,那边已经挤满了人。他弯了下嘴角,轻声说:"想。你先进去吧,我去买。"

安糯应了一声,往火锅店的方向走。走到门口的时候,她转了身,看向人群外为了她而排着队的陈白繁,觉得整颗心都被填满了似的。

就那么突然地,安糯很想跟他说:

"我好像有点等不及了。

"你能不能快一点跟我求婚呀,不然我可能会忍不住先单膝跪下了。

"我可以很迁就你,你再怎么无理取闹我也不会觉得烦。

"这样的话,你能不能快点把我娶回家。"

火锅店里恰好走出了一群人,热热闹闹地聊着天。

安糯想往外走一些,却不记得前面是台阶,一不小心踩空,整个人扑倒在地上。她下意识地惊叫了一声,下唇磕到地上,牙齿也撞到地板,发出一声巨大的响声。

安糯吃痛地抬头。

旁边有人抓着她的手,想把她拉起来:"你没事吧……"

顺着那人的力道,安糯站了起来,手心和膝盖都破了皮。她用手捂着嘴巴,眼泪完全不受控制地向下掉,含糊道:"谢、谢谢,没什么事。"

那人嘱咐道:"人多,你小心点。"

恰好,听到动静的陈白繁望了过来。注意到安糯的样子,他的表情僵住,大步走了过来:"摔了?"

看到他,安糯的眼泪掉得更凶了,把手心伸到他面前给他看。

陈白繁看着她被蹭破了皮的一只手,血丝慢慢向外渗。

安糯的另一只手还捂着嘴唇,陈白繁把那只手扯了下来,看到她同样被蹭破皮的嘴唇,倒吸了口气。

她膝盖上也有伤口,陈白繁背过身,蹲了下来:"上来,去医院。"

安糯乖乖爬了上去,眼泪还在掉,吧嗒吧嗒地滴在他的脖子上。

陈白繁心疼得要命,哄着:"很疼吗?"

"疼……而且我感觉……"她没说完。

"什么?"

她把头埋在他的颈窝处,没说话。

陈白繁背着她走到附近的社区医院,挂了号。

医生给安糯处理好伤口后,她便坐在走廊的椅子上,低着头,不知道在想什么。

陈白繁拿着药走到她面前,轻声问:"还很疼吗?先回家好不好?"

安糯没回答,眼眶又红了。

陈白繁抹着她的眼角,温声道:"怎么不说话?"

安糯低下头,含混不清地说:"我刚刚撞到牙齿了。"

"嗯?"

"我牙齿好疼,"安糯忍不住了,忽然哭了起来,指着自己的嘴巴,"陈白繁,我的牙齿是不是撞歪了呜呜呜呜……"

"牙齿?"陈白繁一愣,捏着她的下巴抬了起来,"嘴巴张开给我看看。"

安糯抿着唇,表情十分不情愿。

陈白繁格外耐心:"张开,我看看。"

安糯看了他一眼,红着眼把嘴巴张开。

陈白繁仔细地看着她的牙齿,低声问:"撞哪了?"

"……门牙。"

"没事的,没有歪。"陈白繁专业道,"应该只是单纯的牙周组织损伤,牙齿没有移位。这段时间忌口就好了,不放心的话我们去拍个牙片也行。"

见他似乎没开玩笑,安糯犹疑地止住眼泪,从包里拿出镜子看了看自己的牙齿,表情认真得像个小孩。

这个点,医院里人很少,只有几个人坐在走廊的椅子上输液,里头静谧一片。

陈白繁站在安糯的面前,看着她现在的模样,想起了她小的时候,第一次去看牙回来的模样。

那天,她的心情显然比平时好了不少。因为被欺负而变得沉默的她,也突如其来地多话了起来。

"跟你说,我今天去看牙医叔叔了。

"那个叔叔人好好呀,好温柔,也不说我的牙齿难看。

"长得也好帅!

"我长大了之后,也要变得很漂亮,然后嫁给那个牙医叔叔。"

现在再想,那时候,他肯定是把她的话听进去了的吧。

所以不论何时,再有人问他以后的梦想是什么,他的回答都是:想成为一个牙医。

没有任何别的想法,也真的只是,像那时候他跟她说的那样——

觉得自己太胖了,成为一个牙医能更好娶到老婆。

到后来，他渐渐都快忘记，自己当初为什么想要当一个牙医。

这变成了心中一定要完成的一个执念。

哪知道，时隔多年，两人在牙科诊所里重逢。

因为她，他真的成了一个牙医。

他因为前些天刚看过她的照片，一眼就将她认出。而她已经认不出他了，像是把他忘得一干二净。

陈白繁不是她小时候说的那个牙医叔叔，却因为她，成了她口中那样的牙医。

过了这么多年，安糯不再记得自己小时候说过的话。但又神奇般地，在路过他身旁的那一瞬，像是冥冥之中受到了指引般地转过了头。

然后，对他一见钟情。

两人的人生再度交缠在了一起。

像是从很久很久以前就注定了那般。

牵着她走出了医院，陈白繁到马路旁拦了辆车。

安糯先上了车，正想说目的地时，后上车的陈白繁抢先开了口。

"去北苑。"

"北苑？"安糯反应了过来，"你之前要搬去的那个地方吗？"

陈白繁点了点头，低声说："带你去看看。"

安糯一头雾水："看什么？"

陈白繁垂着眼，不知道在想些什么，很快便答："我们以后住的地方。"

安糯问："你想搬过去呀？"

陈白繁张了张嘴，却没有回答。

感觉他反应有些古怪，但安糯也没怀疑。她没再问，摸了摸嘴唇上的伤口，嘟囔了句："唉，今天真倒霉。"

很快两人便下了车，陈白繁沉默地牵着安糯走进小区里。

安糯犹疑道："你怎么不说话？"

"……"

"你这样好恐怖。"安糯感觉不太对劲，"你大晚上带我到一个陌生的房子里，而且还不说话，像变了一个人一样，我觉得很有危机感。"

"安糯。"陈白繁忍不住道,"我在背东西,你别打扰我。"

他越这样,安糯越想闹他:"你在背什么?"

陈白繁干脆把她的话当耳旁风,只听着,却一句不回。

带她走进了其中一栋楼,陈白繁拿钥匙打开了门,抬手打开了客厅的灯。

安糯望了进去,看到装修风格的时候愣了一下:"你怎么装修得这么少女心。"

"本来不这样,重新装修了。"他下意识答道。

安糯"哦"了一声,饶有兴致地走到厨房看了一眼,然后又逛了下书房。

书架上放着一大堆跟绘画有关的书籍,还有其中一个书架里专门放着关于口腔的书。电脑桌上放着一个数位板,旁边的空位还放着一个画板。

总体看起来跟她家的书房差不多。

陈白繁不知道去哪了,过了一会儿才走进书房里。他的模样有些急切,扯着她的手腕往另一个房间走。

安糯疑惑:"你干吗呀?"

沉默了一瞬。

"安糯,我本来想的是,等我轮休那天,"他边走边说,"我们一大早就起来,吃完早餐,我带你出去玩,去游乐园,或者看场电影,然后逛个街,都好。我希望我们的那一天是过得很充实很美好的。"

安糯没懂他想说什么。

"结束约会后,我就带你到这里。"陈白繁把那个房间的门打开,牵着她走了进去,"我在这里,跟你求婚。"

他连哪天都想好了,什么都准备好了。

可是,突然感觉等不了了。

就算今天发生了一些不好的事情,好像会影响氛围,但都没那么重要了。

只要是她就好。

只要能让她早点真真正正地属于自己就好。

这样的话,好像不管怎么样,都足够充实、足够美好了。

房间里，其中一面洁白的墙壁上，放映着幻灯片。上面一帧又一帧的画面，是安糯画的那本漫画的每张图。

是两人碰面的时候。

很多台词都被他改回了两人实际说的话。

没有她精心营造得那么令人心动，却也令人动容。

因为一句"不用怕"而喜欢上的男人；

不由自主地用不耐烦的语气跟他说话，想以此引起他的注意；

再次遇见，被他送去医院，用洗牙的理由见他；

发现他住在隔壁，慢慢跟他有了交集；

他遇上了不讲理的病人家属，她挺身而出，他喜欢上她；

他告了白，两人在一起，他在她面前呈现出了另一个模样，可她依然那么喜欢他。

……

最后一幅图，不是她画的。

画面是，男人单膝跪在女人的面前，手中拿着一枚戒指。画出来的人物曲线不太顺畅，但也能看出是多次认真修改后的作品。

安糯还沉浸在幻灯片里的时候，听到身后传来陈白繁的声音。

"安糯。"

她回头一看。

陈白繁站在她的面前，缓缓单膝跪下。

此时的场景跟幻灯片上的画面像是重叠在了一起。

他表情认真，郑重其事地开了口："从今往后，我只喜欢你，只对你无理取闹，每天只会黏着你不放。

"只会在你面前找存在感，只会想让你一直都像现在这样宠着我。

"不管再过多少年，依然如此，绝不会变。"

陈白繁专注地看着她，声音紧张得带颤。

"这样的话，你愿不愿意嫁给我？"

安糯的眼睛渐渐红了，想笑，眼里却不由自主地浮起一层水雾，点了点头。

那一刻，浑身的疼痛似乎都消失了。因为摔跤带来的坏心情也瞬间荡然无存，只有满溢在心头的欢喜之感。

她抬起了手，再次，重重地点点头。

"我愿意的呀。"

隔年夏季，《温柔先生》的网络连载正式完结。

漫画的最后，作者写下了这样一段话：

如果你想每天都黏着我，那我愿意什么时候都陪在你身边。

如果你想要我一直宠着你，那我愿意每天都多宠你一点，每天都多对你好一点。

不管再过多少年，不管你变成什么样子。

都像今天这么喜欢你。

温生口腔诊所

医生：陈白繁
就诊序号：annuo

项目名称
牙面抛光
牙周局部冲洗上药
龈上洁治

番外一

何信嘉 × 江尔

这辈子没做过几件后悔的事情,就算有,也早就已经被我忘了个七七八八。

但有一件事情,让我耿耿于怀至今,依然悔不当初。

——何信嘉

二月初,道路上的积雪还未消融,气温低得像是连空气都要凝成块。

何信嘉出了楼下的大门,走到小区门口。许是天气太冷,也没遇到几个人,倒让他多了几分安全感。

何信嘉已经很久没有出过门了,习惯了室内的温暖,此刻实在难以招架住室外零下的气温。他侧头一看,恰好看到旁边的奶茶店,毫不犹豫地走了过去。

店里空间不算小,迎面就是前台,附近安置了好几张桌子,但都没有人入座,看起来空荡荡的。

何信嘉往右侧望去,发现那里还有一大片的座位,三三两两地坐着人。他边往前台走去,边观察店里的格局,选中了角落的位子。

心想着点杯热饮就坐到那里,构思一下下本小说的大纲。

奶茶店的装修很精致,暖气也很足。

何信嘉穿得很厚,因为怕冷,还戴了一条黑色围巾,在脖子上缠绕了好几圈。他微微皱了皱眉,视线放在菜单上,低润的声音从厚沉的口罩里传出,显得有些闷:"一杯鸳鸯奶茶,热的。"

随后,何信嘉把围巾摘了下来。他抬手,指尖挪到耳后,看起来是想把口罩摘下,但最后还是停住了动作。

前台的女生在收银机上敲了几下,没太注意他的行为:"好的,还需要什么吗?"

听到声音,何信嘉望向面前的女生,顺口应道:"不用了。"

两人的视线很正常地撞在了一起。

女生的头发很长,垂至腰部,嘴角自然上扬,唇边的酒窝随着笑意加深,长着一副让人很赏心悦目的模样。

但她看起来有些内向,飞快地把视线挪开,小声道:"好的。"

何信嘉的眉心动了下,也不知怎的,不自在地抓了抓耳后。

下一刻,女生把小票和服务铃递给他。

何信嘉的目光向下垂,看着她白嫩纤细的手指,指甲修剪得整整齐齐,没有涂抹任何东西,泛着光泽。

十分干净。

他下意识地用右手蹭了蹭大衣,这才接过她手中的东西。

小心翼翼地,没有触碰到她。

可能是因为客人不多,店里没有别的服务员,所以点单和制作饮品都由她来做。

现做一杯奶茶的时间并不需要很长,何信嘉就站在那儿等。他看着女生随手用橡皮筋把头发扎了起来,一个高高的马尾辫,看起来清爽了不少。

她的动作不太娴熟,做每个步骤的时候,都要停顿两三秒,像是在思考。

何信嘉单手插在大衣的口袋里,很安静地盯着她的举动,连拿手机出来打发时间的想法都没有。

几分钟后,女生终于把饮品做好,放在托盘上。

何信嘉直接拿起那杯奶茶,连同吸管。

"这是您的鸳鸯奶茶。"似乎也觉得自己花的时间太长了,女生眼里带了几丝胆怯,"不好意思,久等了,我弄得有点慢。"

何信嘉抬眼看她,轻声说:"没事,没多久。"

女生松了口气,眼睛亮晶晶的,弯成两个小月牙,对他感激地笑了一下。小巧的脸颊,唇边的那个酒窝衬得她越发青涩可爱。

何信嘉呼吸一顿,心跳像是漏了半拍。他定定地看着她的脸,有些呆愣,直到有另外一个店员来了才打破了这个氛围。

"江尔,你——"

何信嘉回身就走,很自然地坐到前台附近的座位上。他把包里的电脑拿了出来,放在面前,伸手将吸管的包装拆开,插入杯口当中,摘下口罩,喝了一口。

想起刚刚的画面,何信嘉的耳根慢慢开始发烫。

这家店的奶茶他点过好几次外卖,鸳鸯奶茶比其他店的咖啡味要浓郁一些,但里头的红茶味完全没有被掩盖,味道十分不错。

但今天喝起来的口感,比起之前的,是差了点。

何信嘉握着那杯奶茶,看向前台的位置。

江尔的头半低着,认真听着旁边的服务员说话,她的嘴角天生就是向上扬的,看着就让人容易产生好感。

他收回视线,又喝了一口,将奶茶含在口里品着。

嗯,好像也还好。

何信嘉把电脑打开,习惯性地开了个新的文档。

下本写什么好?

唔,竞技文吧。

她叫"jiang er"啊,哪个"jiang",哪个"er"……

要不要去跟她要个联系方式。

算了,不写竞技了。

何信嘉发了一会儿呆,再看向屏幕的时候,就发现他已经在上面输入了一行字——

言情宅男作家 × 奶茶店服务员。

何信嘉:"……"

像是做了心虚事般,他立刻把电脑合上。

何信嘉揉了揉耳根,那燥热还未散去。他侧头看向旁边透明的玻璃,恰好看到他倒映在其上的脸。

胡子拉碴的,看上去就十分邋遢。

何信嘉一愣,迅速把口罩戴了回去,紧张地看向前台的位置,发现江尔没有看过来的时候才重重地松了口气。

何信嘉没了创作的心情,但就这样干坐着,什么事情都不做也显得很奇怪。他只好点开了一个视频，装模作样地看着电脑，目光却时不时地投向江尔那边。

就这么坐了一个下午的时间。

似乎到了换班的点，何信嘉看到江尔把围裙脱了下来，收拾了一下便和旁边的一个女生一起走出了奶茶店。

何信嘉把桌面上的东西都塞进包里，跟在两人的后面。

不知道她是那儿的常驻员工还是只是来兼职的。

如果现在不跟她要联系方式，是不是有可能再也见不到了。

现在叫住她？

至少试试吧，一个男人怎么能怂成这副狗样。

想通后，何信嘉深吸了口气，正想叫住她——

江尔旁边的那个女生忽然就开了口："你注意到坐在前台对面的那个男的没有？坐了一下午那个。"

江尔慢吞吞地应了一声："嗯。"

"一身黑，几乎把自己全包着了，看着真吓人。"女生吐槽，"而且他头发油得都成一团了，多少天没洗过了啊。跟你说，我看到他摘下口罩的样子了，估计是为了挡着自己没刮胡子的脸。"

何信嘉的脚步忽然就停了下来。

他站在原地，看着两人的背影，所有的勇气瞬间荡然无存。

何信嘉向后退了一步，没再跟上去，转身走进了小区里。

没关系的。他想。

他下次再去，把自己洗得干干净净，把长得挡眼睛的头发修剪整齐，把口罩摘下来，她也认不出今天的这个人是他了。

真的没关系的。何信嘉安慰自己。

他回到家里，房子里没有开灯，只有浴室里亮着光。

看着站在不远处背着光的陈白繁，何信嘉疑惑地把灯打开："你干吗？很吓人。"

何信嘉的心情不太好，没太在意陈白繁说了些什么，也忘了今天是因为不爽他才出了门。他随手把书包丢到沙发上，说出唯一的想法："我去洗澡。"

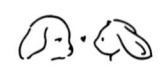

"你不正常。"陈白繁忽然道。

"什么？"

"你前天才洗过澡。"

他的这句话让何信嘉再度回忆起了今天发生的事情，那些安慰自己的话完全没了效果，瞬间炸了毛："你房子不是早就装修好了？快点搬走，还要在我这儿赖多久。"

大冬天的，一两天不洗澡很奇怪吗？

他平时最多也就三四天不洗澡，那么冷为什么每天都要洗澡。

都怪陈白繁，要不是因为陈白繁，他今天就不会出门了。

也不会以那副面貌就见了她。

但，也不会见到她了。

好吧，不怪他。

怪自己。

何信嘉这辈子没做过几件后悔的事情，就算有，也早就已经被他忘了个七七八八。

但有一件事情，让他耿耿于怀至今，就算过了很多年，依然悔不当初。

——跟江尔初次见面的那天，他没有洗澡。

何信嘉在大一的时候就拿了实习证明，大二跟舍友组团参加了一个移动互联创新大赛，拿了个一等奖之后——

他就去写小说了。

所以到了大四，周围的同学都在为实习的事情奔波的时候，他一个人默默回到泊城，买了套房子，开始过上了全职作家的生活。

一开始他也不是这副又宅又邋遢的模样。

至少有空的时候，也会找朋友一起出去打个球，吃顿饭。但随着时间的推移，何信嘉一个人成天憋在一个小房子里，没有人跟他说话，没有任何的交流，他的社交能力渐渐就弱了下来。

到后来，有一天，何信嘉的某个朋友把他的照片传到了网上。幸好他很及时地发现，让那个朋友把照片删掉，所以也没有太大的影响。

但何信嘉还是因此，完全没了主动出门的想法。

母亲每隔一段时间会过来一趟，某次发现他过着日夜颠倒的生活，气不打一处来，提出了要搬过来跟他一起住的想法。

他百般阻拦，几乎要被他妈揍死的时候。

两人各让了一步。

最后换成让他表哥陈白繁住了进来。

刚开始，他跟陈白繁的交流，是这个样子的——

"你怎么老是不出门？"

"因为有人曝光了我的照片。"

"我是问你为什么不出门？"

"因为有人曝光了我的照片。"

"……"

何信嘉长时间缺少跟他人交流的机会，所以在回答别人问题的时候，懒得思考，变得一根筋了起来。

陈白繁受了姑姑的嘱咐，忍着打他的冲动，耐心地接着问："曝光了你的照片跟你不出门有什么关系，而且那不是早就删掉了吗？"

"我很红。"

"……什么？"

"我很红，如果被认出来了，会有很多人来找我要签名。"

"……"陈白繁摔门而出。

到后来，随着陈白繁待的时间越来越长，有了另一个人的存在，比之一开始的时候，何信嘉跟人相处的状态也正常了不少。

但还是改不了不爱洗澡、不爱收拾东西的毛病。

此时此刻，这个不爱洗澡、觉得自己红到连外卖员来了都要戴着面具迎接的大男孩，花了一个多小时把自己全身收拾得一干二净，到理发店把略长的头发剪成了板寸头，换上了暖色的卫衣和深色牛仔裤，连口罩都没戴，只背着个电脑包便出了门。

何信嘉进了那家奶茶店，把包放在昨天坐的那个座位，往前台走。

前台的服务员并不是他所想的那个人。他有些失望，点了杯饮品便回到了座位。

何信嘉等到下午六点，都没等到江尔。

看着外头黑沉了下来的天空，他叹息了一声，把东西收拾好，起身到前台，对着其中一个服务员问："您好，请问一下，你们这儿还招兼职吗？"

服务员抬头看他，好奇道："你也是泊大的学生？"

何信嘉微笑着，没有说话，一副默认了的样子。

"你要不留个联系方式吧，我也不知道还缺不缺人。"小姑娘显然很期待他的到来，"这个时间老板也不在。"

何信嘉没有留电话，继续问："你们这儿都是兼职的？没有固定员工吗？"

"大部分都是，因为请学生便宜啊。"

何信嘉一副被解了惑的样子，感激地道了声谢。随后他便转了身，往门口的方向走去。

前台那个女生大大咧咧的，似乎完全不介意让他听到，跟另一个女生说着："那个男的好帅啊！他是不是要来我们这儿兼职了？"

听到这话，何信嘉伸手摸了摸自己的板寸头，有些扎手。他轻笑了一声，嘴角向上弯起，眉眼里都是愉悦。

果然，他还是有些魅力在的。

洗个澡，剃个胡子，剪个头发，一个顶级帅哥就出现了。

反正，至少没有昨天那么不堪入目了吧。

何信嘉往外走，从路边的镜面装饰里看到自己的脸，忽然就停下了脚步。他思考了一下，从大衣的口袋里拿出手机，破天荒地给母亲打了个电话。

何母很惊讶："是绑匪吗？"

"……"何信嘉轻轻喊了一声，"妈。"

何母自顾自道："我儿子比我有钱，别找我要钱。"

何信嘉眉角一抽，也自顾自地说："妈，谢谢你。"

何母一愣。

何信嘉挑眉，吊儿郎当道："把我生得这么俊俏。"

何母："……"

隔天，何信嘉一到奶茶店，就看到了前台的江尔。

她剪了头发，及腰的长发短了一些。一小束头发编成一根小麻花辫，松松散散地绾到耳后。身上穿着一件浅黄色的宽领毛衣，衬得她的气质沉静又干净。

此时有不少人在点单，前台有个男生在跟她搭话，她不太擅长应对这种情况，只能以微笑回应。

何信嘉把东西放在老位子上，坐了下来。他的双眸低垂着，嘴角绷直，不知道在想些什么。

他接下来要怎么做比较好。

直接就上去要联系方式，好像不太好。

何信嘉又看了过去，看到江尔虽然笑着，但表情十分勉强，看上去像是难以招架。所幸旁边的一个店员帮她解了围，让她过去做一下饮品。

江尔很明显地松了口气。

等点单处那儿的人少了些，江尔重新开始点单的时候，何信嘉才起身走了过去。他双手插兜，脑袋微微向下垂，表情因为紧张渐渐僵硬了起来。

如果像那天一样，还是点一杯鸳鸯奶茶，会不会让她想起前天的那个邋遢男人。

小说里不都是这样的吗？

就算男主角变成了一条狗，女主角都会莫名地有些熟悉感。他现在也真的大变身了，只要不做和那天相同的事情就好了。

很快，排到了何信嘉。

江尔望着他，脸上带着浅浅的笑意，明显已经对他没了任何的印象，声音柔软又温和："你好，需要点什么？"

何信嘉低头看看菜单，半天才抬了头，认真地问她："你们这儿什么比较好喝？"

江尔愣了一下，不太流畅地开口道："呃，我们这儿奶盖类的比较热门，你可以看一下这——"

何信嘉其实很紧张，看到自己说的话还导致她也紧张了，内心十分懊恼，只想赶紧把对话结束，下意识地就答道："那我要一杯奶盖。"

江尔："……"

她在发愣,似乎不知道怎么回答,反应过来之后,对他说了句"你等一下",随后便转头问另外一个人:"姐姐,可以点一杯奶盖吗?"

"什么?当然不可以啊!"

江尔回头,为难道:"不能点一杯奶盖。"

"……"何信嘉尴尬地摸了摸后颈,扫了眼菜单,很快就做了决定,"那要一杯乌龙奶盖茶吧。"

想到他先前的答案,江尔像是被戳中了笑点,还有些想笑。她抿嘴收敛,轻声说:"好的,还要点别的吗?"

"不用了。"

何信嘉接过她手中的小票和服务铃,回到了座位。他打开了电脑,看着空白的文档,转头望向江尔的方向。

她还是在笑,脸颊红扑扑的,眼睛闪着璀璨的光,格外好看。

何信嘉写过很多很多类型的女生,从来没有尝试过写她这一种。

内向的,跟人说话的时候轻声细语,动不动就脸红,跟异性说话会格外不自在,笑起来异常好看……

像一只缩在木屑里的小仓鼠,胆子小,连吃东西都是小心翼翼的。

恰好,服务铃响了起来。

何信嘉回过神,起身到前台去拿饮品。

江尔把托盘放在他面前,弯唇道:"您的乌龙奶盖茶。"

视线对上,她依然不自在,躲闪地收回了眼。

何信嘉也垂下了眼,脸颊慢慢泛起了几抹红晕:"谢谢。"

随后,他便回到了座位上。

江尔站在原地,看着他的背影,有些失神。

旁边的女生用手肘抵了抵她,笑嘻嘻地说:"那男的昨天也来了,还问我这儿招不招人,长得可真好看啊,要不去跟他要个电话吧?"

江尔的脸立刻烧得通红,磕磕巴巴道:"要、要电话干吗?"

"就交个朋友呗。"

江尔一本正经地摇头:"不好。"

"……"

她乖乖地回:"不能随便跟别人要电话。"

女生忍不住揉了揉她的脑袋，继续说："哈哈哈不过那小帅哥也是傻得可爱，什么一杯奶盖啊……脸红的样子真萌。"

闻言，江尔回想起他尴尬的模样。

他嘴唇一咧，露出白皙的牙齿，傻乎乎地摸着脑袋。

像个大男孩。

好相处的、单纯的、可爱的大男孩。

江尔突然问："他昨天也来了？"

"是啊，待了一下午。"

"也坐那儿吗？"

"嗯。"

盯着坐在位子上看电脑的何信嘉，江尔逐渐地就把他跟前天那个戴着黑色口罩的男人对应在了一起。

一样的电脑型号，一样的体形，一样……十分柔和的眼睛。

不管什么形象，都让她凭空产生了许多好感。

"他还会来吗？"江尔喃喃低语。

旁边的女生没听清她的话，"啊"了一声。

下一刻，江尔忽然拿起一根吸管，走向何信嘉的位子。她的耳根烧了起来，站定在他旁边，随意扯了个理由："刚刚好像没有给你吸管，现在给你。"

何信嘉愣了下，看着自己插在瓶口的吸管，一时不知道做什么反应。

江尔也看到了，尴尬地咳嗽了一声，向后退了一步："我、我好像记错了。"

见她表情开始窘迫，何信嘉接过，很自然地回道："谢谢，我确实喜欢用两根吸管喝东西。"

江尔下意识地把吸管递给他，这次跟他视线对上了三秒才挪开，反应不过来似的走回了前台。

何信嘉看着她的背影，情不自禁地笑出了声。

这次他的表现应该还不错吧。

好像给了她好一点的印象。

不要用他写文的套路，不要用任何不好的方式。

只要像现在这样每天出现在她眼前,迟早有一天她会对他有更多一点的印象。然后会有交谈,会认识彼此,会交换联系方式。

再到最后。

一点一点地,把自己说给她听。

番外二

婚后小日常

1

结婚之后，两人的生活模式和相处方式并没有什么改变。

依然是安糯整天宅在家里画稿子，陈白繁每日按时按点上下班。到点的时候她出去等他下班，两人一起去买菜，然后回家。

过了很长一段时间，安糯终于才有了一种嫁为人妇的感觉。

原本还没觉得，但时间一长，看着陈白繁每天下班回来之后，还要系上围裙做饭，安糯渐渐有些良心不安。

为了给他减轻点负担，安糯准备实施自己想了很久却一直没有开始行动的事情。

安糯想学做菜。

这样的话陈白繁回家后也不用再干活，一进门就能看到新鲜热腾的菜。安糯想着做一些家常菜，也没有报培训班，只是上网找了一些菜谱，然后出门买了一大堆材料。

这天，安糯午休起来后，给陈白繁发了一条微信。

安糯：我今天给你做晚饭！

随后，安糯拿着手机到厨房里把材料翻出来，捣鼓了一会儿。她按照菜谱放调味品，调好之后，盯着燃气灶，感觉危险性很高，突然开始退却，半天都没动静。

在此期间，安糯看了眼手机，恰好看到陈白繁回复了她的消息：什么晚饭？

安糯回复：就是今天的晚饭呀。

陈白繁：你给我做吗？

安糯：对啊。

她看着手机,还在等待他的回复。

下一刻,陈白繁打了个电话过来。

安糯接了起来,正想问他干什么,还没来得及开口,就听到他先出了声,喉间带着低低的笑意,像哄小孩似的"哇"了一声。

"……你干吗?"

顺着电流,陈白繁的声音多了几分磁性,天生自带温柔:"哇,糯糯要给我做饭。"

因为他的语气,安糯莫名有点脸热。

这热度还没持续多久,陈白繁话锋一转,很正经地说:"但还是等我回家了,我在你旁边看着你再做吧。"

"但我就是想让你一回家就能——"

"不然我不太放心。"

听到这话,安糯瞬间有种被人轻视了的感觉,哼了一声:"反正你就等着尝我的手艺吧。"

说完她便挂断了电话。

刚刚的磨蹭忽地荡然无存,安糯利落地过去把灶头按钮打开,倒了一点油进锅里。

等油热了后,安糯回想着陈白繁平时的动作,很随意地把刚腌好的肉放进锅里。

一瞬间,油锅发出"欻啦"的声响,油点向外炸开。

安糯吓了一大跳,惊叫了一声,立刻把锅盖盖了上去,向后退了几步,随后又上前把火关掉。她站在原地思索了几分钟,开始回忆着自己目前的资产和收入。

下一刻,安糯摸了摸鼻子,想起刚刚跟陈白繁说的话,莫名有些尴尬,但还是硬着头皮给他发了条微信:你觉得每天工作完回来还要做饭辛苦吗?

另一边。

听到手机的动静,陈白繁垂眼一看,嘴角勾了起来。他的眼神十分柔软,慢慢地在屏幕上输入着"不辛苦"三个字。

还没发出去,就见安糯再度发了条消息过来:要不你辞职回家当煮夫吧。

安糯：我养得起你。

陈白繁："……"

2

这次安糯说想学做菜也不是一时兴起的。

接下来的一段时间里，每次陈白繁在厨房做菜时，她都会特地跑过去，站在他旁边问东问西，一副诚心好学的模样。

她想学，陈白繁也很乐意教。

切菜手把手地教，调味也手把手地，就连安糯拿着锅铲的手，也要用自己的手包裹在内。

什么都手把手地，两人黏糊纠缠。到最后，渐渐就发展成了——陈白繁把安糯抱到料理台上，托着她的后脑勺慢条斯理地啃咬着她的嘴唇。

安糯被他亲得迷迷糊糊，良久后突然反应了过来，伸手将他推开，咕哝道："不是做饭吗？"

陈白繁顿了下，又俯身凑了过去，铺天盖地的气息，夹杂着淡淡的消毒水味。他语气无赖，摆出一副想继续的模样。

"我先收点学费。"

安糯忍住诱惑，拉下脸，再度把他推远了些："我跟你学做饭你还要收我学费，怎么这么计较。"

陈白繁轻飘飘地看了她一眼，嘴唇又覆了上去，含混不清地说："你跟我结婚之前不就知道我是个斤斤计较的人吗？"

"……"

陈白繁的手抵住她的背，轻咬了下她的唇瓣，小声埋怨："臭安糯。"

安糯被他亲得气息不稳，还没回过神。忽然被他骂了，她慢一拍地瞪大了眼，脸上是一副不可置信的表情。

她还没来得及指责他。

下一刻，陈白繁把她从料理台上抱了下来："而且，你才计较。"

又受到了谴责，安糯不满问："我怎么了？"

陈白繁的声音低了下来，模样像是委屈得不行："亲一下都这么计较。"

他的这副模样已经让安糯上当受骗了许多次。本来以为自己已经免疫了，但她每次一看到他这个样子，依然会有莫名其妙的愧疚感溢满心头。

"……现在不是要做饭吗？"

闻言，陈白繁收起那副可怜巴巴的样子，脸变得很快："既然你这样说，那我也不瞒着你了。"

安糯蒙了："啊？"

"我高中的时候，有个外号，"陈白繁一字一顿道，"叫白饭。"

"哦，那怎么了？"

"你不是要做饭吗？"陈白繁抬起手，慢吞吞地从上往下把衬衣的扣子解开，"来吧。"

安糯："……"

3

安糯有拖延症。

她的稿子一般都是固定在周三交给编辑。

有一周的时间给她画，时间刚开始显得十分充裕。但就是因为这欺骗性的充裕，刚开始几天，她会懒懒散散地，随手画几笔就没了动静，直到最后关头才开始熬夜画稿。

因为她工作的关系，陈白繁找人设计房子时，特地腾出一个房间，按照她的喜好装修，当作她的工作室。

每次一到赶稿的时候，安糯吃完饭洗完澡后，便进了这个房间，锁了门，几乎整个晚上都会待在里边不出来。

次数多了，陈白繁对她这种糟蹋身体的行为十分不满。他特地找了一个晚上，把她拉到客厅，跟她沟通这件事情，试图跟她讲道理。

虽然安糯也觉得这样不对，但她实在控制不住自己。依然是在交稿前两天开始生死时速、通宵达旦。

不过怕陈白繁会因为这事情生气，安糯不敢跟他持相反意见，只能频频点头，保证以后不会再熬夜。

这只是表面上的妥协。

等躺到床上，安糯装作立刻入睡了的模样，侧躺着、背对着陈白繁，却一直睁着眼，毫无困意。她浑身紧绷，等着旁边的陈白繁睡着之后，就爬起来跑到隔壁继续画稿子。

然后算好时间，等到他快起床的点，她再回去。

神不知鬼不觉，就多了一个晚上的时间。

等听到陈白繁的呼吸声变得匀速而缓慢，安糯才屏着气，小心翼翼地把陈白繁搭在她腰际的手臂推开，动作轻慢，像是抓羽毛似的。

安糯头一回这么紧张，感觉自己变成了突然闯进别人家的小偷，还是头一次作案，生怕惊醒正在主人房睡觉的人。

安糯连鞋子都不敢穿，赤着足踩在毛毯上，没有发出任何声响。走到门边，她咬着牙，一点一点地把门拧开。

终于用最轻的动静把门打开了，安糯松了口气，嘴角忍不住翘了起来，正准备神清气爽地到隔壁去赶稿的时候。

身后传来了陈白繁幽幽的声音："把鞋穿上再过去。"

安糯："……"

安糯立刻直起原本因为做贼心虚而弯着的背脊，磕磕巴巴，像是舌头打结了一样，胡乱地解释："我、我就是去上个厕所。"

"嗯。"陈白繁的声音漫不经心，因为带着睡意，还有些沙哑，"那快回来，我等你。"

"……好。"

安糯硬着头皮出了房间，蹲在门口的地上，思考着：刚刚那些话说不定是陈白繁在半睡半醒中的梦呓，所以她现在去画画应该也没事吧……

抱着这样侥幸的念头，以及考虑到即将到来的交稿日期，安糯狠下心，果断到隔壁画稿，直到凌晨五点才蹑手蹑脚地回了房间。

天还没亮，房间里大半是黑的，墙上亮着一盏小夜灯。

安糯慢吞吞地爬上床，睡在床的角落，也不敢过去扯陈白繁身上的被子，唯恐一个不小心就将他从睡梦中惊醒。

她蜷缩成一团，房间里暖气很足，所以也不觉得冷。

但没过多久，身后突然贴上陈白繁温热的胸膛，他把脸埋进她的颈窝处，单手将她抱进怀里，闷声道："怎么去那么久。"

安糯吓得手都僵了,不可置信道:"你还没睡吗?"

陈白繁微微抬头,用脸颊蹭了蹭她的脖子,声音略显含糊,像是还没睡醒:

"等你回来啊。"

4

隔天,陈白繁像是完全忘记了这件事情,他的反应很正常,跟平时一模一样,也没跟她主动提起。

安糯虽有点庆幸,却一天都提心吊胆,唯恐他在准备着什么,打算跟她放大招。

结果一直到晚上,他们都已经躺在床上准备入睡了,陈白繁都没跟她提这件事情,安糯才终于放下了心。

没有被抓,安糯又开始心痒痒,从躺在床上开始,就等待着陈白繁什么时候会睡着。

过了好一阵子,正当安糯想试探一下陈白繁睡着了没有的时候,后颈处落下了细细碎碎的吻,温柔而缠绵,掌心的热度也顺着她的腰际向上"攀爬"。

随后,是铺天盖地般袭来的压迫感,以及将人拉入深渊的热烈的吻。

他在她的耳侧呢喃,喘着气喊她"老婆",温热的唇四处落下,碰触着她身体的每一个角落,带来了令人沉沦的情欲。

让她无法思考,只能与他一同沉沦。

缱绻过后,安糯浑身酸疼,没有多余的思绪分给其他事情,脑袋昏沉,眼睛一闭就陷入了梦境之中。

第二天早晨,安糯比以往起得都要早。在陈白繁上班之前,她也跟着起床了,洗漱完后,便到餐厅陪着他一起吃早饭。

气氛安安静静的,偶尔响起餐具碰撞的清脆声响。

在此静谧中,陈白繁突然开口问:"是不是发现早睡还挺容易?"

"……嗯。"

"那以后半夜别再偷偷起来画稿了,白天画。"陈白繁怨声怨气,"也不能总让我独守空房。"

"……"

安糯也没跟他争,继续喝粥,过了片刻又抬起头,咬着勺子,闷闷地提出了个话题:"唉,我想当个老人家。"

"嗯?为什么。"

"老人家生活规律呀,早睡早起,睡得也少,一天的时间就变长了。"

听到这话,陈白繁略微思索了下,轻轻笑了:"那你不用想了。"

"……为什么。"

"因为你就算老了,"陈白繁半开玩笑道,"也是个会熬夜的老人家。"

"……"

陈白繁凑了过去,用指腹抹了抹她唇角沾到的食物残渣,理直气壮道:"有个陈白繁就够了。"

安糯想了想,问:"然后带我过上老人家的生活吗?"

陈白繁:"……"

他也才二十八好吗?

番外三

团团不胖

1

对于孩子这件事情，两人都是保持顺其自然的态度，所以没有刻意避孕。三个月后，安糯检查出怀孕了。

从医院回来那天，陈白繁和安糯坐在客厅的沙发上。

陈白繁躺在安糯的旁边，脑袋靠在她的腿上，盯着她还没有半点起伏的肚子，忽然开口道："真希望是个女儿。"

安糯以为他重女轻男，眉心一皱："你怎么这样，是儿子的话你就不喜欢了？"

陈白繁难得没跟她辩驳，只是长叹了口气。

安糯眨了眨眼，摸着他的脑袋："干吗？"

"我小时候很胖。"他再度提起这件事情。

"那怎么了？"

"我爸小时候也很胖。"

"……"

"但我姑姑不胖。"

"……"

"我怀疑是遗传的。"想了想，陈白繁补充道，"只传男不传女。"

安糯的腮帮子鼓了鼓，也开始担忧："说不定生个女儿还像我一样矮。"

"不会的，她爹一米八五。"

"……"

注意到安糯瞬间阴沉下来的表情，陈白繁清了清嗓子，改口道："你别老说我老婆矮，她不生气我也会生气。"

安糯很好哄，轻掐了下他的脸，表情却好看了起来。

陈白繁环住她的腰，脸颊在她肚子上蹭了蹭："安糯。"

"嗯？"

陈白繁坐端正了起来，跟她面对面，一本正经地说："不管是男孩还是女孩，我都会很爱他。"

他这么认真，安糯有点感动，抿着唇笑了下："嗯。"

"所以，"陈白繁继续说，"你就别爱他了吧。"

安糯的笑意僵住。

陈白繁表情十分自然骄傲："安糯只能爱我，也只爱我。"

安糯忍着自己的暴脾气："……你走吧，我不想打你。"

2

安糯的妊娠反应很大，严重起来还会持续呕吐一整天。

虽然在陈白繁的照料下不适感缓解了些，但也因为他的百依百顺，安糯的脾气一天比一天暴躁。他却像是真的毫无脾气，不管她怎么撒泼，依然耐心，问她怎么了，想吃什么，哪里不舒服。

某一天晚上，安糯躺在他的怀里，回想起自己这些天的所作所为，又开始后知后觉地反省："对不起，我最近对你好凶。"

听到她可怜巴巴的语气，陈白繁睁开眼，摸了摸她红了一圈的眼眶，叹息了一声：

"傻。"

安糯没说话。

陈白繁用鼻尖蹭了蹭她的额头："你这样做我心里反而还好受些。"

闻言，安糯抬眼看他，表情疑惑。

"成天让你像宠老婆一样宠我，"陈白繁表情很愧疚，也自责起来，"结果生孩子的痛苦还是要你来承受，对不起啊。"

"……"安糯抿了抿唇，原本自责的心情因他这话瞬间消失，她忍不住笑出声，"神经病。"

3

某天半夜,安糯做了个梦,突然惊醒了。她也不太记得梦到了些什么,感觉就像是突然从高处落下,毫无预兆的失重感,让心里格外难受。

闷闷的,喘不过气来。

安糯侧头,吸了吸鼻子,看着在自己旁边睡得正熟的陈白繁,心情瞬间更差了。她凑了过去,毫无心理负担地把他摇醒:"你快起来。"

陈白繁立刻睁开眼,声音因为困意带着哑,低声问:"怎么了?"

安糯老实道:"我心情不好,想要你跟我聊天。"

陈白繁"嗯"了一声,乖乖地坐了起来。但他似乎还是很困,眯着眼睛,语气听起来迷迷糊糊的:"你等一下,我先去洗个脸。"

"你怎么这样,"安糯不高兴了,"我都不困你怎么能困。"

"……"陈白繁没法辩驳。

见他不说话,安糯更生气了,虚踢了一脚,没想到用力过猛,一不小心就踢中了他的关键部位。

陈白繁闷哼了声,顿时清醒了过来,眼睛也随之清明了不少,幽深地盯着她。

安糯突然心虚,磕磕巴巴道:"我、我不是……"

陈白繁勉强地露出一个笑容,摆出一副完全不会计较的模样,淡声道:"没事,我不疼。你心情怎么不好了?做噩梦吗?"

安糯松了口气,跟他说起先前的梦。两人聊了一会儿,她渐渐就睡着了。

隔天,陈白繁轮休。

安糯醒来的时候,他早就起来在厨房准备早饭了。

昨晚虽然半夜醒来了一阵子,但她的睡眠还是十分不错的。

坐起身打了个哈欠,安糯懒洋洋的,突然注意到陈白繁的手机放在床头柜上,屏幕亮着,上面显示的是网页的搜索栏。

安糯下意识地就拿过来看,一眼就注意到搜索栏上的字——

老婆怀孕之后总是打我,我该怎么办?

"……"

安糯瞬间清醒，将那句话翻来覆去地看了好几遍，觉得有点好笑。她慢腾腾地起身，也懒得穿拖鞋，光着脚走到客厅。

陈白繁恰好端着刚熬好的粥走到餐厅，把锅放在餐桌上。

余光看到她的身影，他望了过来，视线在她裸露在外的脚上扫过。

下一刻，陈白繁往她这边走，轻"啧"了一声，把她抱了起来，皱着眉："说了让你记得穿鞋。"

安糯完全不理会他说的话，跟他算起账："你那个搜索栏的内容，是不是故意放在我旁边给我看的？"

陈白繁没回答，心里默默嘀咕着：你以前都不会拆穿我。

安糯扯他的脸："你怎么不说话？"

因为被她掐着脸，陈白繁的声音有些含混不清。他装腔作势，摆出一副听不懂的样子："什么搜索栏？"

陈白繁把她放到床上，从衣柜里拿出一双袜子，先慢条斯理地给她一只脚套上。

安糯用指纹解锁了他的手机，给他看上面的内容。

陈白繁瞥了眼屏幕，很快又低下头，帮她另外一只脚也套上袜子，面容平静地先告起状来："你怎么乱翻我手机。"

安糯推了下他的脑袋，不给他台阶下："我都看到你把自动锁屏时间设置为'永不'了。"

"……"他低哼了一声。

见状，安糯眨了眨眼，反应过来："你生气了啊？"

听到她稍微有些软化了的声音，陈白繁顿了顿，又气焰嚣张些地开了口："其实，你对我拳打脚踢这件事情——"

安糯捕捉到其中的四个字。

拳打脚踢。

"……"有这么严重？

"我是可以接受的。"陈白繁的眼睛在阳光的反射下，看起来湿漉漉的，他蹲在她面前，摆出一副乖巧的模样，"但你昨天踢的那个位置。"

说到这里，他的声音停了下来，盯着她："恕我无法容忍。"

"……"

安糯思考了下昨天踢的那个部位，是有些不妥。她忍着笑，正了神色，抓起他的手放在自己的肚子上，语气带了点哄人的腔调："没关系呀，咱们有孩子了。"

意思就是：你的那个部位坏了也没什么关系。

陈白繁："……"

原来他只是一个传宗接代的工具。

陈白繁默默地给她穿上拖鞋，也不跟她一般见识："快去洗漱，然后吃早饭。"

安糯懒得动，揪住他："你给我洗。"

……嗯，还是个伺候她的用人。

陈白繁毫无怨言，像伺候大爷一样把她抱到卫生间里，放在洗漱台上。他拿起她的牙刷，挤了点牙膏上去，让她自己刷，每隔一段时间就提醒她要换一边刷，到时间了就让她吐掉泡沫漱口。

陈白繁用温水冲洗毛巾，拧干后边替她擦脸边说："怎么越活越像小孩了。"

被洗干净的安糯捧着他的脸，在他的唇上重重地亲了一口。

安糯认真承诺："陈白繁，你现在对我这么好，我以后会翻倍对你好的。"

又轻易被她的话顺了毛，陈白繁嘴角微微翘起，应了一声：

"行，我等着你的翻倍好。"

"你上网搜的那个问题有搜到答案吗？"安糯突然问。

陈白繁本就只是想用一种委婉的方式让她关心一下自己，并没有注意别人的回答是什么："我没看。"

安糯复述了一遍："老婆怀孕之后总是打我，我该怎么办？"

陈白繁的眉毛挑了下，示意让她继续说下去。

安糯歪着头，一字一顿道："憋、着。"

陈白繁："……"

4

陈白繁似乎真的很想要一个女儿。

一开始他在安糯面前提孩子，都是"我女儿我女儿"地提，仿佛已经确定她肚子里面的那个就是女孩。

直到有一次被安糯斥责了一顿之后，他才开始收敛，能屈能伸地把字改成了"我们的孩子"，但对着其他人依然是"我女儿我女儿"地喊。

事与愿违，最终，安糯还是生了个儿子。

安糯从医院回来的那天晚上，她半夜渴醒，疲惫地揉了揉眼。

顺着透进来的月光，她一眼就注意到在旁边坐得端端正正的陈白繁，在这幽暗的房间里显得格外可怕。

这个角度，安糯只能看到他的侧脸，没什么表情，却带着点心痛又忧伤的味道。

两家的父母都想过来帮忙照顾安糯和孩子，但因为房子小，没法住下那么多人，只留下了陈母和安母。晚上睡觉的时候，孩子跟她俩在一个房间睡。

所以此时此刻，房间里只有他们两个。

"……"一睁眼就看到这个画面，安糯吓得差点一脚踹在他脸上，吸着气骂道，"你干吗，你要吓死我。"

见她醒了，陈白繁的眼睛一眨，凑过来蹭了蹭她的脑袋："老婆。"

"怎么了？"安糯想喝水，推了推他的胸膛，"给我倒杯水。"

"哦。"他顺从地爬起来去客厅装了杯温水。

安糯喝完水，再度躺了下来，睡意一下子就涌了起来，但还是想着他大半夜坐着不睡的事情："你怎么不睡？"

陈白繁躺在她的旁边，轻声问："安糯，团团要是变成个胖子怎么办？"

"团团"是两人给孩子起的小名。

"胖就胖吧，小孩子胖点才可爱。"

"他再过几个月，"陈白繁的声音很轻，飘飘忽忽地，像是在回忆自己小时候的模样，"就会以肉眼可见的速度开始膨胀。"

"……"她生的又不是怪物。

安糯不想理他了，往侧边翻了个身，很快就睡着了。

迷迷糊糊之际，她感觉到有人从身后搂住她，温柔又缠绵。

"安糯给我生了个大胖小子。"像想通了似的,他语气又不太在意般,如释重负,"只要健康快乐就好。"

一片温热贴在她的后颈,伴随而来的是低沉微哑的声音。

他重复了一遍,低喃道:"这就好。"

5

结果陈白繁担心的事情并没有发生。

团团小朋友没有像他想的那样,身躯逐渐膨胀,变成一个小胖子。他的体形十分正常,也没有像安糯小时候那般瘦弱。

团团长着一双水灵灵的大眼睛,外加肉乎乎的白皙脸蛋,笑起来像个小天使,而且也不知道是跟谁学的,说话特别甜,十分讨人喜欢。

周围的人见着他就忍不住去逗他玩,唯有陈白繁拥有一颗铁石般的心。

这天,陈白繁把团团从幼儿园接回来。

陈白繁抱着团团,听着他笑眯眯地诉说着今天在幼儿园发生的事情。

像是十分开心,团团看起来兴致很高。被他的情绪感染到,陈白繁的心情也很不错,偶尔会软下声音回复他几句。

陈白繁抱着他走进电梯。

怀里的团团突然奶声奶气地说:"爸爸,今天妈妈怎么不来接我?"

因为陈白繁下班时间比幼儿园放学时间晚很多,所以平时都是安糯去接团团放学。今天陈白繁轮休,心血来潮,便主动提出要去接团团。

"爸爸接你不好吗?"他问。

团团捏着小拳头,看上去似乎很苦恼:"也、也挺好吧。"

……他好像听出了一点勉强。

团团眨巴着眼,乖巧地说:"不过团团最爱妈妈。"

陈白繁瞥了他一眼,轻声说:"你可以最喜欢妈妈,但要知道……"

团团的大眼睛看着他,一副认真的模样,等着他接下来的话。

"妈妈最爱的人不是你。"

小包子的表情一愣,撇着嘴,小声说:"妈妈说过她最爱的人是我。"

陈白繁皱了下眉,伸手用指纹开锁,这个格外计较、幼稚得像是变成了跟团团同样年龄层的小孩说:"不可能,她最爱的是我。"

把门打开的那一瞬,怀里的团团眼睛里盈满水汽,像是憋足了气,张大嘴巴开始号啕大哭。

"……"

陈白繁的头皮开始发麻,手忙脚乱地开始哄:"呃,不是……别哭了……"

听到声音,安糯立刻从厨房里走了出来,看到这个熟悉的画面,几乎要气笑了。她走过来把团团抱进怀里,忍着把陈白繁痛揍一顿的冲动:"这周第五次了。"

陈白繁:"……"

晚上,把团团哄睡后。

陈白繁躺在安糯的旁边,开始跟她计较今天的事情:"你今天对我冷脸了。"

安糯很无语:"那你总跟一个小孩计较干吗。"

"我也是你的宝宝。"陈白繁窝进她的怀里,理直气壮地找存在感,"我才是你永远的小宝贝儿。"

"……"

安糯被他弄得有些想笑,但她还是觉得这个问题很严肃,强行板着脸:"以后别老在团团面前说那种话,不好。"

陈白繁垂着眸,嘟囔着:"我小时候也是那样过来的。"

"什么?"安糯没听清。

陈白繁没再说,这次终于妥协了。

"好吧。"他认真地想了想,提出了个要求,"但如果以后团团在我面前说,你最爱的是他,那你就得在我面前说十遍你最爱的人是我。"

"……"

"你不同意吗?"

"……"

"哦。"像是明白了状况,陈白繁嘴唇渐渐抿了起来,瞳色漆黑而深邃,看不出情绪,"结婚四年你就对我腻味了。"

安糯瞪大眼:"我哪有这个意思!"

"你不爱我了。"

"……"

"你肯定不爱我了。"

"……行,我同意。"

下一刻,陈白繁重新勾起唇,把她搂进怀里:"等着看吧,我会让你明白,三十多岁的男人也别有一番韵味。"

"……"

"之后还能让你见识一下四十多岁、五十多岁、六……"

安糯:"……"

6

在怀孕之前,安糯就把《温柔先生》的结局篇发给了编辑。半年之后,《温柔先生》单行本上市,销量非常不错。

在编辑和读者的好几次要求下,安糯终于动摇了,同意在泊城举办一次签售会。

因为这事情,安糯没法像平时那样接送团团,陈白繁为此跟同事再次调了班,腾出一天的空闲时间。

到时间后,陈白繁开车到了幼儿园,把团团从老师手里接走,将他抱上车,放在儿童安全座椅上。

陈白繁不像往常那样直接开车带他回家,而是斟酌了一下,很有心机地问:"妈妈不在家,团团想回家还是去找妈妈?"

团团的想法很理所当然地被他带着跑:"团团想找妈妈。"

陈白繁打开微信,按下说话键:"团团自己跟妈妈说。"

闻言,团团用胖乎乎的小手抱住手机,很聪明地给安糯发了条语音:"妈妈妈妈,你在哪呀?"

安糯回语音也回得很快:"妈妈不在家呀,团团跟爸爸回家了吗?"

团团脆生生地喊:"还没有!"

安糯耐心地哄:"那快回家,妈妈很快就回来了。"

团团很听话:"嗯!"

在一旁的陈白繁:"……"

这小子的战斗力简直为零。

7

今天安糯一大早就出了门,而且签售会有很多事要忙,到现在她都抽不出空给陈白繁发消息,签名签得手都要断了。

粉丝比想象中的要热情,也如她想象中的那么可爱和友好,让安糯紧张的心情渐渐减缓,也不再懊恼决定举办这次签售会。

到下午五点,排队的人依然没有变少的趋势。

安糯有种永远签不完的感觉。她不想让到来的粉丝失望,向主办方提出延迟一个小时的要求,咬着牙继续签名。

签售会就快要结束的时候,安糯居然再一次遇到了之前在温生诊所外的那个女生,那个拿着她的插画本,希望能得到她签名的女生。

给了她善意的那个女生。

女生依然是一副略带害羞的模样,把手中的单行本放到她的面前。

安糯的眼一抬,余光注意到在楼上的围栏处,一个穿着大衣,怀里抱着小孩的男人。她的目光一顿,不自觉笑了。

女生站在她面前,似乎被她的笑容感染了,指了指单行本的封面上那个穿着白大褂的牙医:"安安,你跟温医生结婚了吗?"

安糯回过神,弯了弯眼:"嗯。"

女生很为她高兴,没再多问什么。

安糯又抬了头,看着刚刚那个方向。

男人此时低着脑袋,像是在哄怀里的那个小孩。随后,像是感应到她的视线,忽然抬起了眼,跟她的视线撞上。

黑眸像是吸铁石一样,将她整个人的注意力都吸引了过去。

细碎的黑发,长且翘的睫毛,自然上翘的唇。

是她最喜欢的人。

陈白繁。

《温柔先生》故事发展到后半段。

安糯在构思的时候,他们的感情还没到那里。那些未来,那些发展,全部都是她想象中最美好的走向。

但跟他在一起之后,安糯发现,他们所经历的事情都与她想象中的那些美好一一重合,甚至要比那些美好,还要美好。

是因为跟他在一起才那么好,还是因为他真的太好了,才会这么好。

安糯分不清了。

只觉得,真的太幸福了。

安糯翘了翘唇,用口型对他说——"再等一下,我快好了。"

她低下头,把手中的单行本递给面前的女生:"给你。"

女生站在原地,认真道:"我希望你不要被网上的那些话影响到,希望你永远都过得很好……嗯,我和其他粉丝都是这么想的。"

"谢谢你。"安糯说,"我过得很好。"

安糯对上男人那带了温柔的眼眸,笑道:"比故事里,还要好。"

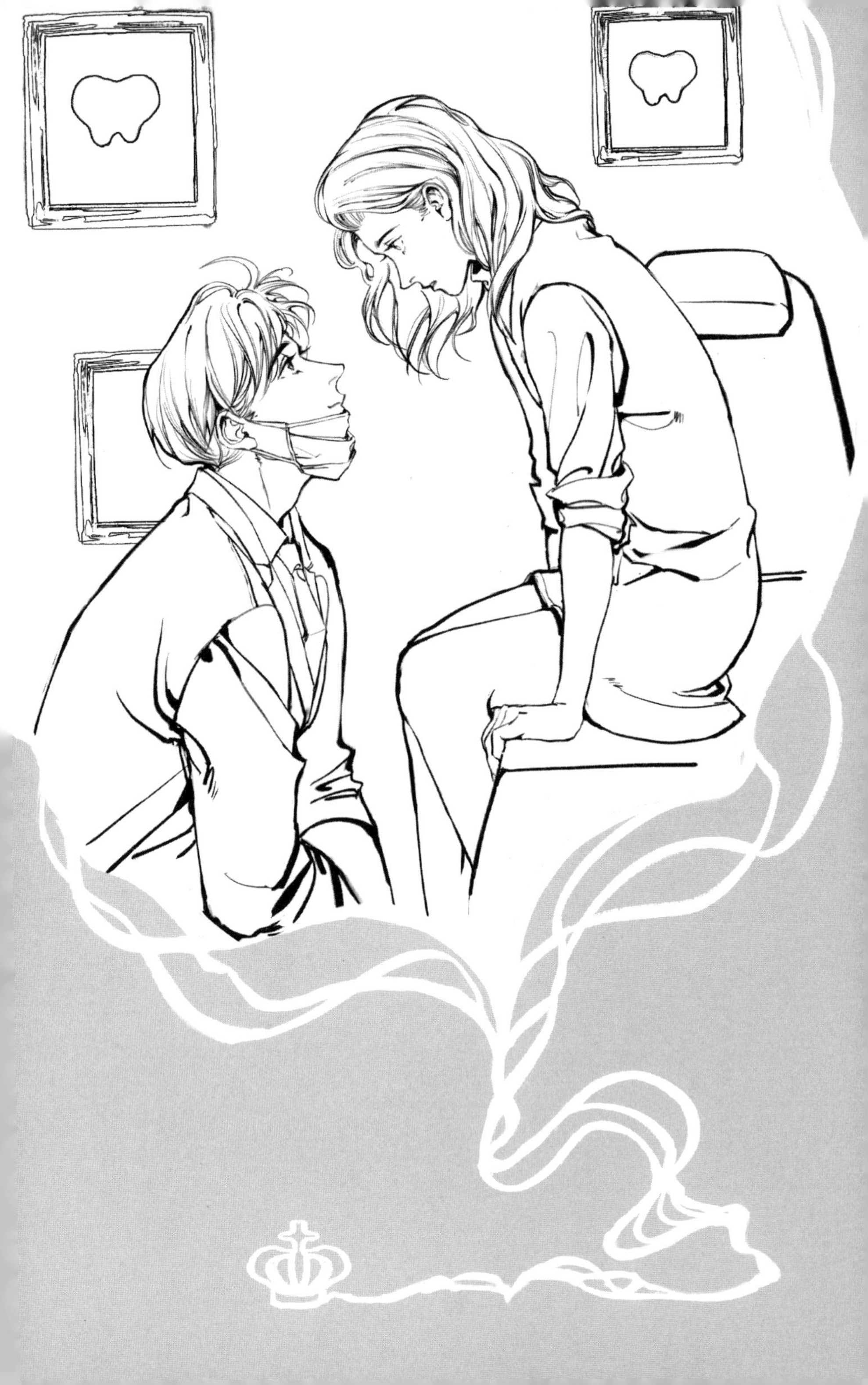

作者后记

　　这本书的灵感来自我某次去诊所看牙的经历，不过当时遇到的是一个很温柔的牙医小姐姐，哈哈哈！那天回来我姐跟我说，她之前去看牙的时候，碰到的是一个很帅的男医生，也很温柔。我当时就突然很想写一个有反差的医生形象。很简单的故事，不长，希望你们看得开心。

图书在版编目（CIP）数据

多宠着我点 / 竹已著. -- 北京：国际文化出版公司，2024.5（2025.6 重印）
ISBN 978-7-5125-1597-0

Ⅰ.①多… Ⅱ.①竹… Ⅲ.①长篇小说—中国—当代 Ⅳ.① I247.5

中国国家版本馆 CIP 数据核字 (2023) 第 246524 号

多宠着我点

作　　者	竹　已
责任编辑	戴　婕
责任校对	苏智芯
出版发行	国际文化出版公司
经　　销	全国新华书店
印　　刷	嘉业印刷（天津）有限公司
开　　本	880 毫米 ×1230 毫米　　32 开 10.25 印张　　311 千字
版　　次	2024 年 5 月第 1 版 2025 年 6 月第 3 次印刷
书　　号	ISBN 978-7-5125-1597-0
定　　价	49.80 元

国际文化出版公司
北京市朝阳区东土城路乙 9 号　　邮编：100013
总编室：（010）64270995　　传真：（010）64270995
销售热线：（010）64271187
传真：（010）64271187-800
E-mail：icpc@95777.sina.net